Ulrich Woelk

Die Einsamkeit des Astronomen

Roman

| Hoffmann und Campe |

1. Auflage 2005
Copyright © 2005 by Hoffmann und Campe Verlag, Hamburg
www.hoca.de
Schutzumschlaggestaltung: Steigenberger Grafikdesign, München
Umschlagfoto: Bettina Keller
Satz: Buch-Werkstatt GmbH, Bad Aibling
Druck und Bindung: Clausen & Bosse, Leck
Printed in Germany
ISBN (10) 3-455-07912-1
ISBN (13) 978-3-455-07912-8

**HOFFMANN
UND CAMPE**

Ein Unternehmen der
GANSKE VERLAGSGRUPPE

Selig sind, die nicht sehen und doch glauben.

JOHANNES 20,29

DER GERUCH DES SOMMERS, als ich mein Haus in St. Ciolles verlasse: Es kommt mir vor, als sei ich von Jahr zu Jahr begieriger auf die Intensität dieser beharrlichen Ausdünstungen von Leben. Ich bin in den vergangenen Monaten hin und wieder stehengeblieben und habe mich zurückgesehnt nach der Zeit, als es mir möglich war, einfach nur dazuliegen und mich wohl zu fühlen. Seit mein Vater gestorben ist, denke ich gelegentlich an den Tod. Ich nehme an, das ist so. Und ich denke dabei an Lozki, der einmal sagte: Wir sehen nur einen winzigen Krümel vom Kuchen der Realität.

Über mir, jetzt: das erleuchtete Rauchverbotszeichen. Die Wahrscheinlichkeit, wieder mit dem Rauchen anzufangen, ist gering. Mir gelingt die Empfindung nicht mehr, die sich einstmals für mich mit einer Zigarette verbunden hat, ein sentimentales Verharren im Jungsein.

Wenn der Tod tatsächlich nur eine Reise ist, wie es von den meisten Religionen gelehrt wird, dann wäre die maßgebliche Frage, was man mitnehmen darf. Im Grunde denke ich, es müßte eine Einsicht sein oder ein tragfähiger Gedanke. Aber damals, vor nunmehr einem Jahr, als ich am Abend nach der Beerdigung meines Vaters von Deutschland nach

Frankreich zurückgekehrt bin, wo ich seit mehr als zehn Jahren lebe und arbeite, hätte ich mich für das feuchte Laub der Straßenlinden entschieden, deren Kronen mich auf dem Weg zu meinem in der Nähe des Friedhofs geparkten Wagen vor dem leichten Sommerregen geschützt haben – dunkle, geheimnisvolle, raschelnde Verdichtungen des Diesseits.

Jetzt sitze ich in der Maschine einer jener Billig-Airlines, die in den vergangenen Jahren entstanden sind, und fliege von Nizza nach Köln, um ein Jahr nach der Beerdigung meines Vaters seinen Haushalt aufzulösen – aber nicht nur aus diesem Grund.

Denn ich muß auch das Folgende festhalten: Man wirft mir seitens des Forschungsressorts der Europäischen Union vor, für die Zerstörung von astronomischen Instrumenten im Wert von mehr als drei Millionen Euro verantwortlich zu sein. Genaugenommen sind drei Millionen Euro nicht besonders viel. Das Haushaltsbudget der Europäischen Union beträgt hundert Milliarden Euro oder mehr. Die Angelegenheit, die etwa ein halbes Jahr zurückliegt, wird behördlicherseits aber dennoch untersucht, und ich bin nun aufgefordert worden, in einem Bericht meine Sicht der Dinge zu schildern und zu den gegen mich erhobenen Vorwürfen Stellung zu nehmen.

Und so werde ich in den kommenden Wochen, für die ich mich von meiner Arbeit als Astrophysiker an der Sternwarte von Haute-Provence in Manosque habe beurlauben lassen, sowohl den Haushalt meines Vaters auflösen als auch versuchen, meinen Kopf aus jener bürokratischen Schlinge zu ziehen, in die er irgendwie hineingeraten ist.

Ich werde also schreiben, hier, in jenem Zimmer, in dem ich einst aufgewachsen bin. Ich werde über den Schnee auf dem Fernstein schreiben, der vor einem halben Jahr gefallen ist, und über Lozki und seine Reden dort oben, doch nicht nur über ihn, sondern auch über Ellen, ihr Gesicht und den Klang ihrer Stimme.

Manchmal wache ich in letzter Zeit auf, und eine dünne Angstschicht liegt zwischen mir und den Dingen. Ich stehe auf und konzentriere mich auf das Nächstliegende, doch meine Bemühungen, in den Alltag zu finden, scheitern fast immer. Ich versuche, der zu werden, der ich vernünftigerweise bin, doch die Mittel meiner Rationalität reichen dazu nicht aus.

Die Maschine hat ihre Reiseflughöhe erreicht, rechts liegen die Alpen, ebenso silbern wie die Tragfläche, die langsam über die Gipfel und Felsenkämme streicht. Astronomen schätzen die Berge, weil die dünnere Atmosphäre in der Höhe ihnen die Beobachtung erleichtert. Ich selbst habe im vergangenen Jahr an drei Sternwarten gearbeitet: am französischen Observatoire de Haute-Provence (43° 55' nördliche Breite, 5° 42' östliche Länge) in Manosque, an dem ich angestellt bin, dann am deutsch-spanischen Observatorium in Calar Alto (37° 22' nördliche Breite, 2° 54' westliche Länge) in der Sierra de Los Filabres in Andalusien und schließlich an der Schwarzschild-Sternwarte auf dem Fernstein (47° 42' nördliche Breite, 12° 00' östliche Länge), anderthalb Autostunden südöstlich von München.

Teleskopzeit ist teuer und knapp. Man bekommt an internationalen Großteleskopen wie beispielsweise dem in Calar Alto selten mehr als ein oder zwei Beobachtungsnächte zugewiesen, denen ein bürokratisches Antragsverfahren mit einzureichender Beschreibung des Beobachtungsprojekts, seiner wissenschaftlichen Relevanz und des zu erwartenden Forschungsertrags etc. vorausgeht, also ein ziemliches Geschacher und Gefeilsche.

Und auch bei uns in Manosque sind die Beobachtungsmöglichkeiten begrenzt. Das 193 cm-Teleskop wird von ortsansässigen Kollegen ebenso beansprucht wie von Gastastronomen, weswegen es mir im vergangenen Jahr dort nicht möglich war, die Beobachtungsdaten, die wir, Lozki und ich, gebraucht hätten, zusammenzubekommen. Es sei denn, ich hätte intern um Teleskopzeit gebettelt, aber auch das wäre nur in Grenzen möglich gewesen. Denn aus bestimmten Gründen durfte ich den Gegenstand unserer Arbeit nicht an die große Glocke des kollegialen Fachgeplauders hängen. Allerdings ist es mir wichtig hinzuzufügen, daß mir die Geheimniskrämerei, zu der Lozki und ich aufgrund der besonderen Natur unseres Projektes monatelang gezwungen waren, nie wirklich gepaßt hat.

Wie auch immer: Die Schwarzschild-Sternwarte gilt als unbedeutend, und das kam Lozki und mir entgegen. Zwar ist Deutschland kein sehr geeigneter Standort für astronomische Grundlagenforschung, weil die dichte Besiedelung die Atmosphäre mit Staub und Streulicht verunreinigt. Doch dank Lozkis Brillanz bei der computergestützten Analyse von Beobachtungsdaten standen wir zu Beginn dieses Jahres kurz davor, gerade mit dem kleinen Teleskop auf dem Fernstein jenen Mosaikstein zu finden, der uns zum erfolgreichen Abschluß unseres Projekts noch fehlte.

Womit ich nicht gerechnet habe: bei meiner Arbeit dort einer Frau zu begegnen, obwohl man nicht sagen kann, daß die Astronomie ausschließlich Männersache wäre.

Ich notiere diese Dinge auf einem Compaq-Notebook von zwei- oder dreiundneunzig, hoffnungslos veraltet in seinen technischen Möglichkeiten, das ich nur zum Schreiben persönlicher Aufzeichnungen benutze. Aus irgendeinem Grund habe ich mich von dem kleinen Gerät mit dem 4/86er-Prozessor und dem monochromen 11"-Display noch nicht trennen können.

Ellen also. Wie wir in ihrem Zimmer saßen und über dies und jenes redeten, ich liebte sie, weil wir reden konnten, ohne uns zu beweisen, wer wir waren, im Hintergrund das Summen der verschiedenen Meßinstrumente. Ich erinnere mich an das langsame Herabsinken des Abends hinter den Observatoriumsfenstern und an das makellose Gebirgsblau im Osten, das manchmal dem Leuchten am Ansatz einer Kerzenflamme glich und ankündigte, daß in der nächsten viertel oder halben Stunde das geschehen würde, worauf alle dort oben aus dem einen oder anderen Grund warteten. Darauf, daß die Sterne aufgingen.

Der Beginn des Landeanflugs, während ich all das notiere. Die graugrüne Heidelandschaft unter dem Flügel, Köln-Bonn, irgendwo vor uns im Dunst die beiden Türme des

11

Doms, in dem ich nie einen Gottesdienst besucht habe, obgleich ja katholisch. Dann die Aufforderung zum Abschalten aller elektronischen Geräte …

Marthe, meine Schwester, hat mich vom Flughafen abgeholt, und jetzt (es ist 21.30 Uhr) sitze ich allein in dem Haus, in dem ich aufgewachsen bin. Mehr noch: Ich sitze in meinem einstigen Kinderzimmer, das nach meinem Auszug als Gästezimmer Verwendung gefunden hat. Das Zimmer ist nur mit dem Nötigsten möbliert. Beim Schreiben spüre ich seine rechteckige Form, deren Seitenverhältnis ungefähr der allmählich veraltenden 4:3-Norm des Fernsehbilds entspricht. Die Wände sind mit einer groben Rauhfasertapete beklebt, und auf dem Boden liegt sandfarbener Teppichboden, der sehr dicht und kurzgeschnitten ist. Beim Gehen kommt er mir zugleich weich und fest vor, als sei er zwar einerseits bereit, mein Gewicht zu tragen, nicht aber, dieses in sich eindringen zu lassen und sich mit ihm zu verbinden. Zusammengefaßt kann man sagen, daß der Raum, obgleich er mich umschließt, mich dennoch nicht in sich aufgenommen hat, was nach den Gesetzen der Geometrie eigentlich unmöglich ist.

Indem ich mit diesen Aufzeichnungen beginne, beuge ich mich also der Forderung der europäischen Bürokratie nach einem Bericht. Und es erscheint mir aus Gründen der Vollständigkeit notwendig, diesen mit folgender Bemerkung über meine Vergangenheit zu beginnen: Vor fünfzehn Jahren war ich nach einem Nervenzusammenbruch für ein paar Monate in psychiatrischer Behandlung.

12

Ich hatte für die schmerzhafte Erfahrung, von meiner damaligen Freundin, die Nina hieß, verlassen worden zu sein, meine Eltern und insbesondere meinen Vater verantwortlich gemacht. Das war lächerlich, doch behauptete ich gegenüber den mich begutachtenden Ärzten, ihn, meinen Vater, aus diesem Grund getötet zu haben. Marthe war darüber sehr erbost und nicht bereit, meine nervliche Zerrüttung als Entschuldigung gelten zu lassen. Sie sah darin nur irgendeinen Trick.

In den ersten Wochen meines Klinikaufenthalts schrieb ich ihr daher ein paar Briefe auf einer kleinen Schreibmaschine, die mir eine der Stationsschwestern (meine Lieblingsschwester damals, die sehr mitfühlend und geduldig gewesen war) auf Geheiß des leitenden Arztes gebracht hatte. Als Bruder war es mir ein Anliegen, Marthe die Sache zu erklären, doch vermutlich waren meine Ausführungen ziemlich wirr.

Ich blieb nämlich bei der Behauptung, meinen Vater getötet zu haben, ohne den metaphorischen Charakter dieses Geständnisses hervorzuheben. Ich nahm an, daß Marthe diesen selbstverständlich durchschauen würde, aber das war nicht der Fall. Und so antwortete sie mir in diesen Monaten sehr kühl und gab mir den dringenden Rat, ich müsse endlich das Verhältnis zu meinem Vater »klären«. Ich glaube, für sie bedeutete das aber nur, daß ich mich bei ihm zu entschuldigen hätte.

Sicher wäre sie bestürzt gewesen zu erfahren, daß ich mir im Krankenhaus die Zeit damit vertrieb, meine offenkundige Vaterfixiertheit analytisch zu erfassen und emotional zu entmachten. Um mein Überich logisch zu erledigen, schrieb ich kurze Sätze auf kleine Zettelchen, die beweisen sollten, daß es ihn, meinen Vater, sozusagen überhaupt nicht gab.

Als Physiker erschien mir dieses Verfahren geeignet, ihn loszuwerden. Ich wollte mich damit auch von meiner Unfähigkeit befreien, den emotionalen Forderungen jener Nina gerecht zu werden, die ich damals liebte. Unsere Geschichte war kurz und desaströs gewesen: Sie hatte mich bei einem Theaterworkshop mit einem Schauspieler hintergangen, der fest von der Gültigkeit der Astrologie überzeugt gewesen war. Auf diese Weise hatte sie mich, den Wissenschaftler, gleichsam doppelt vernichtet.

Wie auch immer, ich denke, Marthe fand meinen Nervenzusammenbruch und all diese Dinge übertrieben. Diese Zeit war gewiß der Tiefpunkt unseres geschwisterlichen Miteinanders.

Deswegen ignorierte ich Marthes Existenz in meinen damaligen Notizen und Aufzeichnungen. Statt dessen projizierte ich meine brüderlichen Gefühle auf jene Lieblingskrankenschwester, die mir die Schreibmaschine gebracht hatte und die Leonie hieß. All das liegt zwar mittlerweile so lange zurück, daß es mir nicht mehr sinnvoll erscheint, großartig darüber zu reden, doch halte ich es, wie gesagt, für notwendig, in aller Kürze darauf hinzuweisen, um den mit der Angelegenheit befaßten Beamten keine relevanten Informationen über die Person vorzuenthalten, mit deren Aussage sie es in meinem Fall zu tun haben.

Heute morgen, kurz bevor ich mein Haus in St. Ciolles verlassen habe, um zum Flughafen nach Nizza zu fahren, habe ich mit Simon, meinem ältesten und besten Studienfreund, telefoniert. Wir haben uns zu Beginn der achtziger Jahre in Tübingen vor einem der üblichen universitären Getränkeautomaten kennengelernt. Die naturwissenschaftlichen Fächer waren außerhalb der Stadt in einem einfallslosen Siebziger-Jahre-Neubaukomplex untergebracht. Die Bauten sahen allesamt aus wie liegengebliebene Verpackungen aus Styropor. Anscheinend gingen die Verantwortlichen irgendeiner Universitätsplanungsbehörde davon aus, daß sich ohne triftigen Grund sowieso niemand dorthin auf den Weg machen würde.

Meistens saßen wir in einem Mensacafé, das angefüllt war mit stumpfem, halb natürlichem, halb künstlichem Licht, tranken schlechten Kaffee und führten endlose Gespräche über Physik, in der festen Überzeugung, einer intellektuellen Avantgarde anzugehören.

Inzwischen ist Simon – in einer etwas unglücklichen Verschlingung unserer Schicksale – als Beamter in der EU-Forschungsförderung an leitender Stelle tätig. Ich glaube, er hat mich heute morgen angerufen, um vor meiner Abreise noch einmal meine Kooperationsbereitschaft auszuloten.

– Genaugenommen mißtraue ich allem Schriftlichen, sagte ich vorsichtig zu ihm, weil ich mich nicht dazu überreden lassen wollte, einen Bericht für seine Behörde zu verfassen.

– Wieso?

– So, halt.

– Zwanzig, dreißig Seiten. Um mehr geht es gar nicht.

– Es gibt in der Angelegenheit nichts, was sich nicht auch mündlich klären ließe, sagte ich.

– Bürokraten lieben Memoranden und Aktennotizen, sagte er selbstironisch.

– Ich werde sehen, was sich machen läßt.

– Tu es mir zuliebe, sagte er.

– Und was tust du für mich?

Nach einer kurzen Pause sagte er: Ich hole dich da raus.

Daß ich hier sitze, in meinem ehemaligen Kinderzimmer, ein Jahr nach dem Tod meines Vaters, geht übrigens auf die Weigerung meiner Schwester zurück, unser Elternhaus während des Trauerjahres zu verkaufen oder in irgendeiner anderen Weise zu nutzen oder überhaupt minimal zu verändern.

Als ich einmal mit ihr in dieser Angelegenheit telefonierte und auf einen Verkauf drängte, weil ich nicht einzusehen vermochte, wem damit noch gedient war, das Haus gewissermaßen ein Jahr lang zu konservieren, warf sie mir vor, ich sei rationalistisch verroht.

– Es gibt das Trauerjahr aus gutem Grund!, erklärte sie mir kategorisch. In früheren Zeiten hatte man noch ein Gefühl für den natürlichen Gang der Dinge und die Zyklen. Alles erneuert sich nach einem Jahr, das ist die Zeit, die das Alte braucht, dem Neuen zu weichen. Ist das Jahr nicht überhaupt eine kosmische Größe? Gerade du als Astronom müßtest für diese Zusammenhänge doch zumindest ein gewisses Gespür haben. Womit beschäftigst du dich denn eigentlich den ganzen Tag über dort unten – womit sie meine Arbeit als Astrophysiker an der Sternwarte von Haute-Provence meinte –, wenn nicht mit diesen fundamentalen Gesetzmäßigkeiten? Ich weigere mich, gegen die Evolution und die spirituelle Kontinuität des Lebens zu verstoßen, nur weil heutzutage die ganze Welt ein einziger raffgieriger Saftladen ist!

Marthe ist Künstlerin geworden. Bildhauerin und Kunstdozentin, um genau zu sein. Zugegeben, als Physiker hat für mich in der Tatsache, daß sie ihr Leben damit zubringt, ihre subjektiven Empfindungen oder Ansichten zu vergegenständlichen und darüber hinaus einer Schar von Schülern oder Studenten als Unterrichtsstoff zu präsentieren, immer eine gewisse Provokation oder gedankliche Hürde gelegen.

Überhaupt sind wir uns nicht eben ähnlich, auch äußerlich, wie ich finde, ich bin blond und Marthe dunkelhaarig, und wenn ich auf Fotografien unsere Gesichter nach Merkmalen absuche, die sich ein wenig gleichen, komme ich selten zu eindeutigen Resultaten. Nur manchmal, wenn wir unwissentlich fotografiert worden sind, nehmen unsere Gesichtszüge einen leeren Ausdruck an, der erahnen läßt, daß wir gemeinsame Wurzeln haben.

Es ist still im Haus meines Vaters. Die Räume haben durch meine Anwesenheit nichts von ihrer bedrückenden Leere verloren. Der Klang meiner Schritte auf Stufen und Böden ist trocken und singulär. Die Kerzenleuchter aus Zinn oder die stehengebliebenen Messingzeiger der Torsionsuhren: alle Dinge beharren auf eine museale Weise im Sein. Ich betätige Lichtschalter und benutze Wasserhähne, aber meine Anwesenheit bleibt mechanisch und unentschlossen. Die Starre der Nylonstores oder die vorgewölbte Dunkelheit des Fernsehbildschirms scheinen meine Existenz beharrlich zu widerlegen. Ich durchquere Geruchs- und Lichtzonen, die mir so vertraut sind wie kaum etwas sonst, doch gerade diese Vertrautheit vermittelt mir das Gefühl, nicht wirklich dazusein, sondern lediglich die geisterhaften Räume meiner Erinnerung zu durchschreiten.

Ich erinnere mich an das Krankenzimmer meines Vaters, dem keineswegs die Atmosphäre des unausweichlichen Sterbens eigen war. Die pastellene Helligkeit und der leicht medizinische Geruch in der Luft. Die weißtapezierten Wände und die beiden großen stirnseitigen Fenster, durch die man auf ein parkartiges Wohngebiet blickte, das undramatische sanfte Lichtstimmungen in den Raum sandte. Damals, im Hochsommer, war die Natur in dichtes stabiles Grün gehüllt, und die Tage schienen nicht enden zu wollen. Um die Lebensbäume und Douglastannen schimmerte eine bläuliche Patina, und der Streifen Himmel darüber war hell und gewichtslos.

Der behandelnde Arzt, ein gewisser Doktor Coriolis, war ein kräftiger, gutaussehender Grieche in meinem Alter mit dichtem schwarzen Haar und weichem, etwas schläfrigem Blick. Er beruhigte mich, was den Zustand meines Vaters anging, ohne sich in irgendeiner Weise festzulegen.

Mir auf dem Stationskorridor gegenüberstehend, behauptete er, es seien noch keineswegs alle Möglichkeiten ausgeschöpft, die der Medizin zur Verfügung stünden. Seine zimmerlaute Art zu sprechen war dabei angenehm rund und respektvoll. Ich war geneigt, ihm zu vertrauen, auch wenn ich nicht die geringste Möglichkeit hatte, seine Kompetenz zu überprüfen.

Mein Vater starb schnell, und Marthe und ich waren bei aller Bestürzung dankbar dafür. Er muß zum Schluß gelitten haben, auch wenn er nie ein Wort über seine Schmerzen verloren hat.

Mein Verhältnis zu ihm ist immer schwierig gewesen, doch allmählich begreife ich, daß in meinem Leben die absurde und ganz und gar unbewußte Vorstellung verwurzelt war, er und seine gelegentlichen Postkarten und seine Stimme am Telefon seien immer da.

Nach der Landung heute nachmittag: Marthe, die mich vom Flughafen abholt, in ihrer üblichen, etwas übertriebenen Art, mit einem großen geschwisterlichen Herzlichkeitstamtam. Sie winkt mir mit erhobenem Arm so energisch zu, als wollte sie eine beschlagene Scheibe großflächig sauber wischen. Als wir uns umarmen, spüre ich unter ihrer schwarzen, tailliert geschnittenen und mit großen silbernen Knebelknöpfen versehenen Künstlerinnenjacke ihre schwesterliche Wärme.

Sie fährt einen dunkelblauen Minivan, der so glänzend und gestochen scharf im trüben Neonlicht des Parkdecks dasteht, als wäre er neu. Mein Schwager leitet als Chefingenieur die Car-Security-Development-Abteilung (oder so ähnlich) bei Ford. Deswegen fahren er und meine Schwester stets fabrikneue Modelle. Sie sind erfüllt vom kühlen Geruch frischen Kunststoffs und den Ausdünstungen der Sitzpolster, so wie es eben in Neuwagen immer nach nichts außer diesen Dingen riecht. Mit ungewöhnlicher Ruhe, als habe der Wagen sie auf wundersame Weise domestiziert, steuert Marthe das Fahrzeug auf die Autobahn.

– Wie geht es dir?, erkundige ich mich.

Nach einem kurzen Sommerregen, der die Luft gereinigt hat, umgibt uns der träge dahinfließende Nachmittagsverkehr mit fantastischer Klarheit.

Marthe sagt: Meine Kinesiologin hat festgestellt, daß ich seit Papas Tod emotional nicht mehr im Gleichgewicht bin. Seit einem Jahr versucht sie, mich auszubalancieren, aber irgend etwas steht dem offenbar im Weg.

Sie trägt ihre kastanienbraunen Haare geglättet und gleichzeitig irgendwie aufgebauscht, ein ausgetüftelter Schnitt, der ihrer Weiblichkeit eine gewisse friseursalonhafte Note hinzufügt, die mir von Mal zu Mal ausgeprägter zu werden scheint.

– Und du glaubst, daß sie recht hat?, sage ich. Ich finde, du siehst großartig aus.

– Danke, aber das ist normal. Es ist eine Kompensation.

Die harfenartige Verspannung einer der Rheinbrücken: für mich eine jener Kindheitserinnerungen, denen zunächst etwas Großartiges anhaftet, bevor man sie in der Adoleszenz schlichtweg vergißt, um sie irgendwann als geheimnisvolle Metaphern einer verlorengegangenen Zeit im Bewußtsein wiederzuentdecken.

Marthe, die sich nun ihrerseits erkundigt: Und wie geht es dir?

– Seelisch ist alles klar, glaube ich.

– Das kommt dir nur so vor, klärt sie mich auf. Du hast noch nicht wirklich Abschied genommen.

Ich betrachte die kleinen schmutzigen Docks auf dieser Seite des Flusses und sage: Alle Welt glaubt, Physiker könnten nicht emotional sein, aber was mich persönlich betrifft, ist dem nicht so. Ich benutze die Physik lediglich, um mir mein Leben nicht aus der Hand nehmen zu lassen und die Welt auf Distanz zu halten. Physiker sind intellektuelle Randexistenzen.

Nach einer Weile sagt Marthe nachdenklich: Es gibt Antworten, die findest du nur in dir selbst.

– Hat das deine Kinesiologin gesagt?

– Nein, Humphrey Bogart.

Das Haus, in dem wir als Geschwister aufgewachsen sind: Ich vermag kein Wort zu sagen, als wir ankommen. Die bestürzende Übereinstimmung von Erinnerung und Wirklichkeit: die Sandsteinplatten der Einfahrt, die sich im Lauf der Jahrzehnte gehoben und gesenkt haben, das asymmetrisch aufgesetzte Dach, das Platingrau der quadratischen Isolierglasfenster. Dann das karge und nie genutzte Stück Vorgartenrasen und der rechtsseitige Garagenanbau. Ich erinnere mich daran, wie wir in den siebziger Jahren, unter der Oberaufsicht meines gutgelaunten, sich seiner Hausherrenschaft stolz bewußten Vaters, zwei Autos – einen mandeläugigen Citroën und einen schaukelnden R4 – Abend für Abend millimetergenau hineinrangiert haben, bis irgendwann der linksseitige Neubau einer zweiten, kleineren Garage für den Wagen meiner Mutter beschlossen wurde.

Sie ist schon so lange tot, daß die Erinnerung an sie blaß geworden ist, während mein Vater nun also vor nicht ganz einem Jahr hat gehen müssen. Doch das Haus, dessen Existenz ein Ausdruck seines Lebenswillens und der zustimmenden Tatkraft meiner Mutter ist, steht immer noch da, ungerührt und ohne Trauer und beinahe undankbar.

21

Marthe, die den Motor ausschaltet. Wir sehen uns an, und irgendwann umarmen wir uns. Nach vier Jahrzehnten haben sich zwischen uns so viele Erinnerungen angesammelt, daß ich sie nur noch als Summe erfahre. Fast habe ich das Gefühl, wenn ich Marthe sehe, dann sehe ich die Zeit. Ich sehe die Spuren des Alterns in ihrem Gesicht, und mir wird bewußt, daß so wie ihres auch mein Leben vergeht. Es ist, als wäre trotz aller Verschiedenheit nicht ich, sondern sie mein Spiegelbild.

Ich erinnere mich, daß ich an späten Frühlingsvormittagen auf belebten Plätzen gesessen habe, inmitten der Gestalten und Aromen des Alltags, und von der Zeit nicht mehr verlangte, als dort zu sitzen und all das zu betrachten. Man sagt im allgemeinen, die Dinge seien zu kompliziert geworden und unüberschaubar und wir sollten zu unseren Wurzeln zurückkehren, aber ich bin mir nicht sicher, ob darin wirklich ein Gewinn läge. Denn damals, als ich jung war, hatte ich noch nie einen Menschen sterben sehen und wußte nicht, was ich daran hatte, zu leben. Und vielleicht, so denke ich jetzt, folge ich, indem ich all diese Dinge notiere, nur Marthes schwesterlichem Rat und nehme Abschied von meinem Vater.

Warum vermag ich mich nicht von meinem alten Notebook zu trennen? Ich begreife es allmählich. Mir gefällt das Erscheinungsbild des Geschriebenen auf dem veralteten Monochrom-Display: die hellen Buchstaben auf dem dunkelblauen Grund. Es ist, als würde man die Wörter an den Nachthimmel schreiben.

MEINE DAMEN UND HERREN (mit dieser Formel könnte ich meinen Bericht beginnen), überdenken Sie zunächst folgende oberbayerischen Sage: Ein Holzknecht namens Sepp, so in etwa die Legende, stieg am Tag der Sonnenwende auf den Fernstein und schlief dort ein. In der Nacht wurde er allerdings durch ein ungewöhnliches und ziemlich schamloses Treiben geweckt: Frauen mit grellfarbigen Miedern und faßhohen Frisuren tranken Wein und tanzten zu heidnischen Flötenklängen. Entsetzt fiel der brave Holzknecht in Ohnmacht und kam erst am Morgen wieder zu sich. Da war von dem Spuk nichts mehr zu sehen – die schöne Sennerin aber, die er hatte besuchen wollen, blieb für immer verschwunden.

Folgendes habe ich recherchieren können: In den dreißiger Jahren des vergangenen Jahrhunderts wurde der Gipfel des Fernstein für bestimmte militärische Zwecke als idealer Standort entdeckt. Die Erprobungsstelle der Luftwaffe, seinerzeit ansässig im brandenburgischen Rechlin, und die Deutsche Versuchsanstalt für Luftfahrt (DVL, nach dem Krieg umbenannt in DFVLR, 1989 in DLR, 1997 Zusammenschluß mit der DARA zum *Deutschen Zentrum für Luft- und Raumfahrt*) entfalteten dort, an der südlichen Reichsgrenze, wie es in den wenigen erhalten gebliebenen Unterlagen heißt, verschiedene Aktivitäten. Unter anderem installierte man einen Navigationssender und eine UKW-Drehfunkfeuer-Versuchsanlage sowie eine X-Leit-strahlsendeanlage, also im Prinzip eine Radarversuchsstation. Das Projekt war technologisch avanciert und anspruchsvoll. Verglichen mit den Forschungsanstrengungen der Europäischen Union waren die Nationalsozialisten – es fällt mir schwer, es so zu benennen – klüger. Es wurde sogar eigens eine Bergbahn gebaut, um den Gipfel das ganze Jahr über bequem erreichen zu können, eine Kabelbahn, um genau zu sein, wie man sie heutzutage nur noch selten findet: Das Gleis läuft schnurgerade den Hang hinauf, und die beiden Waggons treffen sich wie bei einer Seilgondel in der Mitte der Strecke, wo sich der Schienenstrang für eine Zuglänge teilt.

Es gab bei den Drehfunkversuchen allerdings ein Problem: Gewisse Ereignisse auf der Oberfläche der Sonne (Protuberanzen, Flares etc.) haben erheblichen Einfluß auf die irdische Ionosphäre und damit auf die Übertragung von Kurzwellen. Der elfjährige Aktivitätszyklus der Sonne pflegt auf militärische Interessen keine Rücksicht zu nehmen, und als man das schließlich begriffen hatte, setzte sich in den involvierten Führungsstäben die Einsicht durch, daß es ohne Astronomen nicht ging.

Und so nahm man auf dem Fernstein neben den militärischen Anlagen schließlich ein Sonnenobservatorium in Betrieb, um die solaren Einflüsse auf den Funkverkehr besser berücksichtigen und vorhersagen zu können. Damit hatte die Astronomie auf dem Gipfel Fuß gefaßt, und im Gegensatz zum Militär, das 1945 abrücken mußte, ist sie bis heute dort geblieben.

Es gibt eine Betreibergesellschaft für die Kabelbahn, die Züge werden im Winter von Skifahrern benutzt, nicht sehr vielen allerdings, weil es keine Anschlußlifte gibt. Im Sommer rumpeln die Waggons meistens leer den Geröllhang hinauf. Die beiden Observatoriumshalbkugeln hocken auf dem schroffen Berggrat wie ewige Rätsel. Ein bedeutender Astronom (ich glaube, es war Fred Hoyle) hat einmal gesagt, von einem bestimmten Standpunkt aus sei der Nachthimmel nicht mehr als das langweiligste Fernsehprogramm der Welt.

Es geht in der Astronomie sehr familiär zu, denn wir sind nicht allzu viele. Der ständige Rechtfertigungsdruck, wozu die Dinge, die wir tun, überhaupt gut sind, schweißt zusammen. Sämtliche Astronomen auf der ganzen Welt haben mit dem Vorwurf zu kämpfen, mehr oder minder überflüssig zu sein, wodurch sich alle in bestimmter Weise ähnlich werden, wie die Mitglieder einer Sekte. Und so waren in den vielen Sternwarten, die ich gesehen habe, im Grunde nur die Sonnenuntergänge unterschiedlich: das Zerfließen der Farben über dem Horizont und der Geruch des Nachthimmels.

Meine erste Fahrt zum Fernstein im September vergangenen Jahres: Ich war mit dem Wagen unterwegs und hörte Mozart. Kurz vor der deutschen Grenze wurde der Radiosender mit dem A-Dur-Klavierkonzert von einem anderen Programm überlagert und schließlich verdrängt, einem katholischen Gottesdienst, in dem irgendwann ein Psalm verlesen wurde. Darin hieß es (ich habe die Stelle später nachgeschlagen): »Wenn ich sehe die Himmel, deiner Finger Werk, den Mond und die Sterne, die du bereitet hast: was ist der Mensch, daß du seiner gedenkst, und des Menschen Kind, daß du seiner dich annimmst?«

Die Silben zerflossen in einem majestätischen Kathedralenhall, was genaugenommen bedeutete, daß sie ihre akustische Eindringlichkeit und Größe den physikalischen Eigenschaften eines Hohlraums verdankten. Mir liegt nichts am offiziellen Segen der katholischen Kirche, ich halte ihn aus demselben Grund aber auch nicht für schädlich.

Die dunklen Täler und die grellen Lichtspieße, die gelegentlich durch die Schattenmassen der Berge und Tannen blitzten. Irgendwann hob sich die Straße – ein hellgraues, vom Frost des Winters angenagtes Band ohne Markierungen oder Randbefestigungen – auf eine blasse, nicht sehr weitläufige Ebene.

Archaischer Sakralgesang zur Wandlung. Lateinische Liturgien aus der Zeit monoton singender Mönche in dunklen steinernen Klosterkirchen, als nicht nur Gott, sondern mehr oder weniger alles ein Mysterium gewesen war. »Geheimnis des Glaubens: Deinen Tod, Oh Herr, verkünden wir und Deine Auferstehung preisen wir, bis Du kommst in Herrlichkeit.« Eine karge Orgelimprovisation begleitete das ferne Austeilen der Kommunion. Näselnde richtungslose Tonfolgen über dem depressiven Murmeln der Bässe.

Ich erinnere mich daran, wie ich als Kind die Hostie empfangen habe. Sie war ebenso rund und weiß wie der Mond. Von zwei Pastorenfingern geführt, stieg sie aus dem Kelch empor, und manchmal glaubte ich sogar, eine kraterartige Struktur auf der Oblate zu erkennen.

Dann sank sie nieder auf meine herausgestreckte Zunge, an der sie, trocken und geschmacklos, wie sie war, sogleich festklebte. Mit mahlenden Bewegungen und bestimmten Krümmungen der Zungenspitze schob ich sie im Innern des Munds so lange hin und her, bis sie schließlich hinreichend mit Spucke durchtränkt war und ich sie schlucken konnte. Doch habe ich sie nie wie Nahrung geschluckt, sondern eher wie einen Fremdkörper, wie ein Haar beispielsweise oder eine Tablette, ohne dabei allerdings die Vorstellung von einer bestimmten heilenden oder schmerzlindernden Wirkung vor Augen gehabt zu haben. Überhaupt habe ich nach diesen Kommunionsritualen nie eine Veränderung in meinem Körper gespürt. Vielmehr verlor sich der warme saure Geschmack meiner eine Weile lang noch weiterproduzierten Spucke irgendwann in der angenehmen und befreienden Gewißheit, daß der Gottestdienst nun bald beendet sein würde.

Die Kuppeln des Observatoriums: Ich erinnere mich an ihre ferne, über dem schroffen Wust aus Felsformationen schwebende geometrische Genauigkeit. Im Gegensatz zu den undurchdachten Steinwucherungen aus der Kreidezeit wirkten sie wie der Sitz einer schweigenden, asketischen Intelligenz.

Die Straße schien nun eins werden zu wollen mit der unaufgeräumten, von irgendeiner Eiszeit achtlos zurückgelassenen Gesteinswelt der Hochebene. Verwitterte fensterlose Holzhütten in den Niederungen, kleine, aus Natursteinen aufgeschichtete Mäuerchen oder einmal auch nur ein einzelner morscher, aus dem spärlichen Gras herauswachsender Pfahl: Langsam zogen diese Dinge an mir vorbei, während der Gottesdienst jetzt endete.

»Gehet hin in Frieden«, hieß es, und zum letzten Mal

setzte die Orgel ein. Mit vollem Werk durchbrachen die ersten Akkorde einer semitonalen zeitgenössischen Toccata, die ich nicht kannte, die Stille nach dem Segen. Ich stellte das Radio ab, weil mir die Klänge zu pompös und aufdringlich waren. Nichts anderes mehr schien mir passend, je höher ich kam, als die Kargheit elementarer Geräusche. Der stete Wind zwischen den Felsen oder der einzelne rauhe Schrei einer Dohle.

Marthe hat entschieden, daß es nun an der Zeit ist, damit zu beginnen, den Haushalt unseres Vaters aufzulösen. Sie hat mich heute morgen angerufen: Das unerwartete Telefonklingeln hallte gespenstisch nach im – sieht man von meinem ebenfalls mehr oder weniger gespenstischen Hiersein ab – unbewohnten Haus.

Als sie nachmittags kommt, bringt sie ihre beiden Söhne mit, Florian und Philipp. Die beiden sind sieben und vier Jahre alt und nennen mich Onkel Frank, obwohl ich sie nie dazu aufgefordert habe, mir den Onkeltitel zu verleihen. Florian, der ältere, umfaßt im Vorbeigehen pflichtschuldig meine Taille, so daß ich ihn ungeschickt und übereilt auf den Hinterkopf küsse. Ich berühre mit den Lippen sein Haar, dessen Weichheit und Feinheit mich erschreckt.

Philipp, den jüngeren, hebe ich auf meine rechte Hüfte. Wir verharren kurz in dieser vertraulichen Stellung, ohne wirklich Kontakt zueinander aufzunehmen. Etwas hält mich davon ab, die helle Nahsphäre des Kindes mit einem aufoktroyierten Onkelkuß zu verletzen, der nur erduldet werden würde wie ein mikroskopisch kleiner Vergewaltigungsakt, dessen ich mich nicht schuldig machen will.

Ich habe erwartet, daß Marthe sehr bedrückt und niedergeschlagen sein würde, aber sie macht einen ziemlich gefaßten, genaugenommen energischen Eindruck.

– Es wird schrecklich werden, prophezeit sie.

Marthe, die durch die Flure und Räume unseres Elternhauses streift: Ich habe das Gefühl, daß sie sich im Gegensatz zu mir durchaus als Besitzerin fühlt. Hier und da läßt sie sogar recht unverhohlen eine gewisse Kritik an der Einrichtung durchblitzen, die in der Tat kein ausgeprägtes Stilempfinden verrät, sondern eher den Hang meiner Eltern zu Allerweltsmöbeln und volkstümlichen oder billigen Dekorationsgegenständen dokumentiert. Alles in allem bin ich von Marthes nüchterner Beherrschtheit überrascht.

Auf dem gartenseitigen und in vier Jahrzehnten Bewohntheit praktisch nie benutzten Balkon stehend, sagt sie schließlich: Ist es nicht furchtbar, nicht daran glauben zu können, daß Papa in irgendeiner Form noch da ist? Es muß doch mehr geben als das, was wir *sehen* können. Ich finde einfach, die Physik ist spirituell zu brutal.

– Das scheint nur so, entgegne ich. Junge Physiker leben mittlerweile hart an der Armutsgrenze. Niemand braucht sie. Das nimmt keiner auf sich, ohne an irgend etwas zu glauben.

– Woran kann man schon glauben, wenn man der Meinung ist, daß die Welt nur aus Atomen besteht!

– Sie *besteht* nur aus Atomen.

– Das sagst *du*, Frank. Ich habe noch keins gesehen.

Es gibt irgendein System, nach dem Marthe mich beim Vornamen nennt, aber ich habe es noch nicht ergründen können.

– Papa war übrigens auch Naturwissenschaftler, werfe ich ein, und trotzdem fest davon überzeugt, eine unsterbliche Seele zu besitzen.

– Das war auch unlogisch!, befindet sie. In seinem Wesen lag ein starker religiöser Zug. Ich glaube, er ist nur Naturwissenschaftler geworden, weil unser Großvater als Mathematiklehrer das von ihm erwartet hat. Damals hatte man wenig biographischen Spielraum und konnte Differenzen nicht austragen. Bei dir war das anders. Du hast dich mit Papa überworfen, weil wir als Generation so ein Bedürfnis nach Konflikten haben.

Die Dynamik unserer geschwisterlichen Beziehung gebietet es offenbar, daß ich mich gelegentlich von ihr angegriffen fühle.

– Erstens, sage ich, habe ich mich nicht mit ihm überworfen, sondern monatelang mit ihm auseinandergesetzt, was genaugenommen ein Beweis dafür ist, wie wichtig er mir damals war. Und zweitens hat mir seinerzeit in der Psychiatrie auch der behandelnde Arzt, ein gewisser Doktor Früger, bestätigt, daß ich mich sehr seriös und methodisch mit dem Vaterproblem befaßt habe.

– Frank, vergiß nicht, daß du behauptet hast, ihn getötet zu haben!, sagt Marthe eindringlich und gleichsam unsichtbar die Hände ringend. So wie ich zu intellektuellem Einschnappen neige, besitzt sie einen Hang zu hysterischen, bühnenreifen Dramatisierungen.

– Das war nur konsequent, erwidere ich. Jeder Psychologe wird dir bestätigen, daß Söhne gegenüber ihren Vätern Mordfantasien hegen. Auf diese Weise entwickelt sich unsere Seele.

– Das ist grausam und zynisch.

– Die Natur ist grausamer, sage ich. Die Natur hat ein handfestes Problem: Sie muß ständig Platz schaffen. Der Tumor, der seinen Körper aufgefressen hat, hat sich nicht mit Fantasien begnügt.

– Wie kannst du so ungerührt über seinen Tod reden! Es ist abscheulich.

Was Marthe abscheulich findet, erscheint mir sachlich. Ich gehe nicht weiter auf das Thema ein. Irgendwann sitzen wir im Wohnzimmer zwischen Stapeln von Fotoalben und in Kartons aufbewahrten Bildern. Mein Vater ist mit der fotografischen Ernte seiner Jahre ziemlich achtlos umgegangen. Er hat viel fotografiert, um so mehr sogar, je älter er geworden ist, habe ich den Eindruck. Die Urlaubsreisen, die jährlichen Feste: Alles wiederholt sich, nur er, sein Gesicht, sein immer gleiches Lächeln ins Objektiv, wenn er selbst auf den Bildern zu sehen ist, wird von Stapel zu Stapel älter. Irgend etwas lag ihm daran, sein Leben zu dokumentieren, aber er hatte dabei keinen besonderen gestalterischen Ehrgeiz. Ich frage mich, ob er die Bilder ab und an hervorgeholt hat, um sie zu betrachten. Offenbar nicht. Er hat die Bilder in den Geschäften nur noch entgegengenommen und in einer großen schwergängigen Schrankschublade verstaut. Sie stecken immer noch in jenen flachen Labortüten, in denen man sie ausgehändigt bekommt und deren Farben im Gegensatz zu denen der Abzüge auch heute noch leuchtend und satt sind. Je älter er geworden ist, um so gleichgültiger oder mechanischer hat er dem eigenen Leben gegenübergestanden, so kommt es mir manchmal vor.

Marthe hat Tränen in den Augen, während wir uns Film

31

für Film durch die unüberschaubare Bildermasse arbeiten, beziehungsweise durch Bruchteile dieser Masse – mehr ist an einem halben Nachmittag nicht zu schaffen. Von den Aufnahmen, die an diesem Tag durch unsere Hände gegangen sind, ist mir nur eine im Gedächtnis geblieben. Ein Schnappschuß aus den späten sechziger oder frühen siebziger Jahren, nehme ich an: mein Vater, wie er in weißem kurzärmeligen Hemd und dunkelgrauer Stoffhose, den linken Arm angewinkelt in die Taille gestützt, die Beine salopp gekreuzt, neben einer schwarzen, im frühen Abendlicht glänzenden Mercedes-Limousine steht. Seine Brille, dunkel gerandet nur in der oberen Hälfte der Gläser, randlos darunter, ist beinahe wieder modern. Stoßstange und Kühlergrill des Wagens, auf dessen Motorhaube er sich stützt, blitzen verchromt. Die Scheibenwischer, gegeneinanderlaufend montiert, liegen offen auf der Unterkante der rechteckigen, für heutige Verhältnisse geradezu steil eingebauten und kaum gebogenen Windschutzscheibe.

Im Hintergrund sieht man eine überdachte Autobahn-Grenzstation mit rot-weißen heruntergelassenen Schlagbäumen, wie es sie an den innereuropäischen Grenzen schon lange nicht mehr gibt. Offenbar handelt es sich um die deutsch-österreichische Grenze, wie sich aus zwei nebeneinanderhängenden Flaggen schließen läßt. In welcher Richtung mein Vater die Grenze überfahren hat und ob er sich auf der deutschen oder auf der österreichischen Seite hat fotografieren lassen, geht aus der Aufnahme nicht hervor.

Ich glaube aber, daß er auf der österreichischen Seite steht. Ich glaube, das Foto soll dokumentieren, daß er dort war, auf Dienstreise in Österreich, nicht als Tourist, sondern in einem bestimmten gesellschaftlichen Auftrag und alles in allem im Dienste der Allgemeinheit.

Der Mercedes – deswegen bin ich mir in dem Punkt so sicher – ist ein Dienstwagen mit Fahrer. Mein Vater, der damals ungefähr so alt gewesen sein dürfte wie ich jetzt, wurde zu Hause mit einer gewissen Regelmäßigkeit von einem Chauffeur abgeholt, und die einzige Anmerkung, die ich dazu habe, ist die, daß ich selbst noch nie von einem Chauffeur abgeholt worden bin. Überhaupt wüßte ich nicht, daß es ein Foto von mir gibt, das mit jenem von meinem Vater dort an der österreichisch-deutschen Grenze in irgendeiner Hinsicht zu vergleichen wäre.

Sein lässiger Stolz und sein Selbstvertrauen neben der schwarzglänzenden Mercedes-Limousine, die ihn soeben in ein fremdes Land getragen hat – dieser Stolz und das elementare Einverständnis mit dem aus eigener Kraft Erreichten sind mir fremd. Irgend etwas hindert mich daran, mich mit mir selbst auf natürliche Weise zu identifizieren, obwohl ich durchaus nicht an dem zweifle, was ich tue. Doch erfüllt mich das Ergebnis meiner Bemühungen selten mit jener tiefen Befriedigung, wie ich sie bei meinem Vater auf diesem Foto zu spüren glaube: eine optimistische, vernünftige und ausgewogene Befriedigung ohne Arroganz oder Eitelkeit. Eine Befriedigung darüber, zu leben und dem Leben gerecht zu werden.

Simon hat vorhin angerufen und gefragt, ob wir uns übermorgen in Brüssel treffen können.

Er sagte: Du weißt ja, wie sehr ich mich für das Fernstein-Projekt eingesetzt habe, deswegen ist meine Position hier ein wenig heikel. Natürlich ist allen klar, daß ich nicht für Ereignisse verantwortlich gemacht werden kann, die nicht in meinem Einflußbereich gelegen haben. Nun ja, es bleibt trotzdem schnell etwas hängen, wenn man solche Dinge nicht restlos aufklärt. Formal bin ich als Kommissionsbeamter nur dem Wohl Europas verpflichtet, aber natürlich wird seitens der deutschen Administration stillschweigend erwartet, daß ich dabei die heimischen Interessen nicht ganz aus den Augen verliere. Andererseits steht bei europäischen Forschungsprojekten stets der supranationale Vernetzungsgedanke im Vordergrund. Ich muß also aufpassen, daß es am Ende nicht heißt, ich hätte das ganze Projekt nur unterstützt, weil es sich im Kern um ein deutsches Vorhaben gehandelt hat. Das ist der Punkt, Frank: Ich sitze in der Angelegenheit irgendwie zwischen den Stühlen. Im großen und ganzen funktioniert Europa nämlich nach dem Prinzip des Versicherungsbetrugs: Man will das, was man eingezahlt hat, auch wieder herausholen, und wenn möglich noch mehr.

Ich verstehe Simons Problem, er ist in einer schwierigen Position. Ich frage mich, ob Physiker jemals als Politiker erfolgreich sein können, oder ob ihnen das logische Denken nicht immer im Weg stehen wird.

Wir redeten noch eine Weile über dies und das, und ich bat ihn, Danielle, seine Frau, von mir zu grüßen. Zum Schluß verabredeten wir, daß er mich in Brüssel vom Bahnhof abholte.

Ich frage mich, ob ich in meinem vorgestern begonnenen Bericht die richtige Tonlage für eine behördliche Untersuchung treffe. Der Zweck des Ganzen ist mir ja durchaus klar: Ich soll – aufs kürzeste gesagt – irgend etwas gestehen oder den zuständigen Beamten und EU-Forschungsfunktionären irgendeinen Schuldigen servieren. Das würde die Angelegenheit vereinfachen.

Statt dessen beschreibe ich, woran ich mich erinnere – aber vielleicht liegt darin doch ein Reiz. Denn immerhin sind die Wege zu allen Sternwarten dieser Welt durchaus nicht ausgetreten. Um zu den ESO-Observatorien in Chile zu gelangen, muß man stundenlang durch eine der trockensten Wüsten der Welt fahren, und in den Dörfern auf dem Weg nach Calar Alto sitzen alte Spanierinnen neben den Haustüren, dir als Fremdem gegenüber so mißtrauisch wie eh und je, auf Holzstühlen und ganz in Schwarz vor dem blendenden Weiß der Wände, mit tiefverschatteten Augen, deren Blicke man spürt, Frauen, so bewegungslos wie die umliegenden Felsen, getaucht in ein Höhenlicht, das den Dingen jene Überschärfe verleiht, die in deinen Augen beinahe schmerzt.

Bereits als Kind haben Sternwarten meine Fantasie gereizt, und so habe ich Florian, dem älteren von Marthes Söhnen, der übrigens mein Patenkind ist, im vergangenen Herbst, zu seinem siebten Geburtstag, ein 10cm-Spiegelteleskop geschenkt. Es stand eine Zeitlang bei mir in St. Ciolles im Hof, und nachts, bevor ich zu Bett gegangen bin, habe ich gelegentlich einen Blick durchs Okular geworfen.

Gewohnt, den Himmel nur auf Computermonitoren von Großteleskopen zu betrachten, hat es mich durchaus erstaunt, wie sehr so ein vergleichsweise kleines und nur für den Amateurgebrauch gedachtes Instrument die Menge der sichtbaren Sterne zu vervielfältigen in der Lage ist. Zu den leuchtkräftigsten Objekten, die man mit bloßem Auge zu sehen vermag, gesellt sich schnell ein erstaunlich dichter Schwarm von mittleren oder nur schwach glimmenden Lichtpunkten hinzu, und der Eindruck einer glitzernden Sternenkugel entsteht, die irgendwo am Ende des Fernrohrs zu schweben scheint. Ein wenig ist es so, als wäre das Universum auf die Größe eine Apfels zusammengeschrumpft.

Manchmal schmerzt mich beim Einschlafen der Gedanke, daß das, was sich im Gehirn so mühelos verkleinern und verstauen läßt, in Wahrheit aus lauter Unerreichbarkeiten zusammengefügt ist. Auf der Schwelle zum Schlaf, wenn sich die lückenlos gefügte Welt des logischen Wissens allmählich zu verformen und aufzulösen beginnt, glaube ich hin und wieder, es müsse sich bei der Größe und Unüberbrückbarkeit der Dimensionen und Lichtjahre im Kosmos um einen Irrtum handeln. Ich schlummere ein in der Gewißheit, daß unsere Einsamkeit auf diesem zugegeben ja durchaus schönen und bewohnenswerten Planeten nicht das letzte Wort der Natur ist.

Und doch: Das Universum, so wie wir es wahrnehmen, ist eine längst vergangene und verschwundene Konstellation, ein Realitätsecho. Alles, was uns umgibt, ist in Wirklichkeit etwas Gewesenes. Der Augenblick versiegelt alles mit der undurchdringlichen Schale des Vergangenseins. Selbst die Geliebte in unseren Armen – selbst Ellen, die ich seit Monaten nicht wiedergesehen habe, ihr Gesicht, ihre Augen, war nie wirklich ein Teil meines Jetzt, sondern immer den unmerklichen Wimpernschlag eines Lichtsekundenbruchteils von mir entfernt.

Bitte, meine Damen und Herren (könnte ich meinen Fernstein-Bericht fortsetzen), stellen Sie sich jetzt den Blick ins Tal vor: die Strukturen der Zivilisation dort, Straßen so dünn wie Grashalme, an denen bunte Läuse mit stoischer Langsamkeit entlangkrabbeln. Die nahezu vollkommene Stille: eine Lautlosigkeit, in der das Knirschen des Felsgerölls unter den Schuhsohlen zu einer beinahe greifbaren, gegenständlichen Wahrnehmung wird. Ab einer bestimmten Höhe gibt es keine Fliegen mehr – vielleicht (ich könnte es mir denken) weil die Luft für den speziellen Flugmechanismus von Insekten zu dünn ist, was auch ein Grund für die Stille sein könnte. Das Gefühl, dem kosmischen Vakuum in einer ersten Vorform bereits näher gekommen zu sein. Dann der Schrei einer Dohle, unerwarteter Beweis für die Existenz biologischen Lebens, weil man für Momente vergessen hat, sich selbst dazuzurechnen … Es war, als säße alles Substantielle von mir noch hinterm Steuer, als ich Farnreuter, dem diensthabenden Astronomen, zur Sternwarte folgte. Er hatte mich an der Bergstation der Kabelbahn erwartet, und nun stapften wir über Gras und Geröll. Trotz seiner beachtlichen Körpergröße wußte Farnreuter sich auf dem abschüssigen Hochgelände sicher wie eine Gemse zu bewegen. Er hatte die Ausstrahlung eines glücklichen Naturburschen, trug Jeans und karierte Flanellhemden, und seine Gesichtshaut war durch die Intensität des ständigen Höhenlichts dunkel geworden und seine Haare weiß, so daß er aussah wie sein eigenes fotografisches Negativ.

Dann der Himmel: wolkenlos und hoch, ein offenes Tor zwischen den aufragenden Pfosten der Gipfel. Schneefelder im Schatten von Steilwänden und Überhängen. Die schwache blaßblaue Einfärbung von nahezu allem, wie ein schimmernder Rest des Eises, das sich hier einstmals aufgetürmt haben mußte.

Aus der Nähe war der Schnee allerdings ein pockennarbiges Gemisch aus Harsch und Schmutz. Kometen bestehen aus demselben Material: aus schmutzigem Eis. Die Urerde hat sich aus Verwirbelungen und Verklumpungen solcher Eisbrocken gebildet. Immer wieder ist das Wasser in der Kollisionshitze verdampft und zurück in den Weltraum entwichen. Aber der Schmutz ist beharrlich geblieben.

Man hat in den dreißiger Jahren nicht nur eine Bergbahn für die militärischen Anlagen auf dem Fernstein gebaut, sondern darüber hinaus eine Schachtanlage als wetterfesten Zugang in den Fels getrieben. Man betritt sie durch eine zweitürige Schleuse, die ohne Schlüssel nur von innen nach außen zu passieren ist, wobei jede der beiden Türen erst geöffnet werden kann, wenn die jeweils andere geschlossen ist. Generäle sind Sicherheitsfanatiker.

Farnreuter, der die erste Tür aufschloß, die, gestrichen mit roter Rostschutzfarbe und verankert in einem Backsteinbogen, geradewegs in den Berg hineinführte. Nachdem wir auch die zweite passiert hatten, standen wir im Tunnel: um uns Abermillionen Tonnen von Gestein, die unsere Anwesenheit zu verdichten schienen. Winzige Stalaktiten (Stalagmiten? – es gibt irgendeine Eselsbrücke, die ich mir nie habe merken können) wuchsen tropfend von der Decke. Wir gingen durch Zonen heller und dunkler werdenden

Neonlichts. Kabelstränge in neuen Kunststoffhalterungen liefen über den Fels – Zivilisationsbeweise immerhin.

Dann betraten wir einen Aufzug, der uns dem Gipfel entgegenhob. Die Kabine war zu einer Seite hin offen, und nach ein paar Metern Fahrt wurde vor uns das Skelett aus Metallverstrebungen sichtbar, in dem wir leicht vibrierend aufwärts glitten. Dahinter sank roher Fels und irgendwann der Eingangsspalt zur Fernstein-Klufthöhle in die Tiefe. Da die Alpen geologisch gesehen eine Auffaltung von Muschelkalkablagerungen aus den Zeiten eines Urozeans sind, fuhren wir genaugenommen durch fünfzig oder hundert Millionen Jahre Erdgeschichte. Irgendwann wurde die Kabine langsamer und kam vor einer Metalltür zum Stehen. Farnreuter stieß sie auf, und ich betrat das Observatorium. Und hier oben, fast überraschend im ersten Moment, war alles Licht.

Ein Foto aus den Beständen meines Vaters: Spanien acht-
undsechzig. Eine Aufnahme am Strand, meine Mutter mit
Marthe und mir. Die Farben sind blaß, doch sehe ich in
meiner Erinnerung das Hotel, in dem wir damals wohn-
ten, ein betongraues, acht- oder neunstöckiges Hochhaus,
noch deutlich vor mir. Es hatte trotz seiner vielen Stockwerke einen sehr kleinen Aufzug, in den vielleicht fünf oder
sechs Personen hineinpaßten, und man stand gedrängt und
schweigend in der Kabine.

Jedesmal, wenn wir Abends vom Strand kamen, stieg mir
der Geruch von salziger Haut und getrocknetem Schweiß
in die Nase. Ich stand eingeklemmt zwischen all den erstarrten Erwachsenen, zwischen Armen, Bäuchen und
Schenkeln, und auf einmal sah ich darin nur noch fremde
und wertlose Dinge, die in Meerwasser getaucht und anschließend von der Sonne ausgedörrt worden waren, die
im Sand gelegen und sich mit kleinen schlaffen Fältchen
überzogen hatten.

Ich sah hängende Stücke menschlicher Materie, und irgend etwas erschreckte und schockierte mich daran. Ich
war nicht in der Lage, die profane Materialität der Nacktheit zu dem, was mein Leben bisher bestimmt hatte (ich
war acht), in Beziehung zu setzen oder als Teil unserer unabänderlichen körperlichen Natur zu begreifen. Erst die

Ankunft des Aufzugs in dem Stockwerk, in dem wir unser Zimmer mit Balkon hatten, befreite mich von dem beklemmenden Eindruck. Ich sah lange hinaus aufs Meer, das weit und blauglitzernd und intensiv war.

Ich glaube, daß jedem Moment des Erkennens ein Zurückschrecken vorausgeht. Und so begann ich, vorsätzlich Dinge am Strand zu vergessen, um noch einmal umkehren und den Fahrstuhl, sobald es sich ergab, allein betreten zu können.

Es war ein eigenartiger Fahrstuhl, dessen Kabine keine Tür besaß, so daß man den Aufstieg zur offenen Seite hin als leicht vibrierende Abfolge von sinkenden Stockwerkstüren und grauverputztem Mauerwerk mitverfolgen konnte. Das gefiel mir, und vor allem gefiel mir, daß ich die Kabine mit niemandem teilen mußte. Aber vermutlich hätte ich all das längst vergessen, wenn der Aufzug nicht irgendwann zwischen zwei Stockwerken, dem vorletzten und dem letzten, stehengeblieben wäre. Er hielt an, und auf einmal war es ganz ruhig in der Kabine.

Wenn ich versuche, den Ablauf meiner Empfindungen in der Folge zu rekonstruieren, so scheint es mir, als sei mir die Unterbrechung zunächst nicht als etwas Bedrohliches erschienen. Im ersten Moment sah ich in der Störung eine Art Rätsel oder Aufgabe, die ich zu lösen hatte. Ich betrachtete die sieben oder acht Etagenknöpfe auf dem Steuerungspaneel und versuchte einfach, per Knopfdruck weiterzufahren, so wie ich es immer gemacht hatte.

Aber irgendwann begriff ich, daß es zwecklos war, und bald stieg mir der Kabinengeruch in die Nase, eine vom braunen Bodenlinoleum aufsteigende Mischung metallischer und moderiger Dämpfe und die allgemeine Ausdünstungssumme verschwitzter Haut. Doch das Schmerzlichste an meinem Eingeschlossensein war irgendwann die sich zur Gewißheit steigernde Angst, mich schuldig gemacht zu haben. Ich hatte etwas Falsches und sogar etwas Verwerfliches getan, ich hatte gelogen, um allein sein zu können. Und als ich das begriff, glaubte ich, ersticken zu müssen.

Ich frage mich bis heute, wieso ich damals nicht geschrien habe. Ich konnte einen schmalen Streifen jener Stockwerkstür sehen, unterhalb deren die Kabine zum Stehen gekommen war. Sie hatte eine Scheibe aus Drahtglas, hinter der auf einmal zwei dünne Beine und zwei kindlich magere Knie auftauchten, über denen sich der gerüschte Saum eines buntgeblümten Kleids bauschte. Es war Marthe, die mich suchte mit ihrer Neugier und Unbekümmertheit und der warmen Farbigkeit ihrer Haut. Sie beugte sich herab und spähte erwartungsvoll in die Fahrstuhlkabine, und ihre geweiteten tiefbraunen Augen sahen mich erstaunt an. Ich glaube, sie hielt das Ganze für ein Spiel, das ich mir für uns ausgedacht hatte. Aber schon bald (ich glaube, ich machte ihr hilflos Zeichen, schlug demonstrativ auf die nicht reagierenden Schaltknöpfe oder rief ihr zu, daß sie unsere Eltern verständigen sollte oder irgendwen) begriff sie, daß es kein Spiel war. Ihr wurde klar, daß ich eingeschlossen war, und sie begann zu weinen. Ich hoffte immer noch inständig, sie würde etwas unternehmen, aber sie war von der Umkehrung der Hierarchie zwischen uns überfordert. Sie war nicht in der Lage, sich von der Fahrstuhltür fortzubewegen und mich allein zurückzulassen, obwohl sie wirklich ein lebendiges und naseweises Ding war.

Statt dessen bewegten wir unsere Gesichter aufeinander zu, wie von zwei Seiten eines Spiegels. Ich reckte mich auf Zehenspitzen, und sie beugte sich mir weit entgegen, so daß ihr die dunklen Locken ins Kindergesicht fielen. Sie preßte ihre kleinen Handflächen gegen die Scheibe, als wollte sie die Tür aufstemmen mit dem Fliegengewicht ihres Körpers in dem gerüschten Blumenkleid. Ich sah ihre großen Tränen und spürte meine eigenen, doch ich schrie oder schluchzte nicht: Ich spürte nur, daß auch mir jetzt Tränen übers Gesicht liefen, aus stummer Verzweiflung. Und das Schlimmste am Sterben – an dieses Gefühl erinnere ich mich noch deutlich – wäre für mich in diesem Moment die Trennung von Marthe gewesen.

Es ist Anfang August, die Abende werden allmählich kürzer, wenn auch noch unmerklich. Das Licht, warm und angefüllt mit langen ruhigen Schatten, scheint sich zwischen den Einfamilienhäusern und in den reifen sommerhohen Gärten, die ich vom Balkon aus überblicke, zu setzen wie tagsüber aufgewirbelter Staub. Auch der Garten meines Vaters – Marthe will es so – ist tadellos gepflegt, der Rasen offenbar erst vor kurzem geschnitten worden, unsichtbare Kräfte halten die alte Ordnung aufrecht, so wie Raumsonden – sich selbst überlassen nach dem Ende ihrer Mission – noch jahrtausendelang auf dem vorberechneten kosmischen Kurs lautlos dahinziehen.

Eine Frage, die ich (und nicht nur ich) mir als Physiker hin und wieder stelle, ist die, ob das Universum nicht möglicherweise nur Teil eines wie auch immer gearteten höherdimensionalen Ganzen ist, in dem Raum und Zeit allenfalls die Bedeutung von Richtungen haben, anstatt sich zur alleinigen und exklusiven Bühne unserer Realität zusammenzufügen.

In bezug auf unser Leben oder unsere Geschichte hätte so eine Erweiterung der Dimensionalität zur Folge, daß die Kontinuität unserer Biographie möglicherweise nur eine Illusion wäre, die dadurch zustande kommt, daß wir nicht in der Lage sind, den Faden der Zeit zu verlassen. In Wirklichkeit aber könnte es sein, daß wir uns kreuz und quer durch einen komplexen Raum des Geschehens und der Symbole bewegten und dabei immer wieder dieselben Punkte passierten, ohne diese Wiederholungen als solche zu erkennen.

In einem Achterbahn-Universum erschiene uns jeder noch so verschlungene oder sprunghafte oder kreisförmige Lebenskurs als die zeitliche Gerade unserer individuellen Geschichte. In dem Glauben, einem Ziel zuzustreben, gelingt es uns in Wahrheit vielleicht nie, dem unsichtbaren Kraftfeld irgendeines Motivs oder einer Prämisse oder eines Irrtums zu entkommen. Einfache Begebenheiten erschienen uns als Metaphern und seelenlose Kausalitäten als Schicksal.

Es mag sein, daß solche Spekulationen Physikerschrullen sind, doch mußte ich bei meiner Fahrstuhlfahrt neben Farnreuter an diesen spanischen Aufzug denken, in dem ich einst steckengeblieben war. Und es kam mir so vor, als sei ich mit meiner Fahrt auf den Fernstein an einen bestimmten unweigerlichen Punkt meines Lebens zurückgekehrt.

Heute habe ich Simon in Brüssel getroffen, eine heikle und nicht gerade berechenbare Situation. Wir saßen in einem Jugendstil-Restaurant mit schwarzen gedrechselten

Tischen und Stühlen, Palisanderpaneelen an den Wänden und schönen Bleiglaslünetten über den Flügeltüren.

Simons Haare, die ursprünglich einmal dunkel waren, beginnen allmählich, sich grau zu färben, und seitdem umgibt ihn die Aura eines jener Konsumenten des gehobenen Mittelstands, mit denen die Werbung versucht, Autos, Lebensversicherungen und Luxuszigaretten an den Mann zu bringen. Seine dichten Augenbrauen sind immer noch schwarz, und das smarte ironische Lächeln, mit dem er kleinere Unsicherheiten zu überbrücken pflegt, ist inzwischen zu einem festen Bestandteil seiner Züge geworden. Zusammenfassend läßt sich feststellen: Er ist ein sensationell attraktiver Mittvierziger.

– Wie geht es Danielle?, erkundige ich mich.

– Gut, gut, sagt er geistesabwesend. Er ist nervös und nicht in der Stimmung, lange über Privates zu sprechen. Er blättert zerstreut in der Karte und sagt: Ich habe dich gebeten zu kommen, weil ich das unangenehme Gefühl habe, daß die Fernstein-Ermittlungen hinter meinem Rücken durchgeführt werden. Vielleicht glaubt man, daß ich auf irgendeine Weise in der Sache mit drinstecke, das wäre zumindest denkbar. Wir sind alte Freunde, und das hat sich irgendwie herumgesprochen.

Ich frage mich, ob er sich freigenommen hat. Oder bin ich für ihn ein Dienstessen? Möglich.

– Was soll der ganze Aufwand überhaupt?, sage ich. Was geschehen ist, war ein tragischer Unfall.

– Es gibt Leute, für die ist es zweckmäßig, es nicht so zu sehen, sagt er nachdenklich. Was ist mit diesem Lozki? Ein armer Irrer, oder?

Seit ich einige Monate in der Psychiatrie zugebracht habe, bin ich mit gewissen Begriffen vorsichtig geworden.

Etwas abwartend und mehrdeutig sage ich zunächst: Verrücktheit ist ein schwer zu fassender Zustand, unter dem jeder das versteht, was ihm gerade paßt. Wir sollten schon versuchen, die Wahrheit herauszufinden. Lozki hat nach außerirdischem Leben gesucht. Das war nicht unbedingt das, wofür man ihn eingestellt hat, aber es ist auch nicht unseriös. Die meisten Astronomen glauben, daß wir als intelligente Spezies im Universum nicht allein sind. Beziehungsweise sie haben die Hoffnung nicht aufgegeben, daß es irgendwo eine intelligente Spezies geben könnte.

Mit spürbarer Verärgerung sagt er: Meine Karriere steht auf dem Spiel, und alles, was dir einfällt, ist, daß man die Wahrheit herausfinden muß!

– So schlecht finde ich die Idee gar nicht.

– Himmel! Die Wahrheit ist etwas für Fundamentalisten und betrogene Ehemänner, schimpft er und fügt etwas ruhiger hinzu: Was ist eigentlich mit dieser Meteorologin? Ellen Soundso.

– Paulsen, sage ich, ohne ihm zu glauben, daß er den Nachnamen tatsächlich vergessen hat.

– Richtig. Ellen Paulsen.

– Was soll mit ihr sein? Als ich zum ersten Mal dort war, vor einem Jahr etwa, beziehungsweise Mitte September, um genau zu sein, wußte ich gar nicht, daß sich die Schwarzschild-Sternwarte den Fernstein-Gipfel mit einer Station des Deutschen Wetterdienstes teilt. Ich war ziemlich überrascht, dort oben jemanden zu treffen, der sozusagen nicht dazugehörte.

– Wieso bist du überhaupt so häufig hingefahren? Es ist ein weiter Weg von Südfrankreich nach Bayern. Und schließlich habt ihr in Manosque selbst ein Teleskop, ein weitaus größeres zudem als das auf dem Fernstein.

– Ich brauchte mehr Beobachtungszeit, als ich bei uns hätte bekommen können. Gute Teleskope sind rar, und Teleskopzeit ist knapp. Ich bin nach Bayern gefahren, um auf dem Fernstein beobachten zu können, und einmal, in der zweiten Oktoberhälfte, war ich ein paar Tage in Spanien, um am 2,2m-Teleskop auf dem Calar Alto zu arbeiten. Astronomen sind Zigeuner. Es ist vollkommen normal, daß wir dorthin fahren, wo für uns Beobachtungsmöglichkeiten bestehen. Und durch meine Zusammenarbeit mit Lozki war es auf dem Fernstein immer unkompliziert, an Teleskopzeit zu kommen.

Er nickt nachdenklich und sagt schließlich: Eine Sache ist mir aufgefallen. Jedesmal, wenn du dort warst, hatte auch Ellen Paulsen in der meteorologischen Station Dienst.

– Ach ja?

– Das könnte natürlich Zufall sein.

Seine Bemerkung besagt nichts anderes, als daß er gewisse Vernehmungsprotokolle, die es offenbar gibt, studiert hat, um anschließend in einer eigens zu diesem Zweck angefertigten Zeittafel bestimmte Querverbindungen aufzuspüren, die ziemlich private Bereiche meines Leben betreffen. Oder anders ausgedrückt: Er hat mir nachspioniert.

Ich nicke: Du sagst es – Zufall.

Doch er läßt nicht locker und sagt vieldeutig: Ich nehme an, die Situation dort auf dem Berg läßt eine gewisse Nähe entstehen …

– Was heißt schon Nähe, gebe ich verschlossen zurück.

Genaugenommen weiß ich nicht, warum ich ihm die Geschichte nicht einfach erzählt habe, denn sie ist vergangen und vorbei. Und doch wehre ich mich gegen den Versuch, das, was zwischen Ellen und mir war, zum Zwecke irgendeiner argwöhnischen Prüfung oder Analyse preiszugeben. Ich möchte mir meine Geschichte nicht aus der Hand nehmen lassen, weder von irgendeiner Behörde noch von Simon, meinem ältesten Freund.

Als ich wieder im Zug sitze, beruhigt es mich, all diese Dinge im Waggonfenster vorüberziehen zu sehen: das dunkel patinierte Backsteinrot von niemals verputzten Fabrikmauern, das zähe Vegetationsgemisch an Bahndämmen, das Fensterflackern entgegenkommender Züge, Baukräne im gelben Gegenlicht, flache Autohäuser, die Tristesse uniformer Arbeitersiedlungen, dunkle nordseitige Balkone, auf denen kaum etwas zu gedeihen vermag, Waschbetonbauten mit kupferrot beschichteten Fenstern, die vor dreißig Jahren einmal Modernität zum Ausdruck bringen sollten und jetzt nur noch an die Tönung billiger Sonnenbrillen erinnern und an die eigentümliche Leere der seither verflossenen Zeit.

Der Zug, in dem ich sitze, muß vor kurzem durch Regen gefahren sein, denn die Tropfen haben auf dem Glas langgezogene Spuren zurückgelassen, die im Licht der niedrigstehenden Sonne leuchten.

In gewissem Sinne ist es in Zügen möglich, die Welt von ihrer Rückseite her zu betrachten: die akribische Idylle kleiner Gärten, die von Einfamilienhäusern zwar gegen die Straße abgeschirmt werden, nicht aber gegen den Bahndamm, die Holzpaletten- und Kartonstapel im Schatten von Einkaufszentren, das blaßgrüne Unkraut auf stillgelegten Gleissträngen, sonnengelbe Löwenzahnblüten zwischen verrosteten Moniereisen und bröckelndem Beton.

Ich habe mich von Simon freundschaftlich verabschiedet, aber die Begegnung geht mir noch nach. Er symbolisiert meine verlorene Jugend oder besser Adoleszenz. Lebenshungrig und plastisch denke ich auf einmal an eine nächtliche Irrfahrt durch Mailand vor nunmehr beinahe fünfzehn Jahren, in der Zeit kurz vor meinem Psychiatrieaufenthalt. Ich denke an den verrückten zermürbenden Versuch, in der dunklen regenglitzernden italienischen Straßenmasse ein vertrauenswürdiges Schild, einen winzigen Hinweis Richtung Süden zu finden, um meiner damaligen Freundin, jener Nina, die irgendwo in der Nähe von Genua in einer alten Olivenmühle ihrer Leidenschaft nachging, Schauspielerin zu werden, zu sagen, daß ich sie liebte.

Fünfzehn Jahre. Vielleicht ist es so: Je älter man wird, desto größer werden die Distanzen. Ich muß dabei an die immerwährende Ausdehnung des Universums denken, das unaufhaltsame Auseinanderdriften der Dinge. Vielleicht gibt es ein vergleichbares Gesetz für das Universum der Seelen, eine Gleichung, die uns im Koordinatensystem der Gefühle immer weiter voneinander entfernt.

Ich setze meinen Bericht über die Ereignisse auf den Fernstein mit ein paar Anmerkungen zur Entdeckung des ersten extrasolaren Planeten im Jahr 1995 durch Michel Mayor und Didier Queloz fort, die mir an dieser Stelle nützlich und geboten erscheinen, weil ich annehme, daß

die Europäische Union es sich nicht leistet, für jede natur-
wissenschaftliche Disziplin – und schon gar nicht für die
Astronomie – eine eigene Kommission oder ein eigenes
Referat oder was auch immer einzurichten, und mithin gewisse astronomische Tatbestände den Verantwortlichen in
der Fernstein-Sache – also Ihnen, meine Damen und Herren – nicht unbedingt geläufig sein dürften.

51 Pegasi (der Name besagt, daß es sich dabei um das
51-hellste Objekt im Sternbild des Pegasus handelt) ist
astronomisch ein höchst unauffälliger Massenstern. In seinen Eigenschaften gleicht er recht genau der Sonne, wobei
vielleicht hinzugefügt werden sollte, daß wir der Tatsache,
daß sich die Sonne durch keinerlei stellare Exaltierthei-
ten – Pulsationen, planetenversengende Hitze oder riesenhafte Größe – auszeichnet, unsere Existenz verdanken.
Oder anders ausgedrückt: Die bedeutendste lebenspenden-
de Eigenschaft der Sonne ist ihre unerschütterliche Durch-
schnittlichkeit.

Deshalb waren es auch immer sonnenähnliche Sterne,
die auf den Beobachtungslisten jener Astronomen lande-
ten, die es sich zur Aufgabe gemacht hatten, extrasolare
Planetensysteme zu finden. Die einzige Gewißheit bei der
ganzen Angelegenheit war nämlich die, daß die Sonne Planeten *hat*. Und so wie Gott den Menschen nach seinem
Ebenbild geschaffen hat, galt es unter Astronomen als aus-
gemacht, daß man in unserer kosmischen Nachbarschaft
irgendwann eine Kopie des Sonnensystems finden würde,
wenn man nur lange genug danach suchte.

Der Planet, dessen Signale Mayor und Queloz 1995 am
193cm-Spiegelteleskop in der Sternwarte von Haute-Pro-

vence allerdings ins Netz gingen, war ein ziemlich schräger Vogel und daher ein Schock: so schwer wie der riesige Jupiter und so flink wie der winzige Merkur.

Die Amerikaner – nicht gewohnt, daß bedeutende Entdeckungen von Nicht-Amerikanern gemacht werden – zogen sofort alle Register, um nachzuweisen, daß es sich bei dem vermeintlichen Begleiter von 51 Pegasi um einen verdammten Rechenfehler oder sonstwas handeln müßte. Es hat sie wirklich gefuchst, daß sie bei der Sache nicht die ersten waren, weil sie den Weltraum ja irgendwie als natürliche Erweiterung des amerikanischen Territoriums begreifen. Die Niederlage wog im übrigen doppelt schwer, weil auch das zweite Projekt, das im ziemlich optimistischen Amerika der neunziger Jahre zur Erkundung möglichen Lebens im Weltraum auf den Weg gebracht worden war, das Search-for-Extraterrestrial-Intelligence- oder kurz SETI-Projekt, ebenfalls zu keinem vorzeigbaren Ergebnis geführt hatte.

Es ist inzwischen offiziell eingestellt und privatisiert worden, fristet aber seit Jahren ein beharrliches Internet-Dasein. Unmengen von noch nicht ausgewerteten Daten liegen auf irgendwelchen Servern herum und stehen jedem, der sich daran versuchen möchte, zur Analyse zur Verfügung.

Ich neige aber zu der Annahme, daß die Amerikaner etwas gefunden hätten, wenn es bei dem Projekt etwas zu entdecken gegeben hätte, und zusammenfassend kann man also sagen, daß unsere Hoffnung, im riesigen Weltraum nicht allein zu sein, in den vergangenen zehn Jahren zwei ziemlich massive Rückschläge hat verkraften müssen. Es ist zwar immer noch alles möglich, aber die Wahrscheinlich-keit, daß wir irgendwo da draußen demnächst Geschwister finden werden, ist kleiner geworden.

Hin und wieder denke ich darüber nach, ob ich mit Ellen glücklich gewesen bin. Ein halbes Jahr lang haben wir uns regelmäßig gesehen, und natürlich stimmt es, was Simon »aufgefallen« ist: Wenn ich von Manosque nach Deutsch-land gefahren bin, dann nicht nur, um auf dem Fernstein meiner Arbeit nachzugehen, sondern ebenso, um Ellen zu sehen, dort, in diesem klaren deutschen Herbst.

Das Oktoberlicht. Die weiße Bordüre der schon schnee-bedeckten Alpengipfel und die Dunsthaut über den Tä-lern. Häuser und Kirchtürme, gerückt in eine halbreale oasenhafte Ferne.

Hin und wieder saßen wir auf der kleinen Natursteinter-rasse unterhalb der geschlossenen Observatoriumskuppeln und redeten. Zum Beispiel: ihr Leben als Meteorologin beim Deutschen Wetterdienst und als Mutter von zwei Kindern.

– Rolf (ihr geschiedener Mann), sagte sie einmal, leitet in der Nähe ein Sporthotel für Wanderer und Skifahrer und übernimmt die Kinder, wenn ich über Nacht hier oben in der Station bleiben muß. Außerdem läßt mich Jogi (ihr Meteorologen-Kollege, ein gutmütiger großstadtflüchti-ger Greenpeace-Aktivist) nicht hängen, wenn es einmal eng wird. Manchmal ist es ziemlich kompliziert, Job und Kinder unter einen Hut zu bringen. Wenn gar nichts mehr geht, springen meine Eltern ein und kümmern sich um Sven und Moritz.

Ich erinnere mich: die silbergrauen Observatoriumskuppeln auf dem Berggipfel und das weiße Brennen der Sonne. Die Erschöpfung in den Morgenstunden, weil man nachts gearbeitet hat, oder die Wachheit und Klarheit am Abend, weil man gerade aufgestanden ist. Die Intensität von Erfahrungen, weil durch die Zeitumkehr nichts so ist, wie man es kennt.

Wie lange war ich insgesamt dort, auf diesem Berg in Deutschland? Farnreuter hat ein Foto von uns beiden gemacht, von Ellen und mir, wie wir vor den Observatoriumskuppeln stehen. Es war an einem dieser Tage mit strahlendem Sonnenschein, während die Täler angefüllt sind mit einer dichten, blendendweißen Schicht aus Quellwolken, so daß man beim Hinabsehen eine Perspektive hat, wie man sie sonst nur vom Fliegen kennt. Und wie wir, Ellen und ich, uns dort umarmen und in die Kamera blinzeln, sieht es aus, als wäre unser Glück überirdisch, schwebend.

Ich denke also: Wir waren glücklich in diesem kurzen Herbst. Wir konnten uns dort oben nur in einer kalten (und irgendwann schneeumwehten) Schlafkammer lieben. Und wenn man unter einem Berg von Federdecken miteinander schläft, ist es vielleicht mehr, als es sonst ist, diese aufgetürmten wärmenden Massen, als lebe man schon zusammen in einem selbsterrichteten Haus. Und alles, was man will, ist dortzubleiben, nie mehr aufzustehen und hinaus zu müssen in die Kälte, dorthin, wo der andere Körper nicht ist.

Ich erinnere mich an Ellen, wie sie in der zweiten Novemberhälfte auf der Südterrasse des Observatoriums steht und mich auf eine bestimmte Wolkenformation aufmerksam macht, indem sie mit dem ausgestreckten Arm einmal über den tiefblauen Himmel wischt, auf dem aber überhaupt keine Wolke zu erkennen ist, höchstens ein hauchdünner weißlicher Federschleier über dem ansonsten glasklaren Gesteinskamm der Berggipfel im Südwesten, und behauptet, es werde schon in Kürze beginnen zu schneien.

Sie hatte die Wetterfront, von der noch nichts zu sehen war, auf ihren Satellitenmonitoren, und ich weiß noch, daß ich gedacht habe: Soll der Schnee kommen! Ich stand hinter ihr, die Hände auf ihre Hüften gelegt, küßte flüchtig ihre Halsbeuge und dachte: Soll er kommen und über uns niedergehen! Wir werden wohnen in unserem Haus, wir werden wohnen in unseren Körpern.

Kann man glücklich sein, wenn man sich in der Summe, alle Unterbrechungen herausgerechnet, kaum mehr als zwei Monate gesehen hat? Oder ist es gerade umgekehrt: Kann man *nur dann* glücklich sein?

Vorhin bin ich in die Garage gegangen. Warum? Es riecht dort immer noch nach dem letzten Wagen meines Vaters, der schon seit einem Jahr nicht mehr in dieser Garage steht. Er war das einzige Erbstück, von dem sich Marthe schnell und unkompliziert getrennt hat, vielleicht weil Winfried, mein Schwager, bei Ford arbeitet und sie deshalb aufgrund des beständigen Zustroms an Neuwagen ein durch Übersättigung versachlichtes Verhältnis zu Autos hat.

Erstaunlicherweise war ich es, der kurzzeitig überlegt hat, ob er den Wagen nicht übernehmen soll. Zwei oder vielleicht drei Monate lang hatte er unbenutzt auf seinem ungastlichen Garagenplatz gestanden. Und ich fragte mich, ob meinem Vater, als er zum letzten Mal ausgestiegen war und die Tür hinter sich zugeschlagen hatte, bewußt gewesen ist, daß er nie wieder an einem Steuer sitzen würde. Er ist sechs Jahrzehnte lang Auto gefahren, und es nicht mehr zu tun muß für ihn – mehr vielleicht als jeder andere Verlust von Alltäglichkeit – Teil des Sterbens gewesen sein.

Stunden nach seinem Tod habe ich mich in seinen Wagen gesetzt, einen leise dahinrollenden Mercedes, und versucht, mich an verschiedene Dinge zu erinnern, an meine Kindheit, aber mir fiel kaum etwas ein. Die Außenwelt zog an mir vorüber, unverändert und weit fortgerückt, und was immer sich dort abspielte, nahm ich nur sprunghaft und unvollständig wahr, mit einem leeren Ich, als wäre unser Bewußtsein nur eine Täuschung aus lebenserhaltenden Reflexen, und alles, was man ansonsten für vernünftig und beziehungsreich hält, wird zu einer Ansammlung von isolierten, zum Vergehen verurteilten Weltdetails.

Ich erinnere mich, daß die Garage für mich als Kind von einer Aura sowohl des Alltäglichen wie auch des Geheimnisvollen umgeben war. Zum Beispiel die lichtlos kühle Atmosphäre mit den beiden nach Metall und Benzin riechenden, schwer und unverrückbar dastehenden Autos. Dann der graue, ölgefleckte Betonboden und die von Staub und Feuchtigkeitsflecken und zerrissenen Spinnweben marmorierten, bepuderten, gemaserten Wände, sandig verputzt und kalt und rauh anzufassen.

In der linken hinteren Ecke die Gartengeräte: Feldspaten und Dreispitzhacke und Federrechen – eine immer schweigende, zuverlässige Truppe, stets bereit, auf Befehl gegen das ungehemmte Wuchern von Unkräutern anzukämpfen, gegen Bodenverkarstung und Rasenvermoosung oder gegen die unfruchtbaren Wassertriebe der ewig enttäuschenden Schattenmorelle. Und schließlich die gegenüberliegende Ecke mit den Gartenspielen, die für einige Sommer in den Siebzigern – die vielleicht betriebsamste und abwechslungsreichste Zeit in diesem Haus – hoch im Kurs standen.

Krocket, Boccia, Federball. Ich erinnere mich an die verschlungene Linie – zugleich Muster und Farbkodierung – auf den hölzernen Krocketkugeln. Ich bin dem Verlauf dieses braunen oder himmelblauen oder gelbgrünen Musters oft mit dem Finger gefolgt, um herauszufinden, ob das Ornament in sich geschlossen war.

Lange Zeit konnte ich mich nicht dagegen wehren, mich dessen immer wieder zu vergewissern. Offenbar habe ich der Reise meiner Fingerkuppe über die Kugeloberfläche nie ganz getraut. Unbewußt hielt ich es für möglich, in der Verzierung könnte es irgendwo einen Riß oder eine Unstetigkeit geben, die ich bisher immer wieder übersehen hatte. Etwas ließ mich an der Geschlossenheit des Krocketkugeluniversums im Innersten zweifeln, und wenn ich es mir überlege, weiß ich bis heute nicht, was.

Die Gartenspiele, verstaubt und gesprenkelt mit kleinen Rostflecken, sind immer noch da, wo wir sie irgendwann vor etwa dreißig Jahren zum letzten Mal abgestellt haben – sie waren all die Jahre über dort.

Ich habe vorhin, als ich die Garage wieder verlassen habe, das Krocketspiel, das mit seinen sechs Schlägern und Kugeln, den rund fünfzehn aus gebogenem Draht gefertigten Toren und den beiden Anschlagspflöcken auf einem kleinen Caddie untergebracht ist, auf die Terrasse gezogen.

Auf den kunststoffummantelten Griffen der Schläger und auf den Holzbällen hat sich ein dünner Öl- und Schmutzfilm abgesetzt, aber die einstigen Farben sind bei Tageslicht noch zu erkennen.

Ich habe einen der Bälle aus der Halterung genommen und ihn ein paarmal vor meinen Augen hin- und hergedreht in der Annahme, ich müßte jetzt in der Lage sein, den Verschlingungen der farbigen Linie mit bloßem Auge und ein wenig erwachsener Konzentration durchgängig zu folgen. Aber es ist mir ebenso wenig gelungen wie früher, und schließlich habe ich meinen Finger auf die etwas klebrige Kugeloberfläche gelegt und bin dem Muster noch einmal gefolgt, die Kugel unter der Fingerkuppe durchdrehend, bis ich schließlich wieder am Ausgangspunkt der Spur angekommen bin, die mein Finger auf dem Holz hinterlassen hat. Die Linie ist geschlossen, ich habe mich damals nicht geirrt.

Kurz nach vier ist Marthe mit ein paar Stücken Rhabarberkuchen und Donauwellen gekommen. Sie schlägt vor, daß wir ein Entrümpelungsunternehmen mit der Haushaltsauflösung betrauen.

– Es ist das Vernünftigste, sagt sie. Ich habe beschlossen, mich von den Dingen zu trennen, man muß der Zeit ihren Tribut zollen. Vorgestern ist mir klargeworden, daß wir unmöglich alles begutachten können. Das ist weder praktisch noch emotional zu bewältigen. Und wie sollen wir all diese Dinge – die Möbel, das Geschirr, die Bücher – hier herausschaffen? Wir sollten uns in diesem Punkt nichts vormachen: Hausrat ist Sperrmüll.

Ich versuche sie zu bremsen: Wir sollten zumindest die Dinge herausfischen, die einen objektiven Wert darstellen.

Sie schüttelt den Kopf: Ich kenne diesen Haushalt besser als du. Es gibt hier nichts von Wert.

– Irgend etwas gibt es immer, protestiere ich.

– Wenn es etwas gäbe, dann wüßte ich es, widerspricht sie mir.

Sie hält ihr ovales Gesicht mit geschlossenen Augen und aristokratisch angehobenem Kinn ins Licht der halbhoch über der Colorado-Kiefer schwebende Sonne.

– Ich meine nur, wir sollten die Dinge nicht überstürzen, sage ich zaghaft.

Ohne die Augen zu öffnen und mit einem warmen Schimmer auf der Stirn erwidert sie: Wenn es nach dir gegangen wäre, hätten wir das Haus doch schon vor einem Jahr abgestoßen. Im übrigen ist ja noch nichts entschieden. Ich habe lediglich einen dieser Unternehmer angerufen, die auf Haushaltsauflösungen spezialisiert sind, und für nächste Woche einen Termin mit ihm vereinbart. Er schaut sich alles an, aber er hat mir keine Hoffnungen gemacht. Sein Beruf bringt es mit sich, Menschen Tag für Tag zu desillusionieren. Das hat er gesagt.

Tatsache ist, daß auch ich nicht weiß, wohin mit all diesen Dingen: den gestickten Gobelins meiner Mutter, den Schuhen meines Vaters, den Stichreproduktionen mit Motiven der Wiener Reitschule, den Hunderten von (vermutlich nie gelesenen) grau- oder rosa- oder braunmarmoriert gebundenen Buchclub-Editionen – Vicki Baum, Irving Stone – aus den fünfziger und sechziger Jahren, den dreiarmigen, mit Ranken- und Blattornamenten verzierten Kerzenleuchtern aus Zinn, dem drehbaren Edelstahl-Fonduerechaud mit seinen sanften Gabelkerbungen, den stumpf gewordenen Gartenmöbeln aus Hartplastik, auf denen wir saßen, den alten rissigen Pappkisten voller Weihnachtsbaumschmuck, den federleichten Langlaufskiern und bleischweren Federbetten, den Schmucktellern und bronzierten flämischen Kron- und Wandleuchtern oder den katholischen Gebetbüchern in der Chippendale-Schubladenkommode unter dem Garderobenspiegel, sechshundertseitige Dünndruckausgaben, in denen hier und da einzelne Totenzettelchen als Lesezeichen stecken. Das oberste der Gebetbücher (und das von meinem Vater wohl zuletzt benutzte) habe ich vor ein paar Tagen in die Hand genommen, und es hat sich an einer sonderbar schlichten und überraschend unmißverständlichen Stelle geöffnet: »Es ist das Licht süß, und den Augen lieblich, die Sonne zu sehen.«

Ich betrachte Marthes lichtumflortes Gesicht und versuche noch einmal, etwas Zeit zu gewinnen: Du selbst hast mich vor ein paar Tagen davon überzeugen wollen, daß ich noch nicht soweit bin, daß ich noch nicht Abschied genommen habe.

– Man kann sich nicht von *Dingen* verabschieden, erklärt sie mir kurzerhand. Dinge haben keine Seele.

– Woher willst du das wissen?, protestiere ich. Spricht der Buddhismus nicht sogar *allem* eine Seele zu: Blumen, Steinen, Flüssen? Warum nicht auch alten Koffern oder Langlaufskiern?

– Papa war überzeugter Katholik, und das sollten wir respektieren. *Von ihm* hast du dich noch nicht verabschiedet, das war es, was ich meinte. Du mußt versuchen, ihn in dir lebendig zu halten, das ist sein Wunsch gewesen, und da helfen dir seine alten Koffer auch nichts. Frank, es ist ganz einfach: *Wir* sind es, in denen er weiterlebt.

Ich sehe ein, daß sie recht hat, und bestehe nicht weiter darauf, die Sache hinauszuschieben. Ich hänge zu sehr an Gegenständen, das ist wahr. Die frappierende Evidenz, die dem bloßen Existieren von Dingen anhaftet, verführt mich dazu, die Realität überzubewerten, sie allen spirituellen Eventualitäten vorzuziehen.

Und sind es denn nicht die Dinge, die uns Geschichten erzählen? Beispielsweise ist das Bett, das links von mir steht, schon lange nicht mehr meines und auch ein anderes als all die Jahre. Ein Doppelbett mit hell lasierter Rückenlehne – Marthes erstes Ehebett, wie ich weiß. Sie hat es, nachdem sie sich mit ihrem Mann ein neues gekauft hat, meinem Vater noch relativ kurz vor seinem Tod als Gästezimmerbett offeriert. Warum auch nicht? Es nicht zu tun hätte bedeutet, ihn schon vorab für tot zu erklären.

Ein Bett ist nur ein Bett, und doch gefällt mir die Vorstellung nicht besonders, in Marthes einstigem Ehebett zu schlafen. Ich frage mich, auf welcher Seite sie geschlafen hat, und auf welcher Winfried, mein Schwager. Trotz der zeitlichen und räumlichen Trennung unseres Schlafs gefiele es mir nicht, dort zu liegen, wo er einst gelegen hat. Hingegen wäre mir Marthes Vergangenheitsschleier nicht unangenehm. Wir haben oft die Nacht zusammen in einem Bett verbracht, wenn unsere Eltern nicht zu Hause waren und sie nicht in den Schlaf fand, aus Angst vor jenen lauernden Ungeheuern, die sie in den nächtlichen Schatten in ihrem Zimmer zu erkennen glaubte.

Oft kam sie in der Dunkelheit zu mir, und ich erklärte ihr (obwohl ich mir dessen noch keineswegs sicher war), daß es keine Ungeheuer gebe. Ich glaube auch nicht, daß es mir immer gelungen ist, sie davon zu überzeugen, aber in meiner Nähe fühlte sie sich sicherer. Und ich meine mich zu erinnern, daß sie in solchen Nächten meistens rechts von mir gelegen hat, weil sie – so wie mein Bett im Zimmer stand – von rechts hereinklettern mußte.

Heute denke ich, daß alle Ungeheuer und Schattengeister dieser Welt nur eingebildete sind, experimentelle Produkte unserer übervorsichtigen Fantasie, aus Ängsten zusammengefügte Hypothesen, deren einziger Sinn es ist, von unserer Entschlossenheit, sie schlechterdings zu ignorieren, widerlegt zu werden.

Aber ich gebe zu, daß Lozkis Schicksal mich in diesem Punkt hat nachdenklich werden lassen. Aus irgendeinem Grund hat er sich gegen die Dunkelheit, von der er so oft sprach, schließlich nicht mehr zur Wehr setzen können. Er war umgeben von Schatten und Unsichtbarkeiten, wie er mir einmal gesagt hat, von einer bedrohlichen zweiten Welt, die nur in seinem Kopf existierte. Und am Ende waren die Produkte seiner Fantasie, die Hypothesen seiner Ängste stärker als er selbst – so zumindest ließe sich erklären, was mit ihm geschehen ist.

Doch frage ich mich, ob es so war? Haben ihn wirklich nur Fantasieprodukte besiegt, übermächtige Eigenkonstruktionen seines Geistes? Oder ist es das, was man vernünftigerweise annehmen muß, um nicht Gefahr zu laufen, ihm über kurz oder lang dorthin zu folgen, wo er jetzt ist: in die Dunkelheit, in jene zweite Welt oder das Nichts?

Es ist sonderbar: Auch Marthes Vergangenheitsschleier ist nichts als ein Produkt meiner Fantasie, und doch habe ich in den vergangenen Tagen festgestellt, daß ich nur auf der rechten Seite des Bettes entspannt und manchmal sogar traumlos schlafe …

MEISTENS LAGEN WIR, Ellen und ich, auf dem Bett in der kleinen Kammer, die dem jeweils diensthabenden Meteorologen nachts zum Schlafen zur Verfügung steht. Die Wärme, die von ihr ausging, und der aufgetürmte Schnee vor dem beschlagenen Fenster. Ein kleiner elektrischer Lamellenheizkörper, den man an die dunkel gewordene Holzverschalung der Wände geschraubt hatte, erwärmte die Luft ein bißchen. Alles war ziemlich provisorisch, aber es gefiel uns so. Oft lagen wir nebeneinander auf dem Rücken und unterhielten uns, nachdem wir uns geliebt hatten. Hin und wieder sah ich sie von der Seite an, wenn sie etwas sagte. Ich erinnere mich an ihr Gesicht im Profil, dem eine Art flüchtig skizzierter Schönheit eigen war, im Ausdruck ein wenig karg oder auch streng manchmal, dann wieder, gerade dadurch, zeitlos und unvergänglich.

Ich sehne mich nach der Klarheit ihres Blicks, einer gewissen Temperiertheit ihres Wesens und ihrer unaufdringlichen Art, den Anforderungen des Lebens gerecht zu werden. Ich glaube, sie war nur kurze Zeit jung und glücklich und erfüllt von einem starken naiven Glauben an irgend etwas, die Zukunft oder die Güte der Existenz. Doch wir haben nie viel über diese Dinge gesprochen.

Manchmal war die Berührung ihrer Haut pflanzenhaft kühl. Oft hat sie, auf dem Rücken liegend, währenddessen ihre Augen geschlossen und ihre Hände auf meine Schultern gelegt, um sich festzuhalten, aber es wäre auch möglich gewesen, mich augenblicklich von sich zu stoßen.

Ihre Lippen waren rauh von der Höhenluft, und wenn wir uns geküßt haben, dann nicht so sehr leidenschaftlich, sondern mehr, als wollten wir uns für etwas danken. Am liebsten mochte ich es, wenn sie sich hinterher auf mich rollte und ich die Arme hinter dem Kopf verschränkte und wir noch ein wenig redeten und uns wohl fühlten.

Außerdem gefiel es mir, ihr dabei zuzusehen, wie sie sich anzog. Das Ausziehen einer Frau gilt gemeinhin als aufregend, aber das Sichanziehen einer Geliebten ist es nicht weniger: zu wissen, daß sie all diese Kleidungsstücke nur anlegt, um anderen zu verwehren, was sie dir zu offenbaren bereit ist. Die Linien ihrer Blöße, die allmählich hinter Stoffen und Säumen verschwinden: Auf einmal sind sie nur noch in deiner Vorstellung real. Deine Geliebte vertraut dir die Realität ihres Körpers an, und eine Zeitlang bist du der Lordsiegelbewahrer ihrer Nacktheit.

Ich denke an Spanien: an das hohe silberne Licht in den Bergen Andalusiens: Calar Alto, die zwei Beobachtungsnächte am 2,2m-Teleskop im vergangenen Oktober. Nur einmal habe ich das Observatorium für ein paar Minuten verlassen und bin hinausgegangen. Im Osten ging Sirius bläulich funkelnd auf und im Westen Atair unter, als stünde ich im Drehpunkt einer kosmischen Waage. (Oder eben doch im Zentrum des Universums, wie es einmal – irrtümlicherweise – gelehrt wurde.) Die Kälte der Nächte auf über zweitausend Metern, so daß die Tage sind wie aufsteigende Wesen aus Wärme und Licht.

Am zweiten Morgen bin ich vom Observatorium aus Richtung Almería gefahren und empfand intensiv die Realität dessen, was mich umgab: das Schnarren und Zirpen und Rascheln und Summen der Zikaden, Grillen, Gottesanbeterinnen oder Heuschrecken in der Sierra de los Filabres.

Wenn man die Augen für einen Moment schließt (einmal habe ich angehalten, den Motor abgestellt und bin aus dem Wagen gestiegen), ist es, als würde die Erde, auf der man steht, diesen Schallteppich weben. Und es riecht so schwer und ursprünglich nach Staub und Kräutern, daß man gar nicht anders kann, als die Luft einzusaugen und irgendwo in sich nach einer Faser oder einem unvergänglichen Lebensnerv zu suchen, der für immer Teil dieses ewigen irdischen Ganzen war und ist.

Ellen verbrachte den Urlaub mit ihren beiden Kindern Sven und Moritz, zwei Jungen im Alter von sieben und elf Jahren, in einer weitläufigen Hotelanlage gut fünfzig Kilometer westlich von Almería. Nachdem ich dort angekommen war, blieb ich einen Moment auf einer der Terrassen stehen. Das Meer mit seinen wechselnden Blautönen und seinem Salzgeruch.

Als Ellen mich bemerkte, flog ein Lächeln über ihr Gesicht, das mich in diesen Sekunden glücklich machte. Ihre Wangen und ihre Kinnpartie passen präzise in meine an den Pulsadern zusammengelegten und zu einem Kelch geöffneten Handflächen. In ihren dunkelbraunen Augen liegt dieser bestimmte Ausdruck weiblicher Erfahrung, die meiner angehäuften theoretischen Weltkenntnis überlegen ist. Ich hatte sechs Stunden im Wagen gesessen und wurde erwartet. Ich sah: voller Sehnsucht. Wir umarmten einander in einem ziemlich lauten und unruhigen Speisesaal. Es war nicht unbedingt romantisch, das Besteck klapperte hundertfach zu unserem Glück.

In der Nacht saßen wir auf der Balkonterrasse ihres Zwei-Zimmer-Apartments. Sechs Stockwerke unter uns der kleine Park, der den Swimmingpool vom Strand trennte. Von den Blättern der Palmen stieg die Feuchtigkeit der Bewässerungsanlage zu uns auf. Die Wände und der gekachelte Boden strahlten die gespeicherte Wärme des Tages ab, und von irgendwoher wehte das Abluftrauschen der Hotelklimaanlage über das Gelände. Die Gäste in den anderen Zimmern über oder unter uns unterhielten sich oder saßen vor ihren Fernsehern, und weit draußen lagen die Lichter einzelner Schiffe auf dem Wasser, aufgereiht wie Perlen auf dem unsichtbaren Faden des nächtlichen Horizonts. Vielleicht sind es diese Augenblicke des Ankommens und der ersten Liebe, für die wir unterwegs sind.

Wir haben sehr bald miteinander geschlafen, beziehungsweise von jenem ersten Tag im September an, um genau zu sein, an dem Farnreuter mich an der Bergstation erwartet und ins Observatorium gebracht hatte. Als ich damals nach meinem nächtlichen Beobachtungsprogramm vor den Teleskopmonitoren saß, leer und befreit von der wissenschaftlichen Anspannung der vergangenen Stunden, erschien sie in der Tür. Wir unterhielten uns eine Weile, sie war ungeschminkt und frisch und wach im Gesicht, weil man dort oben früh zu Bett geht und tief schläft.

Ich dachte nicht viel bei unserem Gespräch, ich war übermüdet und wunderte mich nur, daß sie dort stand, eine Frau in Jeans und Pullover, die Arme vor dem Körper verschränkt, weil sie so früh am Morgen noch ein wenig fror. Ich hoffte, sie war gekommen, weil ihr gefiel, daß ich hier saß und noch arbeitete. Wir redeten ein wenig über Dinge, die nicht so wichtig waren und die ich vergessen habe. Irgendwann fiel ihr ein, daß bei ihr ein warmer Kaffee dampfte (während meiner schon lange kalt und bitter war), und sie bot an, daß ich mitkommen könnte.

Die meteorologische Station und das Observatorium sind durch einen schmalen Gang miteinander verbunden, der am steil abfallenden Felsmassiv klebt. Das Morgenlicht lag theatralisch in den Fenstern, und wir schritten durch Zonen aus Kälte und Gold. Mal sah ich ihren Nacken plastisch aufleuchten, mal ihre Hände, mal ihre Haare in dem gebündelten Licht.

Ich habe nicht daran gedacht, mit ihr zu schlafen, dazu war ich zu erschöpft in diesem Moment. Es stimmt aber, daß ich irgendwann begriffen habe, daß wir auch das waren: ein Mann und eine Frau, doch hätte das nichts bedeuten müssen an diesem Morgen. Ich wollte ein wenig Gesellschaft nach der langen Nacht am Teleskop, das war alles. Daß es weitergegangen ist, war Zufall, es mag an einer flüchtigen Berührung gelegen haben, an dem, was im Bereich der unkalkulierbaren Möglichkeiten des Lebens liegt.

Auch bin ich dem, was man das Gelingen familiärer Harmonie nennen könnte, nie so nah gewesen wie damals in Spanien, in dieser einen Woche mit Ellen und ihren Söhnen, mit den regelmäßigen Buffetzeiten und dem faulen Existieren am Pool. Die hypnotisierenden Lichtschlingen auf dem Beckenboden, die Halbtagsausflüge in die Umgebung, das sanfte Verklingen der Tage auf der Balkonterrasse ihres Appartements.

Nur einmal, als wir abends, vom Wasser kommend, im Hotelfahrstuhl die sechs Stockwerke hochfuhren, verlor ich die Fassung. Sven, der Siebenjährige, hatte den Nothalteknopf gedrückt, und auf einmal steckten wir fest.

Ich reagierte unverhältnismäßig und brüllte das verschreckte Kind an, dem sogleich Fluten von Tränen aus den Augen schossen. Ellen warf mir einen vernichtenden Blick zu und nahm den Jungen schützend auf den Arm. Moritz, der ältere, floh in eine der Kabinenecken.

Ich fühlte mich unverstanden und schlug auf die Etagenknöpfe ein. Diese seien nicht zum Spielen da, verkündete ich lautstark, dies sei ein verdammter Fahrstuhl und kein Gameboy! Natürlich war mein Verhalten grotesk.

Beim wahllosen Hämmern auf die Knöpfe erwischte ich zudem den richtigen, und die Kabinentür öffnete sich nach kurzer Fahrt wieder. Schweigend verließen wir den Aufzug, nur Sven schluchzte.

Abends, als die Kinder schliefen, entschuldigte ich mich bei Ellen. Ich erzählte ihr von jenem spanischen Fahrstuhlerlebnis, das mich als Kind traumatisiert habe. Sie nickte und vergab mir. Jedenfalls sagte sie das.

Betrachtet man Schneeflocken unter einem Mikroskop, so findet man im ganzen Universum keine zwei, die einander exakt gleichen. Es gibt mehr mögliche Kristallisationsformen für Wassermoleküle als Atome im Weltall. Die Natur ist eine Überflußmaschine, die mit ihrem ununterbrochenen Hervorbringen und Verwerfen von Konstellationen nicht die geringste Rücksicht nimmt auf unsere Sehnsucht, Dinge festzuhalten.

Soweit ich mich erinnere (und ich denke, meine Damen und Herren, das läßt sich nachprüfen), begann es am Abend des 19. Februar zu schneien.

Ich ging auf die Observatoriumsterrasse, und der Himmel, vor wenigen Stunden noch von einem opalisierenden Winterblau, war verschwunden hinter einer dichtgepackten schneegefüllten Wolkenschicht. Ich streckte meine Hand aus, und eine Flocke blieb darauf liegen, gewichtslos wie ein Stückchen Watte aus purer Kälte. Ich betrachtete das erdnußförmige Gebilde, das unter dem Einfluß meiner Körperwärme sogleich in sich zusammenstürzte und eine kleine feuchte Stelle auf der Haut zurückließ, abgesehen von zwei oder drei winzigen Kristallsplittern, die den Schmelzvorgang noch ein paar Sekunden überdauerten. Danach kehrte ich in die Station zurück, denn mit dem Schnee war es kalt geworden und ich begann zu frieren.

Für Astronomen ist der Himmel eine über jede Kritik erhabene Faktenmaschine, und so hatten Farnreuter und Michaelis als Hausherren für den Witterungsumschwung nur ein fatalistisches Achselzucken übrig. Wir spielten ›Planetopoly‹, die im Internet kursierende Astronomenversion von Monopoly. Farnreuter hatte das Spielfeld jüngst heruntergeladen und auf Hartkarton aufgezogen. Die Erde fungiert dabei als ›Los‹-Feld, während die acht weiteren Planeten des Sonnensystems die acht Stadtteile des Originalspielbretts verkörpern. Die Bahnhöfe sind Raumdocks, und das Gefängnis ist die seit der Columbia-Katastrophe kaum noch angeflogene internationale Orbitalstation ISS.

Michaelis, Spezialist für Zwerggalaxien und ungekrönter >Planetopoly<-König hier oben, hatte Glück und landete durch einen lässig gewürfelten Fünferpasch und einen anschließenden Vier-Augen-Wurf gleich mit dem ersten Zug auf dem Mars, den er auf der Stelle kaufte. Die >Planetopoly<-Währung heißt >Solar<, und die Preise für Monde und Planeten entsprechen denen der verschiedenen Straßen des Originals. Pluto und Charon beispielsweise (Bad- und Turmstraße) kosten nicht mehr als zwölfhundert >Solar<, was der Tatsache Rechnung trägt, daß sich selbst unter Astronomen kaum einer für diese beiden ziemlich unwirtlichen, tiefgefrorenen Gesteinsbrocken am fernen Rand des Sonnensystems interessiert.

>Planetopoly< zu spielen war für Michaelis und Farnreuter stets ein willkommener Anlaß, ihre unterschiedlichen astronomischen Standpunkte zu debattieren, wobei der vor ein paar Jahren in der Antarktis gefundene Marsmeteorit ALH84001, der von ein paar eilig vorpreschenden NASA-Wissenschaftlern sogleich als Beweis für die urzeitliche Existenz marsianischer Mikroben interpretiert worden ist, immer wieder im Zentrum ihrer Differenzen stand. Die prähistorischen Marseinzeller sollen laut NASA nämlich winzige wurmartige Höhlungen in den kartoffelgroßen Meteoritenklumpen gebohrt und dabei gewisse Kohlenstoffreste hinterlassen haben.

Farnreuter und Michaelis waren in der Lage, über die Existenz außerirdischen Lebens mit der hartnäckigen Routine eines alten Ehezwistes über die richtige Kochzeit von Frühstückseiern zu streiten. Farnreuters runder weißer Haarkranz schimmerte dabei in der schwachen Teeküchenbeleuchtung wie ein silbriger Ring um den polierten Planeten seines Schädels, während Michaelis seine dünnen blassen Haare ausgehend von einem Wirbel über dem rechten Ohr quer über die Stirn gekämmt hatte wie einen Kometenschweif.

– Es ist wirklich ein Jammer, sagte Michaelis, daß es mit der Evolution auf dem Mars nicht so recht geklappt hat. Aber irgendwas kreucht dort oben auch heute noch im Permafrost herum, das spüre ich. Ist doch logisch: Alles, was sich zu reproduzieren vermag, ist der anorganischen Einwegwelt überlegen. Ein winziger Funke reicht, und die Chose geht los, und daran hat sich bis heute nichts geändert: Wer Kinder hat, mischt weiter mit im Genpool – alle anderen verabschieden sich aus dem großen Eintopf der Evolution. Oder auf den einfachsten Nenner gebracht: Leben setzt sich durch.

Er – dreifacher Vater übrigens – schnippte die zweitausendvierhundert ›Solar‹ für den Mars auf den Tisch und lehnte sich zufrieden zurück.

Farnreuter verfrachtete das Geld in die Spielkasse und schüttelte mißgelaunt den Kopf: Wenn es dort draußen noch andere außer uns gibt, wieso wissen wir dann nichts von ihnen? Wenn wir Menschen keine kosmischen Überflieger sind – wofür nun wirklich nicht das geringste spricht –, dann müßten eine Menge Zivilisationen dort draußen technologisch und in jeder Hinsicht weiter entwickelt sein als wir. Und ergo dürften sie keine Schwierigkeiten haben, sämtliche potentiell zivilisationsfähigen Planeten in ihrer Nachbarschaft aufzuspüren und anzupiepen. Da uns aber ganz offensichtlich niemand ruft – sonst hätten die Amerikaner oder spätestens unser lieber Lozki in ihrem SETI-Datensalat ja vermutlich irgend etwas gefunden –, kann das nur bedeuten, daß dort draußen niemand ist.

– Oder daß sich niemand für uns interessiert!, konterte Michaelis. Warum sollte eine hochentwickelte Zivilisation denn ausgerechnet *unseren* Kontakt suchen? Würden wir denn den Neandertaler anpiepen? Weshalb sollten wir das tun? Wir würden ja doch nur Grunzen und finstere Blicke ernten.

Bei allen Differenzen waren sich die beiden aber in einem Punkt mit den meisten Astronomen und Astrophysikern einig: Selbst unter der optimistischen Annahme, daß es irgendwo in unserer Nähe eine außerirdische Zivilisation geben sollte, würde es niemals möglich sein, diese zu besuchen oder ihren Besuch zu empfangen.

Die Lichtgeschwindigkeit, meine Damen und Herren Beamten, hat für uns sternenliebende Astronomen etwas von einem strengen, aber gerechten Erzieher: Mit eiserner Härte unterbindet sie jede raketentechnologische Ausschweifung. Die verlockenden Aromen fremder Welten werden wir für immer nur in unserer Fantasie erschnuppern dürfen. Die einzige kosmische Flause, zu der wir Physiker uns gelegentlich hinreißen lassen, sind Spekulationen über das Vorhandensein höherer Raum- oder Zeitdimensionen. Über mögliche Verschlingungen, die das Gewebe unseres Universums mit kleinen Abkürzungen beschenken, die uns ein sekundenschnelles Überbrücken jener grausamen interstellaren Distanzen gestatten würden, mit denen uns unser schweigender und in jeder Sekunde unbarmherzig weiter auseinanderfliegender Riesenkosmos quält.

Doch was immer wir an stellartouristischen Genüssen auch ersehnen mögen, unsere Gleichungen sind und bleiben erfüllt von puritanischer Prinzipientreue: Jeder Versuch, irgend etwas durch ein raumkrümmendes ›Wurmloch‹ (vgl. Stephen Hawking: *Eine kurze Geschichte der Zeit*, S. 117), dessen Konstruktion im übrigen ungefähr den gesamten Energiegehalt der Sonne verschlingen würde, hindurchzuschieben, würde dieses auf der Stelle zerstören: Sämtliche neuen Welten und Erfahrungen werden immer in unserer Zukunft liegen und niemals in unserer Vergangenheit.

Wir sind Gefangene im Käfig der Naturgesetze und werden es bleiben! Wer, meine Damen und Herren, will es uns Astronomen da verwehren, gelegentlich ›Planetopoly‹ zu spielen und uns einen Hauch von eingebildetem Sternenstaub zu erkaufen? Denn der Kapitalismus – er mag seine eigenen Grausamkeiten haben – steht immerhin im Einklang mit den Gesetzen der Physik!

Aber ich, ich war dennoch unkonzentriert. Ich würfelte läppische drei Augen, kaufte lustlos Pluto und sah aus dem Fenster in die schwach erhellte Zone aus fallendem Schnee davor. Es hat meine Wahrnehmung schon früh gereizt, in den Bewegungen und Verwirbelungen der Flocken bestimmte Muster zu entdecken, Gesetze, die den Schneefall beschreiben. Inzwischen weiß ich, daß es nicht möglich ist, die zugrundeliegenden Gleichungen präzise zu lösen, und ich sage mir gelegentlich, daß man die Dinge andersherum betrachten muß: Was wir erleben, ist die Lösung der Gleichungen, und es ist müßig, sich auf einer intellektuellen Ebene ein zweites Mal darum zu bemühen.

Simon hat sich erkundigt, wie es mit dem Bericht vorangeht. Ich muß zugeben, daß ich mich mit meiner Antwort schwergetan habe.

– So ein Bericht schreibt sich nicht von heute auf morgen, versuchte ich mich herauszureden und fügte hinzu: Ich habe angefangen, die Situation im Observatorium zu skizzieren. Wenn es sich nur darum handeln würde, mir irgend etwas auszudenken, wäre die Sache innerhalb kürzester Zeit erledigt, aber vergiß nicht, daß ich bei den Tatsachen bleiben muß. Das Ganze hat mehr mit Physik zu tun als mit Prosa. Wenn du so willst, löse ich hier eine komplizierte Gleichung mit einer stattlichen Reihe von Unbekannten.

Er ließ sich von diesem Versuch, ihn auf das Feld unserer gemeinsamen physikalischen Vergangenheit zu locken, nicht beirren. Vielmehr gelang es ihm, die Physik in einer, wie ich einräumen muß, weitaus eleganteren Weise vor seinen Karren zu spannen.

Er sagte: Frank, ein Mensch hat den Verstand verloren, und das ist eine verdammte Tatsache, der du ausweichst! Du kannst dich nicht auf den Standpunkt des reinen und unabhängigen Beobachters stellen, der mit alldem nichts zu tun gehabt hat. Als Physiker sollte dir bewußt sein, daß jede Beobachtung das Beobachtete verändert. Das ist ein fundamentales Naturgesetz, vor dem kann sich niemand drücken. Sogar du nicht!

Er berief sich also auf Heisenberg, der alte Fuchs, und im Prinzip hatte ich seiner Strategie, mit quantentheoretischen Argumenten gleichsam die Integrität meiner Zeugenaussage zu untergraben, nichts Rechtes entgegenzusetzen.

– Willst du etwa behaupten, ich sei schuld an Lozkis Zustand?, erwiderte ich beleidigt und fügte hinzu: Du warst schließlich nicht dabei!, was zwar an und für sich überhaupt nichts bewies, ihn aber irgendwie auf Distanz hielt. Ich sah hinab in den Garten, wo sich zwei Drosseln hüpfend und flügelschlagend um einen Regenwurm stritten.

Es hatte heute morgen begonnen zu nieseln, und das reichnuancierte Grün des Rasens und der halbhohen Gehölze, des irischen Säulentaxus und der Felsenbirne, des Buchsbaums und der Colorado-Kiefer, war zu einem wäßrigen Blaugrau ineinandergeflossen.

Er wolle auf einen bestimmten Punkt hinaus, sagte Simon. Da es grundsätzlich nicht möglich sei, sich in der Welt als unabhängiger Beobachter zu positionieren, folge daraus im Umkehrschluß, daß ich mit meiner Anwesenheit dort oben in irgendeiner Weise zu dem beigetragen hätte, was schließlich geschehen sei. Dieser Verursachungsanteil, der mir sozusagen naturgesetzlich zukomme, müsse ja keineswegs eine schuldhafte Verstrickung beinhalten – er setze mich nicht auf die Anklagebank. Aber ich könne für mich nicht in Anspruch nehmen, mit alldem nichts zu tun gehabt zu haben. Ich sei kein Teil der Lösung, sondern Teil des Problems.

– Ich denke darüber nach, sagte ich.

– Schreib einfach auf, was geschehen ist!

– Also dann, sagte ich und hängte ein.

Sein letzter Satz blieb mir noch eine Weile im Ohr. Ich mußte dabei an unser Experimentalphysik-Praktikum im ersten Semester denken. Bei einem der auszuführenden Versuche – dem ersten, soweit ich mich erinnere – lautete die gestellte Aufgabe, die »Länge von etwas« zu vermessen. Diese etwas nebulöse Formulierung war durchaus wörtlich und als Aufforderung zu verstehen, sich mit Maßband und Schreibblock bewaffnet auf den Weg durch die waschbeton- und resopalreichen Fakultätsräumlichkeiten zu machen und ebendie Länge von etwas, eines Flurs, einer Wand oder einer Fensterfront, zu bestimmen beziehungsweise, um auf Simons abschließende Bemerkung zurückzukommen, den ermittelten Wert »einfach aufzuschreiben«.

Der Sinn dieser Aufgabe, die so eigenartig trivial wirkte, war aber nicht die Präsentation eines möglichst exakten Resultats. Vielmehr sollten wir uns über den grundsätzlichen Haken bei der Sache klarwerden: Jede Messung – wie penibel auch immer man vorgeht – führt am Ende zu einem etwas anderen Ergebnis als alle vorangegangenen. Wie oft man das Maßband auch anlegt – nie wird man *die* »Länge von etwas« erwischen, sondern immer ein wenig danebenliegen. Oder anders ausgedrückt: Es ist gar nicht möglich, einfach aufzuschreiben, was geschehen ist! Die Wahrheit verbirgt sich immer hinter einem häßlichen Fleck aus Ungenauigkeiten.

Und so zogen wir, Simon und ich, damals lustlos durch die Gänge. Wo auch immer es sich angeboten hätte, konnten wir uns nicht dazu durchringen, das Meterband anzulegen und mit der Vermessung irgendeines deprimierenden Gebäudeattributes zu beginnen. Irgendwann stellte Simon fest, daß das Gebäude ja nur »ein verdammtes Beispiel« gewesen sei. In Wahrheit habe schließlich *alles* eine Länge, und er schlug vor, die Länge einer Zigarette zu vermessen. Wir steuerten die Cafeteria an, und bei ein paar Tassen

Kaffee war die ebenso sonderbare wie physikalisch fundamentale Aufgabe halbwegs angenehm zu bewältigen. Die Länge einer Camel Filter, das weiß ich seit diesem Tag übrigens auf drei Stellen hinter dem Komma genau, beträgt 8,218 Zentimeter plus/minus 0,63 Millimeter.

Ich komme jetzt auf Lozki zu sprechen, der einmal sagte: Das Universum schweigt!, und dann selbst in dieses finstere Schweigen verfiel, das für ihn charakteristisch war.

Aus seinem flachen Gesicht heraus betrachtete er die Dinge mit einem Blick, der starr und feindselig war wie der eines Raben. Klein und grauhäutig, hatte er die Fähigkeit, unbemerkt auftreten und wieder verschwinden zu können. Stets trug er weiße Baumwollhandschuhe, weil er, wie er mir einmal sagte, unter einer Kontakt- beziehungsweise »universalen Proteinallergie« leide und bei jeder Berührung ein unerträgliches klammes Kribbeln in den Fingerkuppen verspüre, das sich über Arm und Schultern in seinen Nacken ausbreite und von dort schmerzhaft und unaufhaltsam in sein Gehirn krieche.

Ich habe mich damals gelegentlich mit ihm in seinem Verschlag voller säuselnder Rechner und leise vor sich hin brummender Netzteile und Monitore unterhalten. Er gehörte zu jener Fraktion von Kosmologen, für die das Weltall eine Art evolutionäres Programm ist, ein sogenanntes Multiversum, ausgestattet mit einem inneren Drang zur informationellen Vernetzung.

Er meinte, daß eine Quantentheorie der Information eines Tages beweisen würde, daß es sich beim Universum um ein Informationsfeld handelte, dessen Austauschteilchen –

er nannte sie Infonen – mit unserem Bewußtsein in beständiger Wechselwirkung stehen würden. Deshalb war er davon überzeugt, daß wir grundsätzlich in der Lage sein müßten, mit dem Universum zu kommunizieren, aber unglücklicherweise sei es eine der fatalen Eigenschaften moderner Zivilisationen und individualistischer Lebenskonstruktionen, die infonische Resonanz- oder Wahrnehmungsfähigkeit unserer Gehirne zu zerstören und uns kosmologisch blind zu machen, taub für das Murmeln der Ewigkeit.

Zugegeben: Wir haben uns ab und an kosmologischen Spekulationen hingegeben, aber der wahre Grund, weshalb ich immer wieder bei ihm vorbeigeschaut habe, war, ehrlich gesagt, daß er beim Arbeiten Musik von John Cage hörte, *Four Walls*, um genau zu sein, ein minimalistisches Stück für Klavier und Sopran, das ich nicht kannte und von dem eine eigenartige Wärme und Strukturalität ausgeht. Lozki saß wütend vor seiner Konsole, hieb weißbehandschuht auf die Computertastatur ein und hörte Cage: Vielleicht war es ein Akt der Solidarität, immer wieder zu ihm zu gehen, weil ich selbst eine Zeitlang als verrückt gegolten habe.

Während Lozki auf seine Tastatur einschlug, sagte er einmal hastig und mit gelegentlichen abrupten Unterbrechungen: Manchmal glaube ich, etwas zu *hören*, ein unheimliches inneres Wispern, ein schauriges Raunen. Aber jeder Versuch, etwas verstehen zu wollen, ist ganz und gar aussichtslos. Rufe durchrieseln mich, ich weiß, daß es Rufe sind, aber ich weiß nicht, wer oder was gerufen wird. Es ist, als stünde ich in einem Saal voller Menschen, die ich nicht zu sehen vermag und deren Sprache ich nicht verstehe und die mich ebensowenig sehen können wie ich sie. Wir haben ja die Fähigkeit verloren, neuronale Resonanzereignisse sinnvoll zu interpretieren. Wir halten sie für Träume und Psychosen. Epileptische Anfälle, schizophrene Schübe, okkulten Wahn. Die Neurologie ist die schädlichste und verheerendste aller Wissenschaften. Die Neurologie betrachtet das Gehirn als Organ wie jedes andere. Sie betrachtet das Gehirn wie eine Niere. Oder wie die Leber. Oder die Nasenschleimhäute. Die Neurologie betreibt die Leberisierung des Gehirns, dessen Prostataisierung oder Dickdarmisierung. Das Gehirn als Weltverdauungsorgan – das ist es, was den Neurologen vorschwebt. Zu dieser Sichtweise wollen sie uns zwingen. Dafür pflanzen sie Millionen von Tieren Elektroden ins Hirn. Sie arbeiten an der Interpretation des Menschengehirns nach dem Ebenbild als Affengehirns. Sie stellen die Schöpfung auf den Kopf, und je weiter sie voranschreiten, um so mehr werden wir uns ihrem Diktum fügen. So wie Hühner irgendwann das Fliegen verlernt haben, werden wir schlußendlich das *Hören* verlernen. Unsere Gehirne sind Resonatoren, beziehungsweise sie werden es gewesen sein, denn ohne Abstimmung zwischen Sender und Empfänger werden wir die *Botschaft* niemals empfangen können. Alle Religionen – sie mögen noch so sehr auf die allerwiderwärtigste Erlösungsschleimerei hinauslaufen – sind intuitiv darauf gegründet, daß irgendwo dort oben eine *Botschaft* existiert, ebenjene, die wir benötigen, um zum Heil zu kommen. Vielleicht läßt sich Gott als eine bestimmte Programmierung des Higgs-Felds begreifen. Haben Sie darüber schon einmal nachgedacht? Vielleicht müssen wir uns, wenn wir überleben wollen, ins Gewebe des Kosmos einprogrammieren. Die

Quantenphysik wird uns eines Tages dazu ermächtigen. Religionen verlagern das Erklärbare ins Reich des Glaubens und des Unerklärbaren. Warum? Weil Menschen eher bereit sind, etwas zu glauben als etwas zu wissen ...

Meine Damen und Herren, ich möchte diesen Bericht und Ihre Aufmerksamkeit nicht mit Fragen belasten, die kein Mensch beantworten kann, aber was verstehen wir eigentlich unter dem Geisteszustand eines Menschen? Ist Verrücktheit in einer anderen Dimension Weisheit? Ist die Krümmung der Zeit eine Eigenschaft unserer Seelen? Gibt es Gott?

Heute war Marthes Entrümpelungsunternehmer da und hat den Hausrat unseres Vaters taxiert. Zügig sehe ich ihn – eine große robuste Erscheinung mit geröteter Lederhaut, Bürstenschnitt und einem Gesicht in der Form eines verbeulten Teekessels mit aufstrebender Nase und breitem Mund – durch die einzelnen Räume schreiten, während sein Blick mit mürrischer Routine über die Einrichtung schweift.

– Was soll ich Ihnen sagen?, kommentiert er die Begehung ungefragt. Die Leute erwarten tatsächlich, daß ihnen die ganzen Kröten, die im Hausrat ihrer Angehörigen stecken, am Ende wieder in den Schoß fallen, als wären Wohnungen so was wie Sparbüchsen. Die traurige Wahrheit sieht allerdings ein bißchen anders aus. Mir gefällt das auch nicht, aber ich bin Unternehmer und muß mich den Gesetzen des Marktes beugen. Ich meine, wenn wir in Rußland wären oder in Rumänien, aber hier? In Sofia würde ich selbst für ein Paar alte Badelatschen oder ein verlaustes Toupet noch was rausholen. Wußten Sie, daß man in Rußland durchgebrannte Glühbirnen verkaufen kann? Die Leute tauschen sie in den Betrieben gegen funktionierende aus, die sie bei sich zu Hause reindrehen. Für mich wäre der Kommunismus eine tolle Sache. Im Ural oder den Karpaten hätte ich längst ausgesorgt. Aber hier ... Also nehmen Sie die Dinge nicht tragisch, und konzentrieren Sie sich auf die ideellen Werte. Suchen Sie sich raus, woran Sie hängen, und den Rest überlassen Sie mir. Nur versprechen kann ich Ihnen nichts. Die Möbel kann ich nur auf die Kippe fahren, wegen der ganzen Lacke – wissen Sie, was das kostet? Das ist alles mehr oder weniger Sondermüll. Die Sechziger waren ein übles Jahrzehnt. Damals hat's die ersten Fischsterben gegeben, falls Sie sich daran noch erinnern können. Und heute heißt es, daß man sich schon von ein paar Fritten einen tödlichen Tumor einhandelt. Die Menschen leben ja in ständiger Panik. Ich sage Ihnen, wenn die Leute wüßten, in was für Giftküchen sie aufgewachsen sind! Aber wenn man, wie ich, sozusagen am Ende der Nahrungskette steht, dann weiß man, was los ist. Glauben Sie mir, diese ganzen Möbel hier zu entsorgen kostet ein Vermögen. Ich sage das nur, damit Sie hinterher nicht denken, ich hätte Sie übers Ohr gehauen. Es gibt hier praktisch nichts, was ich gegenrechnen kann. Der ganze Kleinkram in den Schubladen und Regalen ist mehr oder weniger wertlos. Flohmarktware. Hier – wir sind inzwischen im Keller angelangt, und mit einer schnellen Bewegung seines rechten Arms schnappt er sich einen verstaubten schwarzen Kerzenleuchter von dem holzvertäfelten Stehtresen, den meine Eltern im Zuge der allgemeinen Partykellermode in den späten siebziger Jahren haben einbauen lassen und der nach drei oder vier Geburtstags- oder Silvesterfeiern meines Wissens nie wieder benutzt worden ist – hier, das ist ja nichts als Blech!, verkündet er und schnippt, um seine Ausführungen sinnlich zu untermauern, einmal kurz mit seinem großen Fingernagel gegen den Fuß des Leuchters, wodurch er dem Material ein ärmliches tonloses Klicken entlockt, dem er lapidar hinzufügt: Für den könnte ich Ihnen als Entgegenkommen vielleicht fünf oder sechs Euro geben. Ich nehme ihn gleich mit, wenn Sie wollen.

Marthe, die schweigend neben ihm hergegangen ist, entreißt ihm mit überraschender Heftigkeit den Kerzenleuchter und sagt: Entschuldigung, aber das ist Silber. Und außerdem ist es Jugendstil! Das Ding ist lediglich seit drei Jahrzehnten nicht mehr geputzt worden.

Sie poliert mit einem Zipfel ihres Ärmels auf dem Metall herum, und siehe da!, dort wo es noch nicht schwarz ist, beginnen kleine silbrige Äderchen zu glänzen.

– Höchstens Silberauflage, winkt ihr Entsorgungsspezialist miesepetrig ab und wendet sich beleidigt dem ausgebleichten spanischen Schmuckfächer über den Spirituosen zu, auf dem die verblaßten Konturen einer kastagnettenschwingenden Habaneratänzerin so eben noch zu erkennen sind.

– Und das Chippendale-Eßzimmer?, frage ich vorsichtig.

Er lacht gequält auf: Wer zum Teufel belastet sich heutzutage noch mit einem Chippendale-Eßzimmer! Die Leute schlagen sich überall den Bauch voll, nur nicht zu Hause. Sehen Sie sich diese typischen Neubauwohnungen doch an! Winzige Küche, Imbißecke – finito. Singles futtern im Stehen. Tiefkühlpizza, Tütensuppen und so. Was wollen Sie denn da mit einem Chippendale-Eßzimmer? Oder hier, diese Raumspar-Polstergarnitur, was soll ich mit der anfangen? Die kauft mir nicht mal mehr eine türkische Familie ab, die stehen mehr auf wuchtige barocke Ottomanen für die ganze Sippschaft, zum Beten und Ferngucken. Oder hier, die Klappcouch! Da lachen sich inzwischen selbst die Studenten tot, die logieren heutzutage nämlich in den reinsten Palästen und brauchen keine Klappmöbel mehr. Und dieser Nußbaumschreibtisch! Ja, Herr im Himmel, wenn die PCs noch so groß wie Waschmaschinen wären, gäb's da vielleicht ne minimale Absatzchance. Aber in den Zeiten schnittiger kleiner Notebooks oder mikroskopischer Palms! Das ist ja, als würden Sie jemandem einen Koffer zum Aufbewahren eines Manschettenknopfs andrehen wollen. Höchstens dieser Füller hier – er läßt seine Hand flink zur Stiftablage vorschlängeln –, so Kleinkram und Nippes also, da kann man vielleicht mit etwas Glück noch ein paar Eurochen rausquetschen.

Marthe bringt den Lamy-Goldfederhalter – soweit ich mich erinnere ein Geschenk meiner Mutter zum Fünfzigsten meines Vaters – mit einer resoluten Greifbewegung wieder in ihren Besitz und baut sich vor dem von ihr selbst herbeigerufenen Entrümpelungsexperten auf.

– Wir haben schon kapiert, was Sie uns sagen wollen, fährt sie ihn an, aber jetzt hören Sie *mir* mal zu! Wir sind nicht hier, um uns darüber zu ärgern, wie Sie das Ansehen unseres Vaters in einem fort beschmutzen. Es geht hier nicht um Geld, sondern um Ehrfurcht! Glauben Sie mir, bevor irgend etwas von alldem auf den Schrott kommt, verschenke ich den gesamten Hausrat an wohltätige Stiftungen und gemeinnützige Organisationen!

– Das sind die Schlimmsten!, pariert er ihren Angriff gelassen.

Wie er dasteht, in seinem nach Staub und Zigarettenrauch riechenden Jeansanzug und mit seinem Knittergesicht, sehe ich in ihm eine Art Prototyp des Mannes aus dem Volk, erzogen einzig und allein durch das Leben selbst, dem gewisse pekuniäre Gesetzmäßigkeiten nun einmal eigen sind. Und anstatt ihm zu mißtrauen, bin ich durchaus geneigt, seinen Worten und seinem verschlissenen, offenbar nie geschonten Schnapsbariton Glauben zu schenken.

Er fährt fort: Die Wohltätigkeitsorganisationen leben von Spenden und können auf ordentliche Bilanzen pfeifen. Bei denen schnappen sich erst mal die Vorsitzenden und Kassenwarte die schönsten Stücke aus den Vermächtnissen, und der Rest wandert in irgendwelche Heime, wo sie alles brauchen, nur keine gestickten Wandbilder oder Sammeltäßchen. Ich würde mich an Ihrer Stelle lieber aufs Geld verlassen, anstatt auf die scheinheilige Glaubwürdigkeit von irgendwelchen amtlichen Wohltätern zu setzen.

– Diese Entscheidung müssen Sie schon mir überlassen!, kanzelt Marthe ihn erbost ab und rauscht demonstrativ zur Haustür. Offenbar ist die Intensität, mit der sie sich in diesen vier Wänden als Herrin fühlte, seit ihrem letzten Besuch noch gewachsen. Mit eiskaltem Blick, der besagt, daß er niemals wieder die Schwelle dieses Hauses zu übertreten habe, weist sie ihren Trödler hinaus und schlägt die Tür hinter ihm zu.

– Was für ein unglaublich primitiver Mensch!, ruft sie voller Haß und Verachtung aus.

Sie rast in den Keller, um nach wenigen Sekunden mit dem umstrittenen Kandelaber und einer uralten, tausendfach gequetschten Tube Silberpolitur wieder heraufzustürmen. Über der Spüle fängt sie an, die Arme des Leuchters mit wütenden Bewegungen zu wienern. Das unscheinbare Erbstück wechselt unter der Einwirkung der grauen Paste schließlich die Farbe, und nachdem Marthe die behandelten Stellen unter Wasser gehalten und abgetrocknet hat, erstrahlt das Metall wie Schwanengefieder im Märchen.

Den drei Armen des Kerzenleuchters ist tatsächlich etwas Schwanenhalshaftes eigen. Auch ich vermag die typische Geziertheit ihres Jugendstilschwungs jetzt zu erkennen und gebe Marthe recht, die also triumphieren könnte, doch Tränen treten in ihre Augen. Kraftlos und mit herabhängenden Armen steht sie auf einmal vor dem Waschbecken, Spuren trüber Feuchtigkeit kriechen über ihre Wangen, ihr aufgebauschter Haarschnitt ist melancholisch in sich zusammengestürzt, und statt ihrer hysterischen Lebendigkeit erfüllt nun schmerzvolle Stille die Küche.

Ich nehme an, der Auftritt des Trödlers hat ihre Trauer um den Verlust unseres Vaters und all die Schmerzen des vergangenen Jahres noch einmal aufgewühlt, und drücke sie an mich. Ich spüre die bebende Bewegung ihres Kinns an meinem Schlüsselbein und ihren warmen schluchzenden Atem, der durch die Maschen meines Pullovers dringt.

– Am Wochenende feiere ich meinen Geburtstag, bringt sie schließlich hervor. Du kommst doch, oder?

– Natürlich komme ich, sage ich. Was denn sonst?!

Ich denke: Alles ist noch da. Das Leiden, das Gefühl der Ohnmacht, trotz der redlichen Bemühungen ihrer Kinesiologin. Sie steht da und weint um unseren verstorbenen Vater, der nie wieder seinen Fuß in dieses Haus setzen wird – so verstehe ich ihre Tränen.

Was hätte ich auch sonst glauben sollen?

Eine Ansichtskarte von mir an meine Eltern, die irgendwie unter die Berge von Familienfotos geraten ist: Südfrankreich, Provence, Sommer zweiundachtzig.

Meine Handschrift, die mir sonderbar unentwickelt vorkommt. »Ich genieße das Leben«, hatte ich unter anderem notiert, und das sollte wohl heißen: *Hier* kann ich es genießen. Und am Ende: »Viele Grüße, Euer Frank«. (Es ist mir gegenüber meinen Eltern nie gelungen, das Possessivpronomen wegzulassen.) Schließlich das Bild auf der Vorderseite (Rückseite?) der Karte: sandiger Bouleplatz in einem Park, das Licht unter den feingefiederten Blättern der Akazien, weiche gelbgrüne Schatten.

Einmal saß ich auf einem dieser Plätze und las in einer Zeitung, daß Teresa Stratas in Paris auftreten würde. Ich verehrte Teresa Stratas, wie man nur mit Anfang Zwanzig einen Künstler zu verehren vermag, bedingungslos und glühend. Und ich wußte sofort, daß ich nach Paris fahren würde, um *sie* singen zu hören am Tag ihres einzigen Konzerts, auf den allerdings (einer der mißlichsten Zufälle, der mir je untergekommen ist) zugleich der sechzigste Geburtstag meines Vaters fiel.

Irgendwann rief ich Marthe an, um sie zu bitten, meinen Eltern mitzuteilen, daß ich zu der großangelegten Geburts-tagsfeier nicht würde kommen können. Sie war entsetzt und hatte nicht das geringste Verständnis für mich. Wir kamen aber nicht dazu, die Sache »auszudiskutieren«, weil es seinerzeit noch keine Mobiltelefone gab und ich im Vorfeld des Telefonats versäumt hatte, mich mit genügend Münzen einzudecken. Mitten in einem der von Marthe gegen mich erhobenen Vorwürfe wurde ihre Stimme abgeschnitten, und übrig blieb nur das leise elektrische Knistern der abgeschalteten Leitung.

Ich denke an das Konzert. Ich denke an den Moment, da das Licht abgedunkelt wurde und der Pianist seinen Platz einnahm, begleitet von höflichem Beifall. Und ich denke an die Stille bis zum Erscheinen der Sängerin, Sekunden, die sich dehnen wie eine Morgendämmerung, bevor die ersten Strahlen der Sonne über den Horizont leuchten.

Dann betrat sie die Bühne, eine nicht sehr große, beinahe hagere Person in einem einfachen schwarzen Kleid. Unter aufbrandendem Applaus ging sie zum Flügel und schloß die Augen. Ich saß überwältigt und starr da. Die lange Zeit des Wartens und das Wissen, kurz vor der Erfüllung dessen zu stehen, was über Jahre einer meiner Träume gewesen war, hatten mich gelähmt. Ich erinnere mich an die ersten Takte der Klavierbegleitung, bei denen mir ein Schauer über den Rücken kroch. Und ich erinnere mich an den leisen, beinahe unhörbaren Einsatz jener Stimme, die ich so sehr verehrte. Eine Art von Dankbarkeit erfüllte mich, ich wollte diesen Augenblick nie mehr vergessen. Es war ein melancholisches Kurt-Weill-Programm, mit dem Teresa Stratas dort in Paris gastierte. Sie sang ›Youkali‹ und sie sang ›Je ne t'aime pas‹. Es gibt Momente, in denen eine kleine musikalische Phrase, eine Modulation oder ein leise intonierter Vokal dir das Wesen der Dinge eröffnen kann, des Lebens in seinen glücklichen und traurigen Facetten, ich meine dieses unstillbare Bedürfnis, dazusein und der Einsamkeit zu entrinnen und dem Tod, und das unabwendbare Scheitern dabei.

Wie schon gesagt: Marthe hatte für meine An- und Einsichten nicht das geringste Verständnis. Sie warf mir unter anderem hemmungslosen Egoismus und krankhafte Arroganz vor. Den eigenen Vater vor allen Freunden und Verwandten durch demonstratives Fernbleiben an seinem sechzigsten Geburtstag derart zu brüskieren sei widerlich.

Natürlich versuchte ich ihr zu erklären, daß mein Fernbleiben keinen demonstrativen Charakter gehabt habe. Ich sprach dem Besuch des Konzerts »existentielle Notwendigkeit« zu. Ich behauptete, es sei falsch, Momente »ungenutzt dahinziehen« zu lassen, die »einzigartig und unwiederbringlich« seien, und genau damit müsse man bei einem Stratas-Konzert »unbedingt rechnen«, da die Sängerin schon mehrfach angekündigt habe, ihre Karriere zu beenden und sich »an der Seite von Mutter Teresa in den Slums von Kalkutta zu engagieren!!!«. Aber alles, was ich sagte, kam mir, als ich Marthe damals gegenüberstand, zurück in Deutschland, zurück in meinem Leben, auf eine sonderbare Weise fremd und aufgesagt vor. Etwa so, als wollte ich nicht nur sie, sondern mich selbst durch meine Worte überzeugen.

Irgend etwas war geschehen. Es gelang mir nicht, der zu sein, der ich im Konzert gewesen war, und ich begriff in diesem Moment, daß es mich noch gar nicht gab und daß es an mir lag, mich dauerhaft hervorzubringen.

Es heißt aber, daß man sich nicht selbst therapieren kann, weil es offenbar ein psychologisches Prinzip gibt, das unsere Selbstheilung verhindert. Und ich frage mich deshalb, ob man als Individuum überhaupt eine Chance hat, von dem loszukommen, was einen zu ersticken droht.

Ich glaube nicht, daß man sich große Hoffnungen machen sollte. Aber immerhin ist es einer der ältesten Mythen, daß es möglich ist, durch Liebe erlöst zu werden. Es gibt keinen Beweis dafür, und doch habe ich bis heute nicht aufgehört, in einem Winkel meiner Seele daran zu glauben.

DIE KLINIK, in der Lozki behandelt wird, besteht aus fünf oder sechs Zweckbauten, die jenen verblüffend ähnlich sehen, in denen ich einst Physik studiert habe. Die psychiatrische Abteilung ist auf die Behandlung von schwerer chronischer Apathie sowie bestimmten verwandten cerebralen Dysfunktionen spezialisiert. Der Chefarzt, ein gewisser Doktor Wagenmann, so hat man mir versichert, hat in dieser Hinsicht einen glänzenden Ruf.

Da ich mich als Physiker und ehemaliger Mitarbeiter Lozkis und darüber hinaus als Beobachter im Auftrag der EU angemeldet habe, dessen Ziel es sei, sich ein Bild vom Zustand des ehemaligen Astronomen und Kollegen zu machen (was der Wahrheit ja irgendwie nahekommt), wird mir die Ehre zuteil, von ebenjenem Dr. Wagenmann persönlich bei meinem Besuch begleitet zu werden.

Während ich auf ihn warte: Mein Gehirn gibt Erinnerungsbilder frei, um die ich es nicht gebeten habe. Beispielsweise das resopalweiße Krankenhauszimmer, in dem ich selbst einst begutachtet worden bin. Oder meine Wohnung zu Studienzeiten, in die ich irgendwann (geheilt?) zurückkehre: ein trübes ausgekühltes Ein-Zimmer-Apartment, einen Sommer lang von niemandem betreten und also geleert von jedem menschlichen Geruch. Dann jene Nina mit fünfundzwanzig: lebenshungrig und begehrenswert, ein haltloses, von Überzeugung zu Überzeugung treibendes Wesen.

Dr. Wagenmann, ein gedrungener breitschultriger Mittvierziger, ist kaum größer als Lozki. Erfüllt von leutseligem Aktivitätsdrang, scheint es, als tanke er Morgen für Morgen jene Lebenskräfte, die seinen Patienten abgehen. Mit großglasiger Goldrandbrille steht er vor mir und begrüßt mich mit einem kräftigen Händedruck. Aus irgendeinem Grund bin ich mißtrauisch gewesen, doch ich erkenne, daß mein Argwohn unangemessen ist. Er spricht sehr offen und, wie mir scheint, durchaus respektvoll von seinen Patienten. Im Gegensatz zu den meisten Chefärzten ist er kein Zyniker. Er versucht, mich schonend auf Lozkis Zustand vorzubereiten.

– Als Psychiater und Neurologe, sagt er, stehe ich auf dem Standpunkt, daß das Gehirn absolut ist und die Welt relativ. Was in unseren Köpfen stattfindet, ist die Wahrheit.

Die psychiatrische Station: Auf einmal finde ich mich dort wieder, wo ich schon einmal war, wenn auch in einer anderen Stadt. Die staubfreie Helligkeit in den Gängen und der süßlich medikamentöse Geruch – Details von beklemmender Parallelität. Bilder hängen an den Wänden, entstanden unter ergotherapeutischer Anleitung: buntes Farbgetröpfel wie von Jackson Pollock oder Collagen aus Illustriertenseiten, zerschnitten und neu und wirr zusammengesetzt, wie die Welten derer, die sie angefertigt haben. Die Gesichter der Patienten, die uns begegnen: jene schwer zu fassenden Verschiebungen des Mimischen, übertriebenes Grinsen oder finstere Feindseligkeit, linkisches Schweifenlassen des Blicks oder unerträglich punktfestes

Starren, eine bestimmte ichflüchtige Verwahrlosung der äußeren Erscheinung, nur unter Mühen gekämmte Haare oder wirr und unvollständig in die Hosen gestopfte Hemdsäume, abwegige Gesten oder das Fehlen jeder gestischen Energie, die peinlich hervorstechende Präsenz der Körper ohne die schützende Hülle der geistigen Souveränität.

– Genaugenommen, erklärt mir Dr. Wagenmann, sind Verrücktheit und alle kursierenden Vorstellungen vom Irresein mehr ein begriffliches Instrumentarium für uns Nicht-Verrückte, eine Kategorie, mit deren Hilfe wir uns unserer vermeintlichen Normalität versichern.

Lozki, der in einem Aufenthaltsraum am Ende des Ganges sitzt. Die Silhouette seines in sich zusammengesackten Oberkörpers im Gegenlicht, dunkel und kauernd, grau wie eine Wurzel.

Beim Näherkommen sehe ich, daß etwas auf seinem Schoß liegt: ein buntes Brett, und dann sehe ich, daß es eine elektronische Klaviatur ist, wie man sie Kindern kauft, ein Spielzeuginstrument ohne großen Tonumfang, anderthalb oder zwei Oktaven vielleicht.

Lozkis Finger liegen reglos auf den Tasten, und die Tasten sind absurd klein, kaum länger als Streichhölzer. Er trägt seine weißen Handschuhe, und das Weiß des Stoffs und das Weiß der Kindertasten verschmelzen miteinander. Die Haare kleben ihm an den Schläfen, während sie über seinem Schädel spitz zusammenlaufen wie ein Dach oder wie ein kleines, aus Zeitungspapier gefaltetes Schiffchen. Seine Füße stecken in schottisch karierten Pantoffeln, und sein Blick geht erloschen und horizontal ins Leere. Er rührt sich nicht, als wir näher kommen.

– Lozki, sage ich leise, wie geht es Ihnen?

– Zweimal pro Woche, erklärt mir Wagenmann, geben wir den Patienten die Möglichkeit, sich mit einfachen Instrumenten – Trommeln, Gongs, Triangeln oder Schlaghölzern – lautlich zu artikulieren. Die orchestrale Summe dieser Sitzungen ist naturgemäß ein ziemlicher Höllenlärm, aber Lozki findet sich darin irgendwie zurecht.

Plötzlich schlägt Lozki auf die Tastatur des Kinderinstruments. Es ist dieselbe zornige Bewegung, mit der er früher hin und wieder auf seine Computertastatur eingehauen hat. Die Bewegung schockiert mich, weil ihr kein Ton folgt, es ist die Vergeblichkeit, die mich schockiert.

Wagenmann sagt: Wir waren überrascht, daß die musiktherapeutischen Sitzungen ihm gewisse Reaktionen entlockt haben. Alle anderen Stimulationsversuche sind mehr oder weniger fehlgeschlagen, aber mit der Musiktherapie konnten wir seine Isolation zumindest partiell durchbrechen.

Ich beuge mich vor und betätige den Schalter, um das Spielzeuginstrument zu aktivieren. Ich spüre, daß Wagenmann mein eigenmächtiges Handeln mißbilligt. Er hält mich für jemanden, der von diesen Dingen nichts versteht, und ich verstehe tatsächlich nichts davon. Doch der Anschein, autorisierter Vertreter der Europäischen Union zu sein, verleiht mir offenbar eine gewisse Wichtigkeit oder Immunität, gegen die er sich nicht ohne schwerwiegenden Grund stellen möchte, so daß er seinen Unmut für sich behält.

Er merkt lediglich an: Es ist unerheblich. Er hört die Töne in jedem Fall.

– Woher wollen Sie das wissen?

– Wenn Sie so wollen, kommuniziert er in einer Sprache, die wir nicht verstehen. Ob es uns jemals gelingt, ihm in diesem Idiom eine Botschaft zukommen zu lassen, ob es uns beispielsweise möglich ist, ihn zurückzurufen, ist allerdings höchst fraglich. Wir haben aber (und bei diesen Worten sieht er mich aufmunternd an, als folge nun etwas, das auch ich möglicherweise würde verstehen können) in dem Rhythmus, mit dem er auf die Tastatur schlägt, gewisse zeitliche Muster entdecken können, eine – leider ganz und gar unverständliche – mathematische Ordnung, die darauf hinweist, daß es ihm überhaupt nicht um Musik geht. Die Basis seines Denkens war die Mathematik. Offenbar handelt es sich bei der Bewegung seiner Hand um ein gestisches Echo, einen synaptischen Widerhall aus den Tiefen seines motorischen Kortex.

– Ich glaube, widerspreche ich ihm, daß er das tut, was er tut: Er spielt Klavier.

Als ich selbst Psychiatriepatient gewesen bin, habe ich wochenlang Karteikarten mit verschiedenen Begriffen auf dem Boden des Anstaltszimmers hin und her geschoben, um sie in einer bestimmten Weise zu ordnen. Einem Außenstehenden muß diese Beschäftigung seltsam und verstiegen erschienen sein, aber mir war der Sinn dessen, was ich tat, vollkommen bewußt.

Wagenmanns kleine kompakte Gestalt wirkt gegenüber dem zusammengesackt dasitzenden Lozki wuchtig und stabil. Ein seidiger krankenhausweißer Schimmer liegt auf seiner blanken Halbglatze.

Mit robuster Stimme sagt er zu Lozki: Von Schwester Hannelore weiß ich, daß Sie gerne den ganzen Tag in Ihrem verdunkelten Zimmer sitzen würden. Aber wir möchten Sie lieber bei uns haben. Ihr Kollege ist übrigens stellvertretend für die gesamte Forschungsabteilung der Europäischen Union hierhergekommen. Man denkt dort sehr viel an Sie, und alle hoffen, daß es Ihnen bald bessergeht.

Die apathische Anwesenheit von Topfpflanzen in dieser Korridorwelt aus weißer Tünche und PVC und der gemessene Informationsstrom von Wagenmanns Anmerkungen, als wir Lozki verlassen.

– Aus irgendeinem Grund, sagt er resümierend, scheint etwas mit seinem kortikalen Tonus nicht in Ordnung zu sein, aber wir sind noch nicht dahintergekommen, was es sein könnte. Oft fehlt ihm die Voraussetzung für jegliche Art von psychischer Aktivität, und er wird apathisch …

Bereits im Gang angekommen, hält uns der unerwartete Klang des Instruments zurück. Lozki (wir sehen es, als wir uns noch einmal umdrehen) drückt die Klaviertasten jetzt mit kleinen, fast unsichtbaren Bewegungen seiner Finger herunter. Er sitzt zusammengeschrumpft in seinem Stuhl und erzeugt eigenartige Töne. Sie sind dünn, künstlich und jämmerlich, aber er fährt fort, dem Kinderinstrument diese Klänge zu entlocken, eine von quälend langen Pausen unterbrochene Abfolge von engen Tastengriffen und einzelnen Tönen.

Auf einmal kommt mir alles vor wie ein fauler Trick, mit dem der Tod überlistet werden soll. Lozki ist tot, aber etwas in ihm weigert sich zu sterben und sendet uns diese Musik, oder diese Zeichen, und wir wagen nicht, sie anzuzweifeln, weil er tot ist und wir ihm gegenüber nicht pietätlos sein wollen.

Ich gehe noch einmal zu ihm hin und schalte das Instrument wieder ab. Dann verlasse ich die Station so schnell es geht und ohne weitere Erklärung.

Vor dem Gebäude bleibe ich stehen und sage zu Wagenmann, als er mich einholt: Er spielt ein Stück von John Cage. Es heißt *Four Walls.*

– Ach ja?

– Ich habe mit ihm nächtelang kosmologische Modelle entworfen, John Cage gehört und nach Aliens gesucht.

– Verstehe.

– Das alles ist weniger verrückt, als Sie denken.

– Woher wissen Sie, was ich denke?

– Glauben Sie, daß ich ein Kandidat für Ihr Institut sein könnte?

– Warum haben Sie das Instrument wieder abgeschaltet?

– Um Lozki vor dem Weiterfunktionieren seines Gehirns zu schützen, vor der inneren Logik seiner Verrücktheit und dem Fortdauern des Lebens, das er hinter sich gelassen hat.

– Was ist mit diesem Stück? *Four Walls?*

– Für Lozki ist das Universum eine große Sinfonie. Ein beständiges Spiel von Resonanzen.

Wagenmann nickt, obwohl er kein Wort versteht, aber schließlich ist es sein Beruf, gegenüber seinen Patienten Verständnis zu heucheln, und so sagt er: Der tiefere Sinn von theoretischen oder weltanschaulichen Systemen ist es, uns psychisch zu stabilisieren.

– Sie halten die Physik für einen Trick, um normal zu bleiben?

– Was stört Sie daran?

– Ich kenne Lozki weniger gut, als Sie vermutlich denken. Jedenfalls wirkte er immer sehr getrieben und nicht eben stabil. Er konnte es nicht aushalten, daß wir nur einen winzigen Ausschnitt der Realität erfassen. Wenn ihn etwas verrückt gemacht hat, dann gerade die Physik. Ihn verfolgte die beständige Sorge, daß wir als Forscher etwas übersehen haben könnten, so wie er übrigens, glaube ich, auch als Person beständig in der Angst gelebt hat, irgend etwas übersehen zu haben.

– Gelebt *hat?*, sagt Wagenmann. Er lebt noch, vergessen Sie das nicht.

– Nein, er ist tot, sage ich.

– Sie behaupten, er ist tot, und gleichzeitig behaupten Sie, daß er John Cage spielt?

– Er ist wiederauferstanden, sage ich.

– Worauf wollen Sie hinaus?

– Er ist Teil eines kosmischen Resonanzfeldes, sage ich und füge beinahe flüsternd hinzu: Darf ich Sie daran erinnern, daß Sie selbst es waren, der gesagt hat, das Gehirn sei absolut und die Realität relativ. Glauben Sie, daß wir eine unsterbliche Seele besitzen?

Wagenmann ist kein Esoteriker und begrifflicher Draufgänger. Er bewegt sich mit seinen Therapieansätzen im Rahmen dessen, was gemeinhin als gesicherte Erkenntnis bezeichnet wird – Gott sei Dank. Ich bin froh, daß Lozki nicht in die Hände eines ehrgeizigen intellektuellen Neurologen gefallen ist. Er wird von Wagenmann nicht therapeutisch verpfuscht oder medizinisch mißbraucht werden. Im Gegenteil: Es ist gut, daß er dort sitzt, in dem weißen

Puderlicht, mit seinem stummen Kinderklavier auf den Knien. Ihn in diese Welt zurückzuholen wäre gegen seinen Willen und seine Würde, und Wagenmanns Hilf- und Ahnungslosigkeit schützt ihn: Er wird ihn höflich und mit Respekt allmählich aufgeben.

Ohne meine letzte Frage zu beantworten, streckt er mir mit mildem Lächeln seine Hand zum Abschied entgegen. Er bittet mich, Simon zu grüßen, mit dem er in der ganzen Angelegenheit des öfteren telefoniert hat, wobei ihm dessen unaufgeregt sachliche Art, Probleme zu besprechen, stets sehr angenehm gewesen sei. Ich verspreche, den Gruß auszurichten, und dann verabschieden wir uns voneinander.

Auf der Suche nach meiner Kindheit war ich heute morgen im Heizungskeller. Die alten Stahlrohre mit den gelenkartig verdickten Lötstellen, einstmals marineblau oder kirschrot lackiert, haben sich in den vier Jahrzehnten seit ihrer Installation mit einer dunklen samtigen Rußschicht überzogen. Mal parallel zueinander, mal unvermittelt über Kreuz laufend, verschwinden sie an den verschiedensten Stellen in den rohen Betonwänden.

Lange Zeit war die Heizungs- und Warmwasseranlage, die Verrohrung des Brennerkessels mit ihren vielen Thermostaten und Absperrhähnen aus Messing und den leise surrenden Pumpen für mich Sinnbild des Undurchschaubaren schlechthin, der komplizierten Funktionsmechanismen unter der Oberfläche der Dinge. Die verschiedenen Steuerungshandlungen meines Vaters – seines Zeichens Herr über diese geheimnisvolle Temperaturmaschine –, seine wohlüberlegten Handgriffe, das gezielte Öffnen von

Ventilen oder die mit hochgeschobener Brille vorgenommene Kontrolle der Wasseruhren schienen mir ebenso einem spirituellen Sinnsystem zu folgen wie die weihevollen Verrichtungen von Priestern im eucharistischen Procedere der sonntäglichen Meßfeiern.

Jetzt scheint es mir, als sei der Wunsch, den Ansprüchen meines Vaters zu genügen, in unserem Heizungskeller, der zugleich als Bastelkeller diente, exemplarisch gescheitert. Ich muß zehn oder elf gewesen sein, als er mir nämlich durch ein zusätzliches, auf meiner Wunschliste gar nicht geführtes Geburtstagsgeschenk zu verstehen gab, daß für mich als Jungen nun die Zeit des Modellflugzeugbaus gekommen sei.

Das Geschenk, eine längliche, nicht sehr hohe Schachtel, war leicht, um nicht zu sagen nahezu gewichtslos für meine gierige jugendliche Wahrnehmung, und das darauf abgebildete Segelflugzeug mager und funktionell. Beim Öffnen fand ich sonderbare knochenartige Anordnungen vor: Rippen und Holme und Kufen und Lamellen aus dünnstem weißen Holz, denen eine Anleitung zum Zusammenbau des Ganzen beigegeben war, eine Strichzeichnung, auf der alle Bauteile von der Skizzenperipherie entlang von Linien und Pfeilen ins konstruktive Zentrum stürzten, um sich dort zum fertigen Flugzeugmodell zu vereinigen – eine Art Implosionsvorgang vom modellbauerischen Chaos in eine Konstellation höchster funktionaler Ordnung.

Der Zweite Hauptsatz der Thermodynamik, den ich damals noch nicht kannte, untersagt solch ein wundersames Anwachsen von Ordnung und Struktur. Die Zeichnung machte mich mutlos, offenbar hatte ich bereits als Junge ein intuitives Empfinden für die thermodynamische Unmöglichkeit der mir gestellten Aufgabe und also dessen, was mein Vater in aller pädagogischen Unschuld von mir erwartete.

Noch heute empfinde ich einen beklemmenden Widerwillen, wenn ich an die Stunden in unserem Heizungs- beziehungsweise Bastelkeller denke und an den Kampf mit der Laubsäge. Wie ein großer aufgerissener Mund mit winzigen Zähnen fraß sie sich in das weiche Balsaholz, dessen ich nie wirklich Herr geworden bin. Meine kurzen Jungenfinger waren zu ungeschickt für das feinfaserige Material, das die Neigung hatte, bei jeder falschen Handhabung entlang seiner Maserung zu brechen wie eine hauchdünne Oblate. Das Flugzeugmodell hieß ›Uhu‹, wobei ich immer an den Klebstoff denken mußte und nie an den Vogel. Ich habe Wochen gebraucht, um es zusammenzusetzen in einem lange sich hinziehenden Herbst oder frostigen Winter. Von dem Metallkessel der Heizung, der wie ein großer starrer Wächter neben mir stand, ging beständig ein monotones, unterirdisches Brummen aus.

Der Tag des Jungfernflugs war farblos und diesig. Ich stand mit meinem Vater auf einem der abgeernteten Roggenfelder, wie es sie seinerzeit dort, wo ich aufgewachsen bin, noch fast flächendeckend gab. Sein Gesicht, zu dem ich aufsah, war schmal und in sich gekehrt. Er war bereit, sich auf das Kommende zu konzentrieren und mir zu helfen, doch empfand ich den Ernst, der von ihm ausging, nicht als Hilfe, sondern als Last.

Er befestigte den Rumpfhaken an der Seilwinde und fragte mich dabei (in seiner üblichen Art, so etwas zu fragen, sachlich, doch wie in Gedanken noch mit einem anderen, ferneren Punkt befaßt), ob ich das Modell »getrimmt« hätte. Ich kannte *trimmen* nur als Modevokabel für jene schlichten sportlichen Betätigungen, für die man damals im Zuge einer ersten Fitneß-Welle gewonnen werden sollte und von denen mir eigentlich nur der Klimmzug in Erinnerung geblieben ist. Und außerdem bezeichnete das Wort das Schneiden der Haare all der Cockerspaniels oder Foxterrier, die damals die Familien zu bevölkern begannen. Mehr konnte ich mit dem Ausdruck nicht anfangen, ich wußte einfach nicht, was an einem Modellflugzeug zu trimmen sein könnte, aber ich nickte trotzdem. Wir standen dort, in der Leere des abgeernteten Kornfelds, und ich wollte nicht zugeben, beim Zusammenbau etwas vergessen zu haben oder nicht mit der gebotenen Sorgfalt vorgegangen zu sein. Die Atmosphäre war schwer, und wo immer man hinsah, bot sich das gleiche triste Bild. Die Gegenwart meines Vaters hat für mich immer etwas Unumstößliches gehabt, und wie er dort stand, das Kreuz aus Rumpf und Flügeln in die Höhe haltend, während ich das dünne Nylonseil von der Winde spulte und mich langsam von ihm entfernte, kam er mir wie der einzige Mensch in dieser schier endlosen Landschaft vor, unanfechtbar dastehend auf dem großen verwitterten Brett der Erde.

Als ich losrannte, um das Flugzeug in die Höhe zu ziehen, brannte in mir der Wunsch nach seinem Lob. Ich erinnere mich noch an die feuchte Weichheit des Bodens unter meinen Stiefeln und an das Geräusch meiner Atemstöße in der Stille über dem Lehm. Ich rannte in diesem irrsinnigen Glauben an ein Wunder, den nur Kinder aufzubringen vermögen, doch wenn ich darüber nachdenke, kommt es mir so vor, als hätte ich schon damals die Kraft zu einem tiefen Glauben nicht wirklich gehabt.

Ich rannte blind und ohne Gefühl, es war nur ein trauriges Drauflosrennen, und ich erinnere mich an den Widerstand des Flugzeugs dabei, der nicht sanft und majestätisch war, sondern schleppend und ruckartig. Aber ich wollte nicht anhalten und lief mit dem verzweifelten Starrsinn des Elfjährigen weiter, bis ich keine Luft mehr bekam und über die Erdbrocken des abgeernteten Roggenfelds zu stolpern begann.

Ich blieb erst stehen, als ich keine Kraft mehr hatte, leer und elend stand ich da und rang nach Luft. Und als ich mich umdrehte, lag das Flugzeug irgendwo zwischen mir und der blassen unbeweglichen Silhouette meines Vaters auf dem Erdboden. Strohstoppeln hatten die Tragflächenbespannung zerrissen, ein Flügel war abgeknickt und die hinteren Leitwerke hatten sich in einer Ackerfurche vom Rumpf gelöst.

Enttäuscht und voller Scham ging ich schließlich neben meinem Vater her, der mir keinen Vorwurf machte. Das Flugzeug sei zu kopflastig gewesen, stellte er irgendwann lediglich fest, und obwohl er das Wort zweifellos nur sachlich, einzig seiner technischen Bedeutung gemäß und ohne jeden metaphorischen Hintergedanken benutzt hat, erinnere ich mich bis heute daran.

Tatsächlich glaube ich nämlich, daß ihm alles, was ich in meinem Leben je angepackt habe, irgendwie zu kopflastig war: der Versuch, meine kindlichen Abenteuerfantasien als Geschichten aufzuschreiben, oder die theoretische, in seinen Augen (und nicht nur seinen) weltferne Orientierung meines Astrophysikerdaseins. Ich sage dies ohne jeden Vorwurf und ohne einen Rest von Bitterkeit, denn ich halte es inzwischen für möglich, daß wir in unserer Geschichte lediglich an unserer Unterschiedlichkeit gescheitert sind, an der niemand eine Schuld trägt. Aber sind wir überhaupt gescheitert? Was wäre denn das Ziel gewesen, das wir hätten erreichen sollen?

Marthe, die ihren einundvierzigsten Geburtstag feiert, bei sonnigem Wetter und milden Temperaturen. Erst gegen Abend kühlt sich die Luft ein wenig ab, der August neigt sich allmählich dem Ende zu, vom Rhein her meine ich schon etwas wie Vorherbst zu riechen.

Eine Weile stehe ich mit einer ihrer engsten Freundinnen, einer gewissen Jennifer Grün, beisammen. Und irgendwann gesellt sich Winfried hinzu, mein Schwager. Er ist ein schlaksiger optimistischer Pfadfindertyp, dem etwas ewig Jungenhaftes eigen ist. Trotzdem sind ihm die Haare im oberen Teil des Schädels inzwischen weitgehend ausgefallen, so daß seine Stirn groß und rund wirkt, was seinem Gesicht zusammen mit dem etwas spitzen Kinn ein verschlagenes Aussehen verleiht.

In seiner Security- oder Development-Abteilung bei Ford läßt er, soweit ich weiß, mit Maschinengewehren und Mörsergranaten auf sechsfach verglaste Windschutzscheiben oder Schiebedächer aus Panzerstahl feuern, um die mit Hochgeschwindigkeitskameras in Tausendstelsekundenschritten festgehaltenen Kugeleinschlags- und Explosionsvorgänge und die verschiedenen mit diesen verbundenen

Deformations- und Splitterprozesse anschließend einer eingehenden Material- und Sicherheitslückenanalyse zu unterziehen.

Vom Rhein her, der von der Terrasse aus zu sehen ist, hört man gelegentlich das sonore langgezogene Tuten eines Schiffshorns. Und im Wohnzimmer, hinter dem geöffneten Schiebeelement der Panoramaglasfront, haucht Grammykönigin Nora Jones einen ihrer allesamt ebenso bezaubernden wie identischen Songs ins Mikrofon.

Winfried hat seinen Krawattenknoten gelockert und den obersten Hemdknopf geöffnet und wirkt, alles in allem, selbstgefällig und gewinnend.

– Wie sieht's aus?

– Alles im Lot, gebe ich zurück.

– Bestens, nickt er.

– Und selbst? frage ich. Was macht die Autobranche?

Er sagt: Wie heißt's bei euch in Frankreich? Comme ci, comme ça.

Daraufhin schaltet sich jene Jennifer ein, eine burschikose, überraschend tiefdekolletierte Rothaarige, die einen beim Reden immerzu intensiv aus ihren lavendelfarben umschminkten Augen ansieht: Wie traumhaft, in der Provence zu leben!

– Autos sind eine sichere Bank, kommt Winfried noch einmal auf meine Frage nach dem Stand der Dinge zurück. Solange diese jähzornigen Fundamentalisten uns ans Leder wollen, gehen gepanzerte Limousinen weg wie warme Semmeln. Und auch sonst kann ich nicht klagen. An Autos gibt es immer etwas herumzutüfteln.

– Stellt euch vor!, verkündet Jennifer helltönend: Ich bin

angezeigt worden, weil ich beim Tanken vergessen habe zu bezahlen. Ja, mein Gott, ich war in Eile!

– Und jetzt?

– Ich habe mich entschuldigt und alles in Ordnung gebracht, aber dieser Tankstellenbesitzer gibt keine Ruhe.

– Wie sieht's aus, frage ich Winfried, könnte man Tankvorgänge nicht automatisch von der Kreditkarte abbuchen? Zahlung per Zapfrüssel gewissermaßen?

Er nickt: Alles ist möglich.

Mit der unvergleichlichen Inbrunst, mit der Deutsche über Deutschland schimpfen können, empört sich Jennifer: Dieses Land besteht immer noch zu neunzig Prozent aus Nazis!

– Jede Katastrophe beruht auf einem Mißverständnis, klärt Winfried uns auf.

– Vive la France!, skandiert Jennifer mit wogendem Busen.

Ich fühle mich aufgerufen, die Dinge ein wenig zurechtzurücken: Die Tankstellenbesitzer in Frankreich haben's aber auch nicht so gerne, wenn man einfach davonfährt.

Winfried doziert jetzt: Man muß die *Autos* fahren lassen, statt sich selbst mit der Technik herumzuplagen. Das ist es, was ich immer wieder predige! Man ist heutzutage mit viel zu vielen Dingen beschäftigt, um sich auch noch aufs Gasgeben oder Bremsen zu konzentrieren. Die Autos der Zukunft werden Fahrfehler einfach nicht mehr zulassen und uns auf diese Weise vor uns selbst beschützen. Freunde, das mag utopisch klingen, aber genau so wird es kommen. Dann *könnte* man gar nicht mehr von einer Tankstelle abfahren, ohne zu bezahlen.

– Ich weiß nicht, überlegt Jennifer, mir wär's nicht recht, wenn ich das nicht mehr könnte.

– Das sind Probleme, was Frank!, wendet Winfried sich, generös blinzelnd, an mich: Wirklich, mein Lieber, ich beneide dich zutiefst! Tagsüber in der Sonne liegen und abends die Sterne bestaunen. Zum Teufel, was machen wir hier in unseren verdammten Streßmühlen eigentlich noch?

Mit sich verengenden Augen befördert Jennifer Winfrieds Autoselbstfahrer-Vision ins Reich der chauvinistischen Irrtümer: Und was ist, wenn da nachts einer auf der Tankstelle rumschleicht, hä?! Wenn du eine Frau bist, muß dein Wagen immer startklar sein.

Ich pflichte ihr bei: Winfried, das ist ein Gesichtspunkt.

Auf einmal wird er nachdenklich: Das ist es ja, was ich meine und was alle verrückt macht. Es gibt hier einfach zu viele Gesichtspunkte.

Als es dunkel wird und alle im Haus sind, gehe ich noch einmal nach draußen, ans Ende des Gartens. Hier und da liegt Kinderspielzeug verstreut herum, fallen gelassen. Kinder haben kein Mitleid mit Dingen. Rasenfeucht schimmernde Wurfringe, in die Büsche geschossene Fußbälle, umgekippte Mountainbikes, die aufzurichten weit jenseits kindlicher Handlungsprioritäten gelegen hat. In irgendeinem Moment wird die materielle Welt, so, wie sie eben noch ist, für Kinder unsichtbar und eine neue ersteht, als wäre die logische Kontinuität der Dinge nur fantasiearme Einbildung von uns trägen, in einer erstarrten Gegenstandswelt lebenden Erwachsenen.

Das Wohnzimmerparkett im Haus meiner Schwester

ist aus einem speziellen Südtiroler Birnenholz. Sein tiefes Honiggelb vermischt sich mit dem ruhigen Leuchten der sechs oder sieben angezündeten Kerzen und dem gedimmten Schein der Halogen-Wandschalen aus Alabaster und gebürstetem Edelstahl zu einem sehr intimen körperwarmen Farbton des Lichts.

Marthes engster Freundeskreis harrt noch aus, eine flauschige Runde aus sommerurlaubsbraunen, ebenso jugend- wie altersfernen Gesichtern. Irgendwann hämmert Jennifer Grün mit ihrem Soufflélöffel gegen ihr Proseccoglas. Sie erhebt sich, um einen Toast auszubringen. Die vier oder fünf Halsketten, die ihre Busenfalte einrahmen, offenbar ein Gemisch aus Schmuck- und Energieketten, rasseln kurz. Dann kehrt Stille ein.

– Liebe Marthe, beginnt sie, ich *muß* dir einfach sagen, wie *sehr* ich dich bewundere! Ich kann kaum glauben, daß wir hier zusammensitzen und deinen einundvierzigsten Geburtstag feiern. Das ist unfaßbar! Als wir uns kennengelernt haben, wäre die Vorstellung, einundvierzig zu werden, für uns ein Grund gewesen, auf der Stelle aus dem Fenster zu springen. Ist es nicht so? Aber wenn ich dich an einem Tag wie heute ansehe, dann denke ich, daß du immer noch genauso großartig aussiehst und voller Energie steckst wie damals! Nein wirklich – was du erreicht hast, ist wundervoll, es ist großartig! (Alle applaudieren, Marthe lächelt verlegen.) Du bist eine fantastische Mutter. Du bist eine wunderbare und erfolgreiche Künstlerin und Dozentin. Und du bist eine großartig aussehende Frau, die noch kein bißchen von ihrem Sex-Appeal verloren hat, wenn ich das einmal so sagen darf. Das macht dir so leicht keine von uns nach! Und noch etwas möchte ich sagen. Wir alle wissen, daß du es im vergangenen Jahr nicht leicht hattest. Du konntest deinen Vierzigsten – ausgerechnet den – nicht feiern, weil dein Vater im Sterben lag. Es muß furchtbar gewesen sein. Ich hoffe, daß wir dir in dieser Zeit hilfreich zur Seite stehen konnten und unseren bescheidenen Beitrag zu deinem Leben geleistet haben. Ich kenne keinen Menschen, dem ich meine Hilfe lieber geben würde als dir, und ich hoffe, ich habe nicht total versagt. Du sollst einfach wissen, daß du jederzeit auf mich zählen kannst. Und bevor ich nun anfange zu heulen und alles ganz kitschig wird, möchte ich mit allen auf dich anstoßen, auf dein Wohl und darauf, daß du niemals mehr glaubst, in zwanzig Jahren sei alles vorbei. Denn wenn eine von uns das Gegenteil bewiesen hat, dann du!

Kleine runde Tränen perlen an Marthes Nase entlang. Eine nach der anderen kriechen sie in die gerötete Hautkerbe zwischen ihren Nasenflügeln und den glühenden Wangen, benetzen ihren unsichtbaren Oberlippenflaum und sammeln sich in den bebenden Mundwinkeln. Unter allgemeiner Anteilnahme steht sie auf und sinkt ihrer Freundin mit theatralischem Schwung in die Arme. Beide Frauen sind zu Tränen gerührt, Jennifer Grün von ihrer eigenen Rede nicht weniger als Marthe. Als sie sich voneinander lösen, breitet sich diese etwas benommene richtungslose Stille aus, die einzutreten pflegt, wenn wir aus dem Kino unserer Emotionen in die spröde Welt des Denkens und Handelns zurückfinden müssen.

In diesen Moment hinein räuspere ich mich und sage: Mit zehn oder elf, es war die Zeit der Mondlandungen, dachte ich, ich würde mal Astronaut werden. Ich habe mir damals ein Teleskop gewünscht, und ich denke, das war für diese Zeit ein ziemlich unerschwinglicher Wunsch. Deswegen erinnere ich mich noch sehr gut an den Moment, als ich an meinem Geburtstag morgens aufgewacht bin und in einem der Päckchen ein kleines ausziehbares Fernrohr gefunden habe. Es war ein ziemlich mickriges Instrument mit einem wackligen Stativ, das unser Vater in der Werksschlosserei hatte anfertigen lassen. Man konnte wirklich nicht sehr viel damit anfangen, und ich weiß nicht mehr, ob ich damals eher glücklich oder eher unglücklich war. Vor ein paar Tagen habe ich das kleine Fernrohr wiedergefunden, es lag all die Jahre irgendwo herum, und ich war ziemlich bewegt. Natürlich ändert sich unser Leben nicht grundsätzlich, wenn unsere Eltern gehen, aber es bleibt ein Vakuum zurück. Die Erinnerungen, die wir haben, und all die Gegenstände, Fotografien und Zeugnisse sind nicht dasselbe wie ihre Anwesenheit. Worauf ich hinauswill, ist, daß es nur einen Menschen gibt, der dieses Vakuum in mir aufzufüllen vermag. Der ihm den Schrecken nimmt und alles auf wunderbare Weise erträglich macht. Das bist du, Marthe. Du und dein Leben hier. Wenn du nicht da wärst, wäre ich verflucht einsam dort unten, und vielleicht würde ich wirklich anfangen, an der schieren Größe des Universums zu verzweifeln. Ich bin glücklich, wenn ich deine Stimme höre. Das ist alles, was ich sagen will. Und ich wünsche dir für heute und immer alles Gute. Daß alles in Erfüllung gehen möge, was du dir wünschst, Glück, Gesundheit … nun ja …

Als Marthe sich erhebt, um mir zu danken und um den

Hals zu fallen mit ihrem feuchten bebenden Gesicht, befürchte ich, daß die Umarmung zu lange und zu innig ausfallen könnte, hier vor all diesen Leuten, die ich kaum kenne. Sie werde mir das nie vergessen, flüstert sie mit heißem heiserem Atem in mein Ohr, während ich schweige und sie an mich drücke und hoffe, daß die Dinge sich schnell wieder normalisieren.

Aber offenbar haben Jennifer und ich mit unseren Reden eine Art Appetit nach gesteigerter oder schrankenloser Emotionalität geweckt. Jedenfalls ist der Hunger danach noch nicht gestillt, als Marthe sich von mir löst. Irgend jemand ruft in die entstandene, noch sehr weihevolle Stille hinein: Winfried, jetzt du! Und alle Gäste schließen sich diesem Ausruf an.

Winfried steht in der hinteren Raumecke mit einem Glas Sekt in der Hand, das vor seiner klassisch gemusterten Krawatte schwebt. Auf seiner Stirn schimmert der grünliche Schatten eines lautlos an der Decke kreisenden Edelstahlmobiles mit Miró-Motiven. Alle gieren nach seinen Worten, aber sonderbarerweise springt er nicht sofort in die Runde. Die Stille droht schon, sich ein paar Sekundenbruchteile zu lange zu dehnen, als er sich endlich räuspert und das Wort ergreift.

– Meine liebe Marthe, beginnt er etwas förmlich, ich kann allem, was bisher gesagt worden ist, nur uneingeschränkt beipflichten. Du hast einen beeindruckenden Weg zurückgelegt, der mir Respekt abnötigt. Ich kann bestätigen, daß du deinen Kindern eine hervorragende Mutter bist. Es ist in der heutigen Zeit keine Selbstverständlichkeit, allen gesellschaftlichen Anforderungen gerecht zu werden. Aber ich war immer überzeugt, daß du, Marthe, diese Kraftprobe bestehen würdest, daß du den nötigen Atem und auch das Talent hast, dir in dem schwierigen Metier der Kunst einen Namen zu machen. Und im besonderen hat auch dein lieber Bruder Frank recht, wenn er sagt, daß wir bei allem, was wir tun, nie vergessen dürfen, was unsere eigentliche Bestimmung ist: unsere Familie. Das Wohlergehen unserer Kinder steht an erster Stelle. Und so möchte auch ich mein Glas auf dich erheben und wünsche dir, daß das nächste Jahr für dich ebenso erfüllt und zufriedenstellend werden wird wie alle bisherigen, die ich die Freude hatte, an deiner Seite zu erleben.

Winfried erhebt seine Sektflöte, in der noch ein kleiner gelber Rest Prosecco verblieben ist. Auf einmal sind alle ein wenig unsicher, ob sie zunächst trinken und dann klatschen sollen oder umgekehrt. Nach den vorangegangenen Reden haben sich die Sätze ohne jedes Zutun und wie von selbst ins warme Meer der allgemeinen Trink- und Tränenseligkeit ergossen. Aber jetzt ist diese eigenartige Stockung eingetreten, wie ein unerwartetes protokollarisches Problem, das irgendwie gelöst werden muß.

Im Ergebnis entscheidet sich die eine Hälfte der Gäste fürs Erheben der Gläser und die andere fürs Klatschen, wodurch der Applaus ein wenig dünn ausfällt. Marthe starrt schweigend ins weiche Honiglicht, und Winfried trinkt hastig den warmen Prosecco.

Ich habe von Lozki geträumt. Seine Gestalt schwamm, zusammengesackt in seinem Stuhl, in weißem pulverigen Licht. Er sabberte, und es war gräßlich und unwürdig. Er sah aus wie eines jener starren fremden Gebilde, die man beim Bleigießen erhält, erkaltet und wirr, als habe ihn erst seine Krankheit zu dem Wesen werden lassen, das ihm bestimmt ist, einem Zwerg oder Gnom aus einem rätselhaften nordischen Mythos.

Wagenmann stand mir gegenüber und bot mir an, sein Patient zu werden. Psychiater riechen jede Form von Abweichung, und auf einmal kam es mir vor, als verströmte ich den Geruch der Nervenkrankheit oder -zerrüttung. Ich glaubte zu spüren, daß von mir wieder dieser Geruch ausging, ich meinte ihn an mir selbst zu riechen, diesen feinen süßlichen, mineralischen, schwülen Geruch der beginnenden geistigen Zersetzung.

Und während ich darüber nachdachte, ob ich mich in Behandlung begeben sollte, ging Wagenmann zu Lozki und schaltete die Klaviatur ab. Ich war schockiert, als dem Schlagen von Lozkis Hand kein Ton oder Akkord mehr folgte. Seine Bewegungen evozierten in dem bunten flachen Plastikinstrument auf seinem Schoß noch nicht einmal einen Widerhall oder eine dumpfe Resonanz, wie es beim Schlagen gegen den Korpus eines echten Klaviers gewesen wäre. Außerdem hatten sich die Tasten in Sterne verwandelt und das Klavier in ein schweigendes Universum.

Mein Entsetzen übergehend, sagte Wagenmann in seiner schnellen, engagierten und gestenreichen Art zu reden: Sie müssen die Sache in etwa folgendermaßen sehen. Wenn jemand sich für Albert Einstein hält, dann *ist* er Albert Einstein, wenn Sie als Physiker mir diesen Vergleich erlauben, der in Ihren Augen blasphemisch sein mag. Die Dinge sind aber leider noch ein wenig komplizierter. Ein apathisches

Syndrom hat keineswegs eine Störung sämtlicher Verhaltensweisen eines Patienten zur Folge. Lediglich höhere Funktionen fallen aus, während bestimmte elementare Reaktionen erhalten bleiben, beispielsweise Orientierungsreaktionen auf irrelevante Reize. Solche Reaktionen können sehr lebhaft oder pathologisch gesteigert sein. Gelegentlich beantworten die betroffenen Patienten sogar Fragen, die man nicht ihnen, sondern einem anderen im Raum gestellt hat. Unglücklicherweise können derartige Syndrome zum vollständigen Zerfall komplexer Tätigkeitsprogramme führen oder zur Kompensation derselben durch verwandte elementare Verhaltensformen oder – unerfreulicher noch – zu stereotyp sich wiederholenden Handlungsmustern, die weder situationsrelevant noch logisch sind. Man hat das Gefühl, der Patient steckt in einer Schleife fest, aus der er einfach nicht mehr herauskommt.

Es tut mir also leid, sagte Dr. Wagenmann, während er die breite Glastür seiner Station mehrfach abschloß und hinter uns verriegelte, daß ich Ihnen keine besseren Nachrichten in bezug auf Ihren Geisteszustand geben kann. Aber ich bitte Sie, nicht zu vergessen, daß es in der Psychiatrie immer wieder Überraschungen und Erstaunliches gibt. Wir dürfen die Hoffnung keinesfalls aufgeben.

Mein Vater hat sich vor seinem Tod geweigert, Freunde und Weggefährten zu empfangen, die ihn am Krankenbett besuchen wollten. Die Vorstellung war ihm unerträglich, sie würden ihn in seinem hilflosen, sterbenden Zustand sehen. Nach seinem Tod sollten sie ihn in Gedanken als den vor Augen haben, der er ein Leben lang gewesen war. Ich konnte das verstehen, auch wenn es ihn in seinen letzten Wochen zur Einsamkeit verurteilt hat. Es war sein Recht, das Bild zu bestimmen, das die Nachwelt von ihm in Erinnerung behalten würde. Und deshalb frage ich mich, ob ich mir mit meinem Besuch bei Lozki nicht ein Recht herausgenommen habe, das ich nicht besaß.

Manchmal versuche ich, mir Ellens Gesicht zu vergegenwärtigen: das Dunkelbraun ihrer Augen mit einer Schattierung Grün, die Farbe von Wald. Der Verlauf ihrer Brauen, wie der Pinselstrich in einem Aquarell, zu den Schläfen hin verblassend, und die schwache Wölbung, die immer auch eine Frage auszudrücken schien, eine Distanz.

Ihre Haare: dunkel und dicht und im Nacken zumeist zusammengehalten von einer schwarzen Kunststoffspange. Die unbewußte beidhändige Geste des Zurücknehmens, Glattstreichens und Bündelns, während sie den Kopf ein wenig vorneigt und die Spange zwischen den Lippen hält, all das so automatisch wie das Binden einer Schleife.

Ich erinnere mich an die fünf oder sechs winzigen Narben auf ihren Wangen, dort, wo sie als Jugendliche vielleicht versucht hatte, die Makellosigkeit ihrer Haut zu bewahren und sie im Ergebnis doch nur verletzt hatte. Sie wollte schön sein (und sie war schön), und auch darin lag eine Form von Verletzung: Es kam vor, da hielt sie sich ihrer Schönheit nicht für wert. Und geplagt von Selbstzweifeln, sah sie herb und bitter aus.

Sie trank, nicht dramatisch, aber sie trank.

Ich habe mich ihr auf eine bestimmte Weise immer unterlegen gefühlt, aber ich vermute, daß es ihr mit mir ebenso ging. Sie liebte auf eine viel zu ernste, unrhythmische Weise, langsam und dann wieder unvermittelt vorwärts-drängend. Es kam vor, da wußte ich nicht, an welchem Punkt sie dabei war.

Manchmal versuchte sie, ungezwungen zu sein und mich zu verführen, zwischen all den Provisorien der Meteorologenkammer. Aber ihre körperlichen Bedürfnisse waren zu sehr mit ihrem Wesen verwoben, als daß sie sich bei alldem je einfach hätte treiben lassen können. Zu lieben war für sie eine Reise durch die Höhen und Täler ihres Empfindens, und manchmal kam sie ans Ziel, manchmal nicht.

Einmal hat sie mich danach gefragt: Hältst du Lozki für verrückt?

Ich sagte: Nein, er ist nicht verrückt ...

– Sondern ...?

– Er glaubt, daß wir bestimmte Dinge noch nicht verstanden haben.

– Was für Dinge?

– Schwer zu sagen.

– Warum bist du so fasziniert von Lozki?

– Willst du mich analysieren? Übrigens fasziniert er mich nicht.

– Doch, er beschäftigt dich.

Ich versuchte es mit einem Scherz: Glaubst du, es ist hinderlich, wenn man mit seiner Psychiaterin schläft?

– Mach dich nicht über mich lustig.

– Mache ich nicht. Wir öffnen einander. Jeder auf seine Weise.

– Übertreib es nicht. Ich werfe dich gleich raus.

Ich sah ein, daß es ihr wichtig war: Also gut, was ist los?

Sie drehte sich auf die Seite und starrte über mich hinweg ins Leere: Ich weiß nicht. Von Lozki geht so viel Feindseligkeit aus, so viel negative Energie.

– Er ist einsam. Ich meine, er ist so ein bestimmter Forschertypus. Menschen sind unterschiedlich.

– Wir sitzen hier oben alle im selben Boot. Wer hier arbeitet, sollte irgendeine Form von Teamgeist mitbringen. Wahrscheinlich steht Lozki für irgend etwas, das dir fehlt.

Ich dachte darüber nach und sagte schließlich: *Jeder* Mensch steht für irgend etwas, das uns fehlt.

Sie sagte: Die einen mehr, die anderen weniger.

– Was sollte das sein? Was fehlt mir?

Sie sah mich an, mit dieser Mischung aus Ernst und Zuneigung: Das mußt du dich selbst fragen.

Nach einer Weile sagte ich: Wußtest du, daß ich eine Zeitlang in der Psychiatrie gesessen habe?

Das machte sie neugierig: Erzähl mir davon.

– Besser nicht. Aber dann sagte ich: Ich hatte einen Eifersuchtsanfall, der mir außer Kontrolle geraten ist.

– Es ist nicht leicht, sich vorzustellen, daß dir etwas außer Kontrolle geraten könnte.

– Diese Studentin damals, sie hieß Nina, wollte Schauspielerin werden. Es hat nicht sehr lange gehalten mit uns. Ein paar Monate oder so.

– Und dann?

– Tja, was soll ich sagen. Es ist mir unangenehm, aber sie hat sich in einen Astrologen verliebt.

– Nun ja, Frank …

– Ja?

Sie sah mich an: Das ist komisch.

116

– Findest du?

– In einen Astrologen?

– Ja.

Sie hob ihre Augenbrauen, und in ihre Züge war ein durchaus amüsiertes Lächeln gewebt: Wirklich, es *ist* komisch. Ausgerechnet dir passiert das.

– Damals fand ich's nicht komisch.

– Entschuldige. Aber du bist so unerschütterlich rational.

– Warum glauben das nur alle.

– Vielleicht gehst du deswegen zu Lozki.

– Weil ich rational bin?

– Du willst dir beweisen, daß du immer noch verrückt bist. Ich finde, das ist ein interessanter Gedanke.

Ich sagte: Lozki ist nicht verrückt.

Sie sagte: Nein, natürlich nicht. Und dann sagte sie, als hätte es die ganze Unterhaltung nicht gegeben: Küß mich! Verlaß mich nicht! Ich bin keine Schauspielerin …

Heute war ich am Grab meines Vaters. Die Grabpflege muß geregelt werden, und ich habe mich, einer Anweisung Marthes gehorchend, mit der Juniorchefin einer ortsansässigen Gärtnerei getroffen.

Bis zu seinem Tod hat sich mein Vater selbst um die Grabstätte gekümmert, in der er jetzt neben meiner Mutter liegt. Ein Bronzeheiland wacht mit ausgebreiteten Armen über die letzte Ruhe meiner Eltern. Sein Gewand und seine Haare haben Grünspan angesetzt, und seinem Ausdruck gütigen Leidens ist eine kleine Träne aus Vogelkot beigegeben. Den Todestag meiner Mutter hatte ich bereits

117

vergessen, sie ist wie mein Vater im Sommer gestorben. Jetzt sah ich, daß es Ende Juli gewesen war.

Die junge Gärtnerin, eine nach Seife riechende, sowohl zart als auch bodenständig wirkende Endzwanzigerin, begrüßte mich mit der in der Beerdigungsbranche üblichen entkörperten Art zu sprechen, wie man sie ansonsten vielleicht noch im Bankgewerbe antrifft.

Sie erklärte mir, daß wir zunächst – gewissermaßen als gärtnerisches Fundament des Ganzen – den Gehölzhintergrund des Grabsteins festzulegen hätten, wozu sie ein großformatiges, reichillustriertes Buch aufklappte. Sie blätterte darin eine Weile vor und zurück, bis sie im richtigen Kapitel angekommen war.

– Wie wäre es beispielsweise mit einem Kugellebensbaum oder japanischem Fächerahorn?, schlug sie vor, mit dem Finger auf die abgebildeten Sträucher zeigend, und fügte erklärend hinzu: Üblicherweise kommt als Grabstellenabschluß ein Nadelgehölz zum Einsatz, das nicht zu schnellwachsend ist, damit wir nicht in ein paar Jahren mit der Säge reingehen müssen. Man muß die Bepflanzung sorgsam planen, damit das Grab in ein paar Jahren nicht zugewuchert ist. Hecken sind inzwischen aus der Mode, weil der notwendige Schnitt einen zu hohen Pflegeaufwand mit sich bringt. Stechpalmen kann ich Ihnen empfehlen, die vertragen Schatten und sind absolut frosthart. Und Wacholder wächst äußerst malerisch und bietet eine reizvolle Nadelfärbung und einen hübschen Fruchtbehang. Es ist natürlich Ihre Entscheidung, doch möchte ich Ihnen raten, an der Grundbepflanzung nicht zu sparen. Wählen Sie den botanischen Charakter der Grabstätte so, daß er den individuellen Ansprüchen und Vorlieben Ihres Vaters gerecht wird. Am besten entscheiden Sie sich für einen Strauch, an dem sein Herz hing. Betrachten Sie das Grab als einen kleinen Garten, den Sie mit der gleichen Liebe pflegen wie den Ihren daheim. Hatte Ihr Vater einen Garten?

Da ich nicht sogleich antwortete, schwiegen wir ein paar Sekunden oder eine halbe Minute vor dem braungemulchten Stück Erde zu unseren Füßen.

– Als nächstes müßten wir über den Bodendecker reden, weckte Marthes Gärtnerin mich aus meinem Trübsinn. Üblicherweise bepflanzt man rund sechzig Prozent der Grabfläche mit einem dekorativen Kriechgehölz oder einem hübschen, nicht zu anspruchsvollen Zwergstrauch, Stachelnüßchen zum Beispiel oder blüheifrige Porzellanblümchen. Sie sollten diese Entscheidung mit Bedacht treffen, denn die Bodendecke bestimmt den emotionalen Charakter der Grabstelle. Zwergmispeln wirken eher melancholisch, Sternmoos dagegen durchaus optimistisch und lebensbejahend, auch wenn es gelegentlich von Pilzkrankheiten befallen wird. In letzter Zeit entscheiden viele Hinterbliebene sich auch für Blauschwingel, ein winterhartes schnellwachsendes Ziergras für Eilige. Aber ich möchte Sie nicht verwirren. – Was war Ihr Vater für ein Mensch? Das ist es, worüber Sie sich klarwerden müssen.

Winzige unsichtbare Regentröpfchen begannen aus dem hellen blaugrauen Himmel zu sinken, der gar nicht nach Regen aussah. Marthes Gärtnerin schien die unmerkliche Wetteränderung denn auch nicht wahrzunehmen. Ihr kurzer unlackierter Daumennagel ruhte auf einer Nahaufnahme des Blauschwingels, während der helle sehnige Zeigefinger quer über der Grababbildung lag wie ein irrtümlich nicht eingegrabener Knochen.

– Was nun den Blumenschmuck angeht, fuhr sie fort, ist Weiß im Kommen. Das mag Ihnen auf den ersten Blick unpassend erscheinen, Sie müssen aber bedenken, daß Schwarz erst seit 1498 die Farbe der Trauer ist, als Königin Anna, die Gemahlin Karls VIII. von Frankreich, erstmals schwarze statt weiße Trauerkleidung trug. Ich persönlich stehe auf dem Standpunkt, daß Gräber auch Symbole der Hoffnung sein sollten und wir uns deshalb vor Farben nicht scheuen dürfen. Was halten Sie denn von Knollenbegonien, Flammenden Kätzchen oder Dahlien? Sie könnten auch eine stilvolle Umrahmung mit Silberblatt in Erwägung ziehen, um das Grab Ihrer Eltern in etwas Besonderes zu verwandeln.

Sie pflückte auf dem Nachbargrab zur Linken eins der Flammenden Kätzchen, die wir vielleicht mit den Knollenbegonien kombinieren würden, und hielt es an einen vom rechten Nachbargrab abgeknipsten Euonymustrieb. In unserem Rücken erblickte sie Zwergdahlien, auf die sie mich aufmerksam machte, und ganz rechts war noch eine Pflanzschale mit Zopfheide und Chrysanthemen zu begutachten.

Schließlich schlug sie vor, ich möge doch ganz einfach eine Weile über den Friedhof schlendern, um mich anregen zu lassen. Es bestehe insgesamt keine Eile, auch der September sei noch eine gute Pflanzzeit, doch sehr viel später sollte es nach Möglichkeit nicht werden. Sie überreichte mir ein Grabstättenmerkblatt der Gärtnerei, gab mir abschließend die Hand und ließ mich vor der kargen Ruhestätte meines Vaters zurück.

Vor Gräbern zu stehen macht mich unsicher und ratlos. Es ist, als stünde man in einem Museum ohne Kunstwerk, und man weiß nicht, wo man hinsehen soll.

Ich schlug das Merkblatt auf und begann zu lesen: Gräber, so erfuhr ich dort, seien weitaus mehr als Erinnerungsstätten an unsere Ahnen. Sie seien die kleinsten öffentlichen Gärten der Welt und für die Lebensqualität in Städten unverzichtbar. Ihr Grün binde Aerosole und Mikropartikel, die ansonsten unsere Lungen ruinieren würden. Gräber – so das Fazit der Broschüre – seien die Garanten einer gesunden Lebensgrundlage.

Es erstaunt mich immer wieder, wie sehr man Dingen unterschiedliche Gesichtspunkte abgewinnen kann. Auf einmal betrachtete ich den Friedhof mit anderen Augen: Die Toten ruhten in einer Oase. Ich lauschte auf die Geräusche des halbfernen Straßenverkehrs und betrachtete die gestaffelten Grüntöne all dieser Gehölze, die in Wahrheit kleine Sauerstoff-Fabriken waren.

Vor einem Jahr hatte ich hier gestanden und Erde auf den Sarg meines Vaters geworfen. Und jetzt stellte ich mir vor, daß er, von Wurzeln umwachsen und am grünleuchtenden Ballon einer uralten stolzen Baumkrone hängend, in den Himmel hinaufflöge, kleiner und kleiner werdend im luftigen Sauerstoffblau des Sommers.

Es kam vor, daß uns das Studium langweilte. Wir fuhren dann in Simons schwarzem Golf durch die Gegend und hörten – rauchend und mit geöffnetem Schiebedach – Police oder Joe Jackson. Ich glaube, meistens waren wir auf der B 28 unterwegs, die über die Schwäbische Alb führt und

Schwäbische Dichterstraße heißt. Propere fachwerkreiche Kleinstädte und flirrende lindgrüne Hänge voller alter knotiger Obstbäume zogen an uns vorüber. In den Laubwäldern an den Steigungen verfingen sich mal blasse Nebelfasern, mal warmer sommerlicher Lichtschaum. Und oben verschwanden die weitgeschwungenen Straßen in sanften Landschaftsmulden, um auf der nächsten Kuppe als schmaleres Band wiederaufzutauchen, erneut zu verschwinden und ein weiteres Mal, noch einmal schmaler und blasser geworden, zu erscheinen. In solchen Augenblicken scheint die Welt zwischen zwei Spiegeln zu stehen, und das, was hinter dir liegt, ist das, was vor dir liegt: irgendwie nichts und irgendwie alles.

Ich erinnere mich an den Moment, als Simon mir während eines dieser Ausflüge erklärte, daß er seiner Herkunft keine nennenswerte Bedeutung beimesse, weil es für ihn unerheblich sei, ob man sich einer kulturellen Tradition, einer nationalen Sache oder irgendeiner völkischen Blutlinie verpflichtet fühle. In jedem Fall, sagte er, unterwerfe man sich einem kollektiven weltanschaulichen System, einem ausgrenzenden Kanon von Regeln und Übereinkünften, die mehr oder weniger immer im Widerspruch zur Freiheit des Individuums stünden, und das stoße ihn ab. Es dauerte eine Weile, bis ich begriff, daß er mir damit zu verstehen geben wollte, daß er Jude war.

Ich will nicht verschweigen, daß ich ihn, nachdem ich den Hintergrund seiner Worte schließlich begriffen hatte, mit anderen Augen angesehen habe. Er kam mir auf einmal bedeutender und geheimnisvoller vor. Hinter seinem Leben, das ich kannte, schien eine zweite Existenz aufzutauchen, und in seinem eckigen, mit großen Schläfen und einer schmalen Kinnpartie versehenen Gesicht fand ich Anzeichen eines exotischen weltweiten Zugs, mit dem er meine eigene deutsche Provinzialität auf einen Schlag in den Schatten stellte. Sogar die Tatsache, daß er seine dichten Haare im Gegensatz zur damals herrschenden Mode nicht lang oder zumindest unfrisiert trug, sondern unberührt von zeitbedingten ästhetischen Vorgaben schlicht und kurzgeschnitten, hob ihn auf einmal aus dem Meer der trägen deutschen Studentenselbstgefälligkeit heraus. Kurz gesagt, ich beneidete ihn auf der Stelle um seine Zugehörigkeit zum jüdischen Volk, und daß meine Eltern einfach nur rheinländische Katholiken waren, erschien mir in diesem Moment profan und enttäuschend.

All das war Anfang der Achtziger. In unserer Generation griff damals die Angst um sich, daß sich die Menschheit in einem von den Großmächten veranstalteten atomaren Inferno selbst vernichten könnte. Es war die Zeit der Sitzblockaden, Menschenketten und Mahnwachen. Aber Simon beteiligte sich ebensowenig wie ich an den Protesten allerorten, an den Aufmärschen und Demonstrationen. Ihn stieß jede Form inszenierter Massensymbolik ab, weil er dabei sogleich an Bücherverbrennungen und die Nürnberger Parteitage dachte. Er war (und ist) nicht religiös, aber alles, was in Richtung Volkserhebung geht, ist ihm zuwider. Von allem auf der Welt traut er dem Volk am allerwenigsten über den Weg, und einmal gerieten wir deswegen in Schwierigkeiten.

Damals gab es die gläsernen Einkaufszentren an den Rändern der Gemeinden noch nicht, und von ferne sahen die Dörfer aus wie Verdichtungen der Landschaft selbst. Einmal hatten bestimmte Initiativen und Bündnisse zur Bildung einer Protestkette durch all diese Dörfer und Gemeinden von Stuttgart nach Ulm aufgerufen, weil auf der Schwäbischen Alb atomar bestückte Raketen stationiert werden sollten.

Wie so oft saß ich an diesem Tag neben Simon im Wagen, und der Fahrtwind riß den Zigarettenrauch aus den Fenstern. Ein Hauch von Volksfestcharakter lag in der Luft. Raketengegnerinnen, deren Arme in der Sommerwärme zart schwitzten, hatten ihr Gesicht mit weißer Clownsschminke in bleiche Totenschädel verwandelt und lutschten Stracciatella- oder Walnußeis. Auf manche T-Shirts waren Friedenssymbole aufgemalt oder -genäht, Peace-Zeichen oder zerbrochene Raketen.

Simon ließ den Golf langsam vorwärts rollen; sein Versuch, uns im Schrittempo durch die Kundgebung treiben zu lassen, mißlang allerdings. Irgendwann versperrten uns zwei breitbeinig dastehende junge Männer den Weg. Der eine war ein finster und analytisch dreinblickender Vertreter der ›Aktion Sühnezeichen‹ mit schwarzem Rollkragenpullover, der ihm in der Spätsommerwärme gewiß zu schaffen machte, der andere ein kleiner stämmiger Bursche mit roter Oberarmbanderole und »No-Nukes«-Stirnband, das seine blonden, jesuslangen Haare auf dem Schädel straffte wie Nähgarn.

Die beiden verkündeten uns, daß wir umzukehren hätten. Simon, der auf all das aus den erwähnten Gründen nicht besonders gut zu sprechen war, stieg wütend aus dem Wagen und erklärte ihnen, daß es mathematisch-morphologisch unmöglich sei, in einer endlichen Fläche F auf die andere Seite einer F vollständig teilenden Linie L zu gelangen, ohne L zu schneiden.

Das interessierte sie natürlich nicht, und sie hielten eine Menge dagegen. Alles in allem war die Diskussion ziemlich ermüdend und redundant. Sie sagten zum Beispiel, daß die Energieströme in einer Kette nur dann fließen könnten, wenn diese lückenlos geschlossen sei. Das ist übrigens genaugenommen ein physikalisches Argument, auch wenn es sich bei den bewußten Strömen um Einbildung handelt. Simon wiederum berief sich auf die Verfassung, auf sein verbrieftes Grundrecht auf Bewegungsfreiheit, und machte den Protestlern den üblichen Totalitarismusvorwurf.

Ich war zunächst im Wagen sitzen geblieben und hörte ihn irgendwann »ihr Scheißnazis« sagen. Er schubste den stämmigen blonden Jesus ein Stück zurück, woraufhin der ausholte und ihm mit der Faust ins Gesicht schlug. Und der Ordner der ›Aktion Sühnezeichen‹ versuchte ihm den Arm auf den Rücken zu drehen und zu brechen. Aber Simon entwand sich dem Griff und brachte seinen Gegner irgendwie zu Boden.

Ich sprang aus dem Wagen, lief um die Motorhaube herum und warf mich mit vorgeneigtem Oberkörper gegen den angreifenden Jesus. Wie zwei ineinander verkeilte Wildschweine stolperten wir rückwärts über den zu Boden gegangenen Sühnezeichler, der mir dabei ins Gesicht spuckte. Wahrscheinlich prügelten wir uns ziemlich plump und unathletisch und brachten alles in allem nicht mehr zuwege als ein jäh aufflammendes blindes Aufeinander-Eindreschen.

Wir versetzten uns eine Reihe von Schlägen und Tritten, bis uns die Menge, »keine Gewalt« skandierend und »Shalom Malechem« anstimmend, trennte. Ich wurde mit Simon zurück in den Wagen gepreßt, und es war klar, daß wir umkehren mußten. Voller Wut jagte er den Golf rückwärts in die nächste Seitenstraße und wendete. Er hatte eine aufgeplatzte Unterlippe und ein paar Schürfwunden an Armen und Händen. Ich war glimpflicher davongekommen, aber trotzdem war ich wütend.

Ich sagte: Zum Teufel, was sollte das denn?

– Scheiße, leck mich.

– Ich wollte dich verteidigen.

– Du? Danke auch. Diese Wichser.

– Na bestens. Wär ich bloß im Wagen geblieben.

– Es war verdammt richtig, denen die Fresse zu polieren.

– Shalom Malechem.

– Halt die Klappe! Das geht dich nichts an.

– Geht es doch.

– Heil Hitler.

– Komm mir nicht so.

– Wie denn sonst?!

– Scheiße, Simon, ich konnte es nicht zulassen!

– Oh. Ein heiliger Deutscher. Ich pfeif auf deine Hilfe.

– Denk, was du willst.

– Na bestens. Komm dir nur gut vor.

– Ich fühle mich beschissen.

– Was willst du? Daß ich vor dir auf die Knie falle?

– Einen Funken Rationalität!

– Arschloch.

– Jede verdammte Kette hat irgendwo eine Lücke!

– Deutsche Ketten haben keine Lücken.

– Wer erwartet denn hier den Kniefall?

– Du hast eben keine Ahnung.

– Zum Teufel nein, die habe ich nicht.

Abends ging die Sonne unter in einem Meer von Blau- und Rottönen. Wir fuhren auf einen sanft schimmernden Horizont zu. Die Lichteffekte der Dämmerung sind genaugenommen das Ergebnis einer nuklearen Reaktion, einer immensen Kernschmelze, ein gewisser Abglanz des Todes. Erst Streu- und Absorptionsprozesse in der oberen Atmosphäre verwandeln die kosmische Strahlung in sanfte Sonnenuntergänge und Abendstimmungen.

Ich dachte: Wo man hinsieht, Physik.

Simon fuhr schweigend und rauchte, wir haben nicht mehr viel geredet nach alldem, und ich hing weiter meinen Gedanken nach. Ich wußte damals nicht, welche Richtung ich meinem Leben geben sollte. Ich hatte sogar ein paar Theaterstücke geschrieben, wenn auch ohne jeden Erfolg. Aber an diesem Abend dachte ich, daß die Physik keine schlechte Wahl war. Es steckt eine bestimmte Form von bannender Magie hinter Gleichungen.

Noch ein Bild, das ich beschreiben möchte: Marthe in Berlin. Die Aufnahme stammt nicht von meinem Vater, sondern Marthe hat sie meinen Eltern geschickt, »Gruß und Kuß aus Berlin«, steht auf der Rückseite, und das Datum, 6. 5. 1986.

Mit der rechten Schulter gegen einen rostigen Eisenträger gelehnt, steht sie auf einem S-Bahnhof, der noch ganz so aussieht wie zu Zeiten des Dritten Reichs, ein langer Basaltpflastersteg. Über die Ränder einer Audrey-Hepburn-Sonnenbrille linst sie ins Kameraobjektiv mit einem Gesichtsausdruck, der ungetrübte Lebenslust und eine bestimmte großstädtisch-avantgardistische Manier in sich vereinigen soll. Über dem schwarzgefärbten Feinripp-Unterhemd als Top trägt sie ein abgetragenes Daniel-Hechter-Herrenjackett aus den frühen siebziger Jahren. Wie ich weiß, hat sie das Jackett in der Pubertät zu Hause aus der Altkleidersammlung gefischt.

Die Aufnahme ist nicht besonders scharf, vermutlich mit einer billigen Pocket- oder Instamatic-Kamera gemacht, aber die Farben sind noch überraschend originalgetreu: der glasblaue Himmelsstreifen zwischen den beiden grob genieteten Bahnsteigüberdachungen im oberen Drittel des Fotos, der in einen rotgrauen Horizont aus Altbaudächern fließt. Es muß früher Nachmittag sein, dem Ver-

128

hältnis von Licht und Schatten nach zu urteilen: halb zwei vielleicht.

Marthe steht allein dort neben den schnurgeraden Gleisen mit ihrem Selbstbewußtsein und ihrem Lebenshunger und dieser Unmenge von Zeit, über die sie als Kunststudentin verfügt. Das Foto, aufgenommen aus einem Abstand von vielleicht zwei Metern, zeigt nur ihren Oberkörper bis zu ihren lässig in den Hosenbund eingehakten Händen. Sie hat die Daumen jeweils ein paar Zentimeter rechts und links des Reißverschlusses der schwarzen, überweit geschnittenen Drillichhose unter den Gürtelbund geschoben, so daß sich die Assoziation einstellt, sie könnte diesen als nächstes öffnen.

Ich frage mich, wer die Aufnahme gemacht hat. Ich frage mich, mit wem Marthe damals dort gewesen ist, auf dem heruntergekommenen Berliner S-Bahnhof, so schmerzlich jung.

1986 also. Sie hatte übrigens keine leichte Zeit hinter sich, denn ihr Wunsch, Künstlerin zu werden, wäre beinahe gescheitert. Bei ihren Bewerbungen an diversen Kunsthochschulen war sie immer auf ein paar hundert verwandte Seelen getroffen, die an der Verwirklichung desselben hochgesteckten Lebenstraums gearbeitet hatten. Sie, meine tatendurstige Schwester, reiste damals, Mitte der Achtziger, mit ihrem Portfolio voller Pop-Art'esker Porträtstudien und neosurrealistischer Hochglanzcollagen von einer Aufnahmeprüfung zur nächsten.

Von den ersten Absagen berichtete sie mir gelegentlich mit der ihr eigenen aufbrausenden Wut: Sie wurden ihr mal mit altväterlichen Ratschlägen serviert, mal mit intellektueller Arroganz. Aber all das steckte sie zu Beginn noch ohne nennenswerte Drosselung ihres hohen Lebenstempos weg. Erst nach einer Weile, vielleicht nach der zehnten oder fünfzehnten Abfuhr, begann die anhaltende Erfolglosigkeit an ihrem Selbstbewußtsein zu zehren.

Ich studierte damals in Tübingen. Irgendwo stand dort über Jahre an eine Mauer gesprüht (auf schwäbisch, aber ich gebe es hier in Hochdeutsch wieder): »Hölderlin ist nicht verrückt gewesen«. Morgen für Morgen bin ich an diesem von Ufertrauerweiden umrahmten Satz vorübergegangen.

Tübingen ist eine stabile akademische und einen gewissen geistesgeschichtlichen Atem verströmende Provinzidylle, in der es keine Kunsthochschule gibt. Deshalb habe ich von Marthes Bewerbungsmühen stets nur aus der Distanz erfahren, gewissermaßen wie ein Astronaut auf einer fernen Umlaufbahn.

Neben Marthes Sicht der Dinge bekam ich dabei gelegentlich auch den Standpunkt meiner Eltern telefonisch mitgeteilt. Ihnen waren die künstlerischen Ambitionen ihrer Tochter nicht geheuer, und sie beklagten mir gegenüber ein ums andere Mal Marthes Glauben an die höchst familienfremde schöpferische Begabung.

Um so überraschter waren sie (und ich zugegebenermaßen auch), als es mit dem Studienplatz schließlich klappte. Marthe wurde an der Hochschule der Künste in Berlin angenommen. Das klang sogar irgendwie bedeutend, doch in bezug auf ihre Sorgen waren meine Eltern damit vom Regen in die Traufe geraten: Sie stellten sich unter Berlin eine von Kommunisten umstellte und beständig sich im Bürgerkrieg befindende Stadt vor.

Ich habe Marthe dort ein paarmal besucht. Sie wohnte mit einer Freundin zusammen, die, soweit ich mich erinnere, Susanne hieß und sich Sus nennen ließ. Diese Sus war ein hübsches, filigranes mausgesichtiges Wesen und hatte sich, was die zukünftige Entfaltung ihrer Kreativität betraf, noch nicht definitiv auf ein Wirkungsfeld festgelegt. Sie studierte Gesang (oder wollte Gesang studieren, daran erinnere ich mich nicht mehr so genau) und töpferte gleichzeitig.

In irgendeinem Zimmer der erstaunlich großen Altbauwohnung, in der die beiden lebten, fertigte sie Schalen und Teller in der Form von Anemonen und Ginkgoblättern an. Dabei hörte sie bewegungslos durch die cannabisgeschwängerte Luft schwebende Pseudomusik. Ich glaubte nicht, daß sie jemals Sängerin werden würde, wenn sie imstande war, derartige Klangbanalitäten zu ertragen.

Einmal trafen wir uns abends in einem der vielen griechischen Restaurants, die damals in Mode waren und alle ungefähr so aussehen sollten wie in *Alexis Sorbas*. Ich habe diesen Abend deswegen in Erinnerung behalten, weil Marthe angekündigt hatte, mir bei dieser Gelegenheit ihren Freund vorstellen zu wollen, von dem ich bis zu diesem Zeitpunkt lediglich wußte, daß es ihn seit ein paar Monaten gab.

Sie mußte diesem geheimnisvollen männlichen Wesen, wie ich mir ein wenig beleidigt ausrechnete, gleich in ihren ersten Berliner Wochen begegnet sein. Ziemlich schnell, wie ich mißmutig fand, denn ich hatte sie immer für wählerisch gehalten. Ich begriff, daß meine Macht als älterer Bruder über die jüngere Schwester sich endgültig verflüchtigt hatte. Gewiß, ich war eifersüchtig, und deswegen war ich fest entschlossen, den Kerl, Konkurrenten und (vermutlich auch noch:) »Künstler«, bei dem es sich zudem um einen verfluchten Angehörigen meiner eigenen Generation handeln mußte, irgendwie fertigzumachen.

Ich glaube, aus diesem Grund war ich sehr zeitig in dem besagten griechischen Restaurant, in dem wir uns treffen wollten. Ich war sogar etwas zu früh dort und setzte mich an einen der Tische, die dunkelgrün meliert gedeckt waren und von wachsumwulsteten Kerzenstummeln, auf Retsinaflaschenhälse gepfropft, nur dürftig erhellt wurden. Stumpfes rotbraunes Holzpaneel umgab mich, und es roch nach heißgeschmorten Zwiebeln und Weinessig.

Um mir die Wartezeit zu vertreiben, knetete ich an dem wirr zerflossenen Wachs herum. Aus irgendeinem Grund hat es mich immer gereizt, an Kerzen herumzukneten. Offenbar möchte ich sie dazu verurteilen, meinen Vorstellungen von ihrem Herunterbrennen zu entsprechen: Mal gestatte ich ihnen, sich mit leuchtender Flamme in einem kurzen heißen Leben zu verausgaben, oder ich zwinge sie dazu, als streichholzkopfkleines bläuliches Glimmen, stets vom Ersticken bedroht, im eigenen Wachs herumschwimmend dahinzusiechen.

Irgendwann öffnete sich die Restauranttür, und Marthe und jene Sus kamen herein. Sie winkten, schälten sich fröhlich plappernd aus der Eingangsdunkelheit und näherten sich meinem Tisch, im Schlepptau, wie ich allmählich erkannte, einen schmalnasigen Intellektuellen um die Vierzig mit kleinen stechenden Augen und spitzem Kinn. Zu beiden Seiten der hohen blanken Stirn fiel ihm das glattgebürstete Haar perückenartig über die Ohren, er trug einen knielangen, rehbraunen Wildledermantel, und alles in allem strahlte er den Eindruck penibler feingeistiger Überlegenheit aus. Ich war also einem Irrtum erlegen, als ich angenommen hatte, Marthes Freund müsse *unserer* Generation entstammen. Als Physiker hätte ich wissen müssen, daß die Realität immer kleine Abweichungen von der Theorie für den Beobachter bereit hält.

Es stellte sich übrigens heraus, daß er Dozent an ebenjener Hochschule der Künste war, an der Marthe seit ein paar Wochen studierte. Soweit ich mich erinnere, lehrte er am Fachbereich vier ›Visuelle Kommunikation‹. Er hieß Gabriel vom Stein, und es fiel mir damals ziemlich schwer, einen Mann über Vierzig wie einen Weggefährten aus den eigenen Reihen zu behandeln. Aber er bestand vom ersten Moment an auf das gegenseitige Du. Beim Studieren der Karte senkte er den Kopf ein wenig, und zwischen seinen in der Mitte gescheitelten Haaren wurde ein bleicher Streifen vorankriechender Kahlheit sichtbar wie eine vorgefräste Kerbe zum Spalten seines Schädels. Insgesamt war dieser Gabriel aber ein friedfertiger, redseliger Typ. Er war ziemlich eitel und klug und von Anfang an darum bemüht, meine Zuneigung zu gewinnen.

Die Physik, sagte er irgendwann, fasziniere ihn als Wissenschaft ungemein. Diese radikale Präzision und Unausweichlichkeit der Kausalität. Es sei eine seiner Visionen oder Utopien, mit dem Messer der Empirie die verstaubten Kunstfossilien des Museumsbetriebs ein für allemal ins Jenseits des statischen bürgerlichen Werkverständnisses und der pseudoreligiösen Genieverehrung zu befördern. Nur die Veränderung sei real, die Aktion, die Ästhetik der permanenten Destruktion. Immerzu vernichte die Natur sich selbst und bringe dadurch Neues hervor, und dies zu ignorieren, bedeute, das Leben zu ignorieren.

Ich war beeindruckt von seiner Eloquenz und fragte mich, warum er die Werke, die er forderte, nicht einfach selbst erschuf. Nach dem zweiten oder dritten Bier war ich bereit, ihn in einem milderen Licht zu sehen. Zwischen Fischrogenpaste und Kaninchenstifado beteuerte er mehrfach, wie sehr er Marthe von Anfang an bewundert habe. Er sagte, ihre vehement-vitale und anarchische Kreativität habe ihn sogleich gebannt, schon bei ihrer ersten Begegnung im Zuge der Aufnahmeprüfung habe es zwischen ihnen »gefunkt«.

Meine aufkeimende Bereitschaft, ihn als Marthes Liebhaber zu akzeptieren, wurde durch diese eher peripher dahingeworfene Bemerkung wieder empfindlich gestört. Nachdem ich nämlich einmal begriffen hatte, daß er und Marthe sich bereits während der erwähnten Prüfung kennen- und offenbar auch liebengelernt hatten, wurde ich einen bestimmten Verdacht nicht mehr los.

Es wollte mir einfach nicht gelingen, dieses anekdotische Detail von meinem Vorwissen zu trennen, daß jener letzten und am Ende erfolgreichen Aufnahmeprüfung etwa ein Dutzend erfolglose vorausgegangen waren. Und das wiederum ließ mich argwöhnen, es könnte ein ursächlicher Zusammenhang bestehen zwischen der an sich ja erfreulichen Tatsache des Prüfungserfolgs und dem Beginn der Liaison zwischen Marthe und ihrem Dozenten. Es mag ein griesgrämiger und moralischer Gedanke gewesen sein, aber als Physiker bin ich es nun einmal gewohnt, nach Ursachen zu suchen, wenn eine Wirkung vorliegt.

Ich halte mich übrigens nicht für einen Moralisten, erst recht nicht in sexuellen Dingen. Ich kann aber ehrlicherweise nicht verschweigen, daß ich diesen Gabriel vom Stein von jenem Moment an für einen geilen Erpel hielt, der sich Jahr für Jahr die jungen Prüfungsgänse vorknöpfte.

Es verschlug mir zunächst auch ein wenig die Sprache. Jene Sus, die neben mir saß, nutzte diese kurzzeitige Artikulationslähmung, mich in irgendein ziemlich einseitiges Gespräch über die erotischen Grundlagen des Gesangs zu verstricken.

Sie trug eine Menge klimpernden Schmucks am Leib, Amulette oder irgendwo in der Dritten Welt handgearbeitete Glücksbringer. Nach Freud, erklärte sie mir, entwickle sich die sexuelle Begierde zuallererst im Umfeld des Mundes, und das frühe Lallen und Schreien sei nichts anderes als eine postnatale Autostimulanz der erogenen Mundzone.

Ich nickte geistesabwesend und betrachtete Marthe und Gabriel, die sich über irgend etwas unterhielten. Gabriels dunkelrote, von einem Kragen kleiner weißer Zähne gesäumte Mundhöhle erschien mir dabei wie eine riesige feuchte Behausung, in der seine Zunge wie ein lüsternes wirbelloses Lebewesen wohnte, einzig darauf aus, sich breit und warm auf Marthes Haut zu legen und auf dieser umherzugleiten.

Jede Form des Gesangs, erklärte mir Sus währenddessen, habe also triebhaft-erotische Wurzeln, was sich schon

135

allein dadurch belegen lasse, daß man beim Sex auf das gesamte Arsenal von Urlauten zurückgreife, wie im übrigen auch der Belcantogesang oder die gesamte Gregorianik.

Ich gab ihr in allem, was sie sagte, einfach recht und erlag wehrlos dem übermächtigen Reiz, der darin liegt, etwas ganz und gar Gräßliches und Abstoßendes anzustarren. Zum Beispiel beobachtete ich Gabriel dabei, wie er sich wie ein mümmelnder Esel vorbeugte, um sich an der vor ihm stehenden Kerze, die ich vor zwei oder drei Stunden in Form geknetet hatte, mit schiefem Mund eine schlaff zwischen seinen Lippen steckende dünne King-Size-Zigarette anzuzünden.

Die studentische Lockerheit, die in dieser Geste liegen sollte, wirkte aufgesetzt und anbiedernd, doch möchte ich nicht ungerecht sein, erst recht nicht jetzt, nach beinahe zwanzig Jahren. Ich glaube inzwischen, daß er Marthe wirklich mochte. Er war ihrem Charme verfallen und ihrer Jugend. Er müßte heute über sechzig sein und kurz vor der Rente stehen, was allemal reicht, ihm die Geschichte zu vergeben.

Im übrigen endete jener Abend damals ziemlich unspektakulär, denn offenbar hatte Marthe eine gewisse Scheu, ihn mit nach Hause zu nehmen. Sie wollte ihn nicht in ihrer Wohnung haben, solange ich dort war. Ich ging auch nicht auf Sus Anspielungen ein, die sie mir gegenüber noch eine Weile fortsetzte und in denen, wie ich noch erfahren sollte, eine bestimmte Offerte lag. Aber irgend etwas machte es Marthe und mir unmöglich, uns der körperlichen Liebe hinzugeben, solange wir als Geschwister unter einem Dach waren. Vielleicht wollten wir das, was wir uns selbst nicht geben konnten, in unserer Nähe auch keinem anderen zugestehen.

Ich bin viel zu rational strukturiert, um im Inzest auch nur die vageste und entfernteste Lebensmöglichkeit für mich zu sehen. Für mich ist Sexualität immer etwas Glühendes gewesen, aber auch etwas Verständliches: Unsere Körper verlangen danach – und genaugenommen ist es mir ein Rätsel, warum so enorm viel Wirbel darum gemacht wird, als gäbe es nur dieses eine Problem.

Ich glaube auch nicht, daß Vernunft und Sexualität einander im Weg stehen, ja vielleicht ist sogar das Gegenteil der Fall. Jedenfalls bin ich immer dann gescheitert, wenn ich meine Bindungen mit unvernünftigen Ansprüchen überfrachtet habe. Und es mag durchaus sein, daß ich auch jene Sus damals hätte lieben sollen, denn auf eine bestimmte Weise war es irrational oder künstlich, es nicht zu tun.

Sie tauchte irgendwann im Gästezimmer auf, in dem ich wach auf der Matratze lag und rauchend in die Neon- und Gelbtöne der Großstadtnacht hinaussah. Sie legte sich zu mir, und wir redeten noch eine Weile über dies und das. Sonderbarerweise wartete sie aber darauf, daß ich mit dem weiteren anfinge, nachdem sie nun einmal zu mir gekommen war. Ich dachte auch darüber nach, aber ich ließ es, und irgendwann schliefen wir ein. Es mag seltsam klingen, aber so war es.

Ich bin am nächsten Morgen aufgewacht und war erstaunt, sie neben mir liegen zu sehen. Ich habe eine Weile ihr ungeschminktes, sanft erschlafftes Gesicht studiert und einmal über ihren bläulichen knochigen Arm gestrichen, der auf der Decke gelegen hatte und ausgekühlt war.

An diesem Tag bin ich zurück nach Tübingen gefahren. Zum Abschied hat Sus mir eine ihrer moosgrün glasierten Tonschalen in der Form eines Ginkgoblatts geschenkt. Ich habe die Schale mit dem charakteristischen Spalt zwischen den Blatthälften aber erst auf der Autobahn beim Sinnieren im Wagen als Vaginalsymbol entschlüsselt.

Das Standardargument der Gegner des Observatoriumsausbaus auf dem Fernstein war die Behauptung, es sei heutzutage nicht mehr möglich, in Deutschland sinnvoll Astronomie zu betreiben. Sie verwiesen auf die sogenannte *Licht*verschmutzung, ein äußerst beliebter Terminus in den jeweiligen Fachgutachten.

Heutige Großstädte – das ist aus Astronomensicht in der Tat ein Problem – sind wahre Lichtschleudern, aber die Befürworter des Projekts (allen voran Simon) waren bereit, sich davon nicht abschrecken zu lassen. Nach Auffassung der Fernstein-Planungsgruppe war es akzeptabel, ein gewisses Risiko in bezug auf den Nutzwert des Teleskops einzugehen. Jedenfalls hätte es nicht viel gebracht, das beantragte Geld bei der ESO in La Silla zu investieren oder in satellitengestützte Beobachtungssysteme zu stecken, dafür waren die zur Verfügung stehenden Mittel viel zu gering. Simons größter Trumpf war die erschütternde Jämmerlichkeit des EU-Forschungsbudgets oder die schlichte Tatsache – wie er damals nicht ohne Süffisanz regelmäßig anzumerken pflegte –, daß für die Astronomie nun einmal keine astronomischen Summen zur Verfügung stünden. Das Fernstein-Projekt lockte als Forschungsplattform mit einem fantastischen Preis-Leistungs-Verhältnis: Nur anderthalb oder zwei Autostunden von München entfernt Astronomie auf internationalem Niveau betreiben zu können war einfach zu reizvoll, um der Sache nicht zumindest eine Chance zu geben. Es gab wenig zu verlieren, aber viel zu gewinnen. In Anbetracht der Milliardenbeträge, die man auf europäischer Ebene beispielsweise in die Nuklearphysik gesteckt hatte und die dort mehr oder weniger nutzlos versickert waren, erschienen drei Millionen Euro geradezu marginal. Und so wurden – nicht zuletzt auch dank der in den neunziger Jahren allgemein betriebenen Politik des lockeren Geldes – die erforderlichen Mittel im Rahmen des FP 5 (Fifth European Community Framework Programme) für Forschung und technologische Entwicklung schließlich bewilligt.

Ich fasse jetzt das polizeiliche Ermittlungsdossier in der Fernstein-Sache zusammen, das Simon mir heute per Post hat zukommen lassen. (Ich nehme an, er erwartet im Gegenzug nun endlich meinen Bericht, mit dem ich aber nicht vorankomme. Ich muß sogar gestehen, daß die Arbeiten daran augenblicklich ruhen.)

Der einwöchige ununterbrochene Schneefall nördlich des Alpenhauptkamms in der zweiten Februarhälfte dieses Jahres – so wird in dem Dossier festgehalten – habe das Observatorium auf dem Fernstein recht bald in eine kritische Lage gebracht. Im besonderen seien die elektrischen Einrichtungen und die Funktionssicherheit des Fahrstuhls gefährdet gewesen. Des weiteren habe nach einer Woche Dauerschneefall davon ausgegangen werden müssen, daß der Betrieb der Kabelbahn nicht aufrechtzuerhalten sein würde. Und einem (dem Dossier in Kopie beiliegenden)

Fax zufolge habe die Betreibergesellschaft der Bahn die fünfköpfige Belegschaft des Observatoriums respektive der meteorologischen Station auch über die drohende Einstellung des Fahrbetriebs informiert.

Unter diesen Voraussetzungen nun sei es am 27. Februar offensichtlich zu einer Eskalation der Lage in der Station gekommen. Zwei der drei ständig auf dem Fernstein arbeitenden Astronomen – Rolf Michaelis und Ägidius Farnreuter – hätten angesichts der sich zunehmend verschlechternden Lage entschieden, die technischen Einrichtungen des Observatoriums abzuschalten und die Station zu verlassen. Dieser Haltung habe sich auch die diensthabende Meteorologin, Ellen Paulsen, nach Rücksprache mit dem Deutschen Wetterdienst als Betreiber der meteorologischen Station angeschlossen.

Dementsprechend hätten Farnreuter und Michaelis nach Durchführung der erforderlichen Stillegungsmaßnahmen die Station am 27. Februar gegen sechzehn Uhr verlassen und seien mit der Kabelbahn um 16.37 Uhr ins Tal gefahren. Nach übereinstimmender Aussage der beiden habe sich allerdings der dritte ständige Astronom, ihr Kollege Adam Lozki, geweigert, das Observatorium zu verlassen. Und auch der als Gastforscher anwesende Frank Zweig (ich kann es nicht leugnen) habe erklärt, vorerst noch »abwarten« zu wollen.

Zwei Stunden nach Michaelis und Farnreuter wiederum habe Ellen Paulsen das Observatorium verlassen und sei mit der Fernstein-Bahn um 18.37 Uhr (der letzten für diesen Tag) ins Tal gefahren. Über die Gründe für das abermalige Abwarten Zweigs und die Weigerung Lozkis, die

Station zu verlassen, habe Frau Paulsen keine Angaben machen können oder wollen.

Noch einmal substantiell verschlechtert habe sich die Situation durch den Ausfall der Telefonverbindung zum Observatorium um 18.59 Uhr. Denn da auf dem entlegenen Gipfel auch kein Mobiltelefonempfang bestehe, sei es danach weder der Bergwacht oder dem Betreiber des Observatoriums, der Universität München, noch dem Deutschen Wetterdienst möglich gewesen, auf die Entscheidungen der in der Station verbliebenen Astronomen Lozki und Zweig und somit auf den Fortgang der Ereignisse Einfluß zu nehmen. Einer Lagebeschreibung Farnreuters zufolge sei das Observatorium in diesem Moment zu einem »Schwarzen Loch« geworden, aus dem keinerlei Information mehr herauszubekommen gewesen sei.

Erst um 23.30 Uhr sei dann, ausgehend von dem noch funktionstüchtigen Telefon in der Bergstation der Kabelbahn, ein Anruf bei der Bergwacht eingegangen, bei dem Frank Zweig angefragt habe, ob am kommenden Morgen noch mit einer Fahrt der Bahn zu rechnen sei. Diese habe man ihm trotz Sicherheitsbedenken in Aussicht gestellt. (Jene Nacht im schneeumwirbelten Warteraum der Bahnstation, nachdem ich Lozki im Observatorium endgültig allein- und zurückgelassen hatte: die Holzbänke, auf denen ich irgendwann eingeschlafen bin, das schwache Brummen der Elektroheizung, die tiefe Einsamkeit dort ohne Ellen.)

Am kommenden Morgen, so im weiteren das Dossier, am 28. Februar um 8.37 Uhr, sei Frank Zweig schließlich mit der Kabelbahn ins Tal gefahren und von dort aus mit dem Wagen an seinen südfranzösischen Wohnsitz in der

Nähe von Manosque zurückgekehrt. Wann allerdings in der Nacht zuvor die Observatoriumskuppeln geöffnet worden seien, lasse sich nicht mit hundertprozentiger Sicherheit rekonstruieren. Die Schneehöhe auf dem Teleskoptubus und den Steuerungsgeräten sowie die durch die offenen Stationstüren hereingewehten Neuschneezungen ließen auf eine Gesamtbeschneiungsdauer von etwa vierzehn Stunden schließen. Ausgehend davon, daß sich das Wetter am 28. Februar gegen neunzehn Uhr schließlich gebessert habe, sprachen die verfügbaren Indizien also für eine Öffnung der Beobachtungskuppeln sowie sämtlicher Türen und Fenster um etwa fünf Uhr morgens an jenem 28. Februar dieses Jahres. Und da zu diesem Zeitpunkt niemand mehr außer Lozki im Observatorium gewesen sei, folge daraus, daß nur er die Öffnung der Kuppeln vorgenommen haben könne, im Zustand der beginnenden geistigen Verwirrung offenbar und jedenfalls nicht mehr im Vollbesitz seiner geistigen Kräfte.

Die Frage allerdings – und mit dieser Bemerkung schließt das Dossier –, wie es überhaupt möglich gewesen sei, daß jemand, den die Verantwortung für das Observatorium ganz offensichtlich überfordert habe, allein dort habe zurückbleiben können, sei damit noch nicht geklärt und erfordere eine Reihe von weitergehenden Untersuchungen und Vernehmungen.

Vor zwei Jahren, kurz nach der Einweihung des Teleskops, habe ich mit Simon telefoniert, um ihm zu seinem Erfolg zu gratulieren.

Er sagte: Frank, es war fantastisch! Wir standen auf der Observatoriumsterrasse und haben auf die Abenddämmerung gewartet. Es war ein mythischer Moment, als sich die Kuppel, die übrigens mit Titanoxid beschichtet ist, langsam geöffnet hat und deine Kollegen das Teleskop auf irgendeinen bedeutenden Stern eingeschwenkt haben, der mit bloßem Auge natürlich überhaupt nicht zu sehen war. Nun, du kennst das ja. Aber verdammt, es kam mir vor, als würden wir in diesem Moment eine Art von Kontakt aufnehmen, zu wem oder was auch immer. Es mag ja sein, daß heutzutage alles viel zu langsam vonstatten geht und es ziemlich ernüchternd ist, irgend etwas Sinnvolles durch die Zivilisationsmühlen pressen zu wollen. Aber als ich dort stand, hatte ich das sichere Gefühl, das Richtige getan zu haben. Wir stehen lediglich vor dem Problem, daß so etwas, also das *Gelingen*, publizistisch zur Zeit ganz und gar untergeht. Alle sind irgendwie davon überzeugt, daß nichts mehr geschieht, und wenn es noch etwas zu melden gibt, dann apokalyptische Katastrophen oder ewige bürokratische Zänkereien. Das ist der deprimierende Eindruck, der entsteht, wenn man morgens die Zeitung aufschlägt. Aber dort oben ist mir mit einem Mal klargeworden, daß es noch eine andere Ebene gibt als die des Niedergangs, der Brutalität und der sozialen Extreme: und zwar die des Engagements und der Philosophie und des Fortschritts!

Soeben habe ich ein totes Eichhörnchen im Garten entdeckt. Das steif gewordene Tier hing kopfüber im dichten nadellosen Innengeäst einer der Scheinakazien, die auf der linken Gartenseite einst als Sichtschutz zum Nachbargrundstück hin angepflanzt worden sind. In vier Jahrzehnten haben sie sich zu einer drei bis vier Meter hohen lückenlosen Hecke verdichtet. Das Fell des kleinen toten Nagers war hier und da noch rötlich, an Kopf und Unterleib aber asphaltgrau, schmutzig weiß auf dem Bauch und überall trocken und stumpf, beinahe Staub schon. Das rechte Ohr klappte als ausgerissenes Haarbüschel im leichten Wind hin und her, und von den Augen waren nur zwei matte Höhlungen geblieben, klein und schwarz wie ausgeblasene Streichholzköpfe. Die vorderen Gliedmaßen waren haltsuchend ausgebreitet und ließen das einstmals so flinke Tier aussehen wie kopfüber gekreuzigt. Die vertrockneten Vorderpfötchen mit ihren winzigen ledrigen Krallen: erstarrt in einer leeren vergeblichen Greifbewegung. Nur die in die Luft ragenden Füßchen sahen noch erstaunlich unversehrt aus, beinahe menschlich, kleine kakaobraune Puppenfüßchen, frappierend detailreich und plastisch.

Aus irgendeinem Grund scheint es mir, als müsse die Kreatur gelitten haben, bevor es mit ihr zuende gegangen ist. Ich konnte den Blick nur schwer von dem toten Tier abwenden. Der traurige Vorfall war die Kehrseite des zirkusreifen Salto-mortale-Schauspiels, das mir von der sehr zahlreichen Nagerkolonie, die in den umliegenden Gärten hier heimisch ist, allmorgendlich geboten wird. Ich kann mich an den akrobatischen Leistungen der kleinen Tierchen kaum satt sehen.

Gibt es überhaupt einen Flecken auf der Erde, der nicht Lebensraum ist? Baumkronen, Tiefseevulkane, Permafrostböden – es gibt sogar Keime und Sporen, die auf der Außenhaut von Satelliten überdauern und in einer freundlicheren Umwelt wieder zurück ins Leben finden. Vielleicht hat Michaelis ja recht, und es wäre wirklich sonderbar, wenn sich der Weltraum und das Vakuum für die Evolution als unüberwindbare Grenze erwiese.

Manchmal erscheint mir meine Kindheit wie eine spekulative Folge von Bildern am Ende eines langen dunklen Rohres, durch das ich zu blicken habe. Vielleicht ist diese Perspektive, der Blick durch das Vakuum der Zeit, mein Schicksal als Astronom.

Ich bin heute morgen in den Garten gegangen, um zwischen dem Grundstückszaun und den ineinanderwuchernden Scheinakazien eine bestimmte Stelle wiederzufinden. Ich erinnere mich, dort einst, mit zehn oder elf, eine kleine Schatulle mit gewissen Schätzen vergraben zu haben, die in einem imaginierten Abenteuer eine wichtige Rolle spielten – und auf einmal schien es mir, ich könnte das Holzkästchen dort vergessen haben. Deswegen habe ich mich durch die Äste der Koniferen gezwängt. Doch statt eines sentimentalen Beweises für die zeitliche Kontinuität der Dinge habe ich jenes tote Eichhörnchen entdeckt.

Was immer ich mir auch in Erinnerung rufe: Stets schiebt sich etwas zwischen mich und meine Kindheit. Ich versuche zu verstehen, was es für mich bedeutet hat, Kind zu sein, aber ich vermag meine Kindheit nicht zu fühlen. Es ist, als würde mir ein bestimmter Sinn fehlen, über den alle anderen offenbar verfügen. Ich stehe im Garten und suche in mir nach einem Schmerz über die Veränderung der Dinge und meiner selbst. Aber es kommt mir vor, als wäre ich immer schon der gewesen, der ich jetzt bin.

Gestern hat Simon mich angerufen. Er hat gefragt, ob ich nicht Lust hätte, mich in einen Zug zu setzen und nach Brüssel zu kommen. Er sei gerade dabei, wie er sagte, herumzutelefonieren und ein ungezwungenes spontanes Grillen im Garten zu organisieren. Er wollte das letzte warme Wochenende des Jahres ausnutzen, weil es hieß, daß es in der kommenden Woche kühler werden sollte.

Das hatte ich auch gehört, und ich fand, daß alles in allem nichts dagegen sprach, nach Brüssel zu fahren und ein paar Grillwürstchen mit Senf oder Hühnchenkeulen mit Thai-Dressing zu verzehren: nichts, außer vielleicht der Tatsache, daß ja nach wie vor eine Untersuchung gegen mich lief, an der Simon in irgendeiner Weise beteiligt war. Aber vielleicht hatte er ja recht, diesem Umstand keine Beachtung zu schenken, denn die letzten Sommertage sind gewiß etwas Wertvolles.

Ich habe also zugesagt und mich am frühen Nachmittag in den ›Thalys‹ gesetzt. Der Thalys ist ein spezieller französischer TGV-Schnellzug, der Köln und Paris im Ein- oder Zwei-Stunden-Takt miteinander verbindet. Im Gegensatz zur gleichmäßigen Helligkeit in den deutschen ICEs sind die Sitze im Thalys dunkelrot und die Wand- und Deckenverschalungen schiefergrau. Das hat einen dimmenden Effekt, und ein wenig ist es, als säße man in einem Séparée. Licht schafft Öffentlichkeit, und im ICE habe ich immer den Eindruck, mit allem, was um mich herum vorgeht, unfreiwillig verbunden zu sein. Im Thalys hingegen bin ich der, der ich bin. Nichts stört meine Gedanken, und ich sah aus dem Fenster und dachte an Ellen. Wenn man sich beim Hinaussehen aus fahrenden Zügen auf einen schmalen Ausschnitt konzentriert, ist es, als würde die Welt ständig auf einen zu- und wieder von einem wegspringen wie ein nervöses Tier.

Simon wohnt am nördlichen Stadtrand von Brüssel in einer Straße mit nebeneinander aufgereihten Backsteinhäusern, die in irgendeiner Industrialisierungs- oder Gründungswelle auf dem Reißbrett entworfen worden sind und die uns heute individuell und stilvoll vorkommen.

Ich begrüßte Danielle, seine Frau, mit den üblichen Wangenküßchen. Danielle ist eine schöne, hochgewachsene, magersüchtige Belgierin. Sie hat zu Beginn der Neunziger ein paar Jahre als Model gearbeitet, und ich glaube, sie tut sich nun schwer damit, sich für irgendeine alternative Tätigkeit zu begeistern. Sie drückte mir einen Prosecco in die Hand, und anschließend schlenderte ich durch den Garten. Irgendwann blieb ich bei einem untersetzten Fachreferenten aus der EU-Agrarverwaltung hängen, dessen Haare an den Schläfen hühnerfederartig ergraut waren.

– Sie glauben doch nicht im Ernst, erklärte er mir mißgelaunt, nachdem wir auf das Problem der europäischen Marktharmonisierungen zu sprechen gekommen waren, daß die Franzosen bereit sind, sich in die Produktion von Rohmilchkäse hineinreden zu lassen, geschweige denn beim Brie oder Vacherin bestimmte, über Generationen entwickelte und angewandte Herstellungstraditionen zur Disposition zu stellen.

– Wahrscheinlich nicht, räumte ich ein.

– Und was ist mit den Listerien?!, fuhr er mich an. Die Franzosen scheren sich einen Dreck um bakteriologische Befunde.

– Ach ja, sagte ich.

– So!, und jetzt kommen wir zu den Kartoffeln! Wußten
Sie, daß in Schweden Kartoffeln grundsätzlich nur unge-
waschen, also zusammen mit Erd- und Lehmbrocken ver-
kauft werden?

– Nein, gab ich zu, wußte ich nicht.

– Zum Teufel!, rief er aus, das ist in *allen* anderen Mit-
gliedsstaaten schlechterdings *un*zulässig! Aber auf keinen
Fall wird der schwedische Verbraucher lehmfreie Kartoffeln akzeptieren, ist Ihnen das eigentlich klar?!

Von solchen Beispielen gab es natürlich Tausende. Von
Zeit zu Zeit sah ich Simon da und dort im Gespräch. Er
hat eine viereinhalbjährige Tochter, Nelli, ein bezaubern-
des Wesen. Am Abend wurden die Fackeln im Rasen angezündet und sandten ein unruhiges Licht aus, von dem die
Kleine magisch angezogen wurde. Simon ging zu ihr und
lotste sie sanft in die Arme ihrer Mutter. Später gab er mit
Schürze und Wurstgabel den geübten Grillmeister, umne-
belt von zischendem Fleischdampf.

Irgendwann stand ich im Wohnzimmer und betrachtete
all das: die Gäste unter den noch aufgespannten Sonnen-
schirmen und die fackelbeschienene bernsteinfarbene Gar-
tentischrunde. Das Fest war zu etwas Fernem, Abstraktem
geworden: eine synthetische Anordnung von Personen und
Gebärden, ein unentwegtes Werden und Vergehen kleiner
und kleinster Ausdrucksformen, Realitätsminiaturen an
der Peripherie der Wahrnehmung, das Verscheuchen einer
Mücke oder der Griff nach einer Bordeauxflasche in einem
Meer von Weingläsern, ein sich dehnender Arm, ein De-
kolleté im Licht und für Momente sichtbar werdende ge-
ringfügigste Verschiebungen von Knochen, Gewebe und

Sehnen unter der Haut, ein Flackern von Partikeln und Energie, eine Fluktuation an der Oberfläche des Nichts, Quanten.

Ich war auf dem Weg zur Gästetoilette gewesen, die besetzt war, so daß ich die Treppe hochstieg. Oben angekommen, glaubte ich, mich nach links wenden zu müssen, um ins Badezimmer zu gelangen. Ich blieb stehen und versuchte mich zu erinnern, und auf einmal empfand ich ein Gefühl von Unrechtmäßigkeit, als hätte ich mit dem Verlassen des Erdgeschosses eine subtile Grenze überschritten und meine Rolle als Gast in unzulässiger Weise verletzt.

Ich stand da und suchte nach einem Anhaltspunkt, eine gewisse Neigung, mich nach links zu wenden, blieb, vielleicht, weil es bei uns zu Hause so gewesen ist, dem einzigen vergleichbaren Eigenheim, in dem ich je gelebt habe. Doch als ich die Klinke der Tür, für die ich mich schließlich entschieden hatte, hinunterdrücken wollte, bewegte sie sich von selbst. Handlungsunfähig und in Erwartung einer gewissen Peinlichkeit, nahm ich an, sogleich Danielle gegenüberzustehen, Simons begehrenswerter Frau. Sie hat ein helles tulpenförmiges Gesicht mit weit auseinanderstehenden Augen unter makellos gerundeten Brauen, die eine verführerische Spur dunkler sind als ihre Haare.

Doch dann waren es nicht diese schönen auberginenfarbenen Augen, in die ich blickte, sondern ich stand vor Nelli, Simons Tochter. Ich muß in der Dunkelheit vor ihr aufgeragt haben wie eine gespenstische Figur aus dem Universum ihrer kindlichen Ängste, wie einer jener finsteren Bösewichter, die in der Lage waren, den Imaginationshorizont ihrer Alpträume zu sprengen. Ich beugte mich zu ihr hinab und lächelte. Ich wisperte, es sei alles in Ordnung. Ich strich dem Mädchen über den Kopf und fühlte die sonderbare Temperaturlosigkeit seiner Haare.

Doch das Kind fing an zu schreien, furchtbare Schreie, in denen unglaublich viel Entsetzen lag. Das Zimmer war angefüllt mit farblos schimmernden Körbchen und Köfferchen und erstarrten rätselhaften Wesen. Links saßen, aufgereiht wie auf einer Tribüne, sechs oder sieben Plüschtiere in einem Regal. Sie stierten uns an mit ihren Glasaugen, ohne jedes Empfinden für die Ausweglosigkeit der Situation, eine Brigade aus maschinenhafter Gleichgültigkeit, eine indolente Jury für meine unzureichenden Bemühungen, das Mädchen zu beruhigen.

In meiner Verzweiflung hob ich das Kind hoch und machte alles noch schlimmer. Ich spürte die noch schlafgetränkte Wärme des kleinen Körpers. Es war, als wären wir schicksalhaft aneinandergekettet: Simons verzweifelte Tochter und ich, der ich am Ende selbst nicht mehr zurechnungsfähig war. Sie wand sich in meinen Armen und schlug auf mich ein, auf meine Schultern und meine Ohren, und um so heftiger ihre Befreiungsversuche wurden, desto fester drückte ich sie an mich. In meiner Hilflosigkeit forderte ich sie auf, endlich aufzuwachen und zu sich zu kommen. Denn sie schien immer noch zu träumen, und möglicherweise träumten wir beide: Das Ganze war ein Alptraum für sie und für mich. Eine Resonanz unserer Phobien, wie Lozki vielleicht gesagt hätte.

Und so war es Desaster und Befreiung zugleich, als das Licht anging. Die Helligkeit gab den Dingen im Zimmer ihre gegenständliche naturgesetzliche Realität zurück, und das hieß auch dem Kind und mir und der Aussichtslosigkeit unserer Lage. Das Mädchen riß sich von mir los und flüchtete. Ich stand mit dem Rücken zur Tür und glaubte, sämtliche Gäste seien hinaufgekommen. Ich glaubte all das zu spüren: die mißbilligenden Blicke, die Empörung, das Unverständnis.

Ich drehte mich um. Es war Simon, der dort am anderen Ende des Zimmers stand. Nur er stand dort und sonst niemand. Auf dem Arm hielt er das Kind, das ihn umklammerte wie ein Gewächs. Es war ein Bild der Innigkeit und Symbiose.

Ich konnte nicht schlafen, eine Ewigkeit danach, im Nachtzug, dem Thalys, allein im Waggon mit seinem gepflegten Licht.

Marthes Leben gleicht einem jener Geschicklichkeitsspiele, bei denen man mehrere Kügelchen – Kinder, Job, Ehe – auf dem Boden einer kleinen Dose in bestimmte Vertiefungen manövrieren muß. Das Problem dabei ist: Sie kann nicht ruhig halten. Einmal hat sie mir ein mit wenigen Pinselstrichen skizziertes Selbstporträt geschenkt, das nun bei mir in Frankreich hängt. Das pralle Leuchten der Acrylfarben schwebt wie ein Schutzschild vor den herabgezogenen Trauerwinkeln der dunklen sichelförmigen Augen.

Das Spektrum der Lebensentwürfe unserer Generation. Ich meine mich zu erinnern, daß Marthe einmal gesagt hat, der Betrag, den sie als Kunstdozentin verdiene, entspreche in etwa den Aufwendungen für die Kinderbetreuung. Ich glaube, für ihr Leben inzwischen eine Art Formel oder Deutung gefunden zu haben, die in etwa besagt: Sie handelt unvernünftig, aber nicht irrational. Es gibt eine für mich unsichtbare Struktur, in deren Rahmen sich ihr Tun aus bestimmten bourgeoisen und möglicherweise geschlechtsspezifischen Prämissen herleiten läßt, um sich in der Summe zu einem durchaus schillernden Ganzen zusammenzufügen.

Ich denke, sie ist eine gute Künstlerin, aber sie ist nicht wirklich bereit, für ihre Kunst zu leiden. Müssen Künstler überhaupt leiden, oder ist es nur das, was sie uns glauben machen wollen? Als Physiker würde es mir schwerfallen zu akzeptieren, das Ergebnis meiner Arbeit könnte davon abhängen, ob ich glücklich oder unglücklich bin. Was für eine Welt wäre das, in der ich mit meinen Gefühlen einen Stern zum Leuchten bringen könnte? Oder zum Verlöschen.

Wie auch immer: Ich mache Fortschritte bei der Analyse der semiirrationalen Struktur von Marthes Wesen. Ihre Stärke ist die Fähigkeit, Widersprüche zu ignorieren, wenn ihr ein Gefühl sagt, daß sie nicht aufzulösen sind. Und ich begreife allmählich etwas Erstaunliches: Marthe hat Familiensinn. Alles, was sich gegen das eigene Blut richtet, wird erbarmungslos weggehackt. Sie ist der Quelle evolutionärer Instinkte näher als ich.

Ich bin heute abend früh zu Bett gegangen und konnte nicht schlafen. Aus einem wirren Gemisch aus Wachheit und Halbtraum destillierte ich Marthebilder: wie sie unvermittelt aufspringt, weil es weitergehen muß mit ihren Kindern, mit ihrer Dozentur, mit ihrem Leben, oder wie sie in einen großstädtischen Salon der bildenden Künste segelt und in die eine oder andere Richtung ein finger-flatterndes Begrüßungswinken sendet mit jener Neben-beigrazie, die ihren spontanen Bewegungen gelegentlich anhaftet.

Dann war ich in der Stadt, und es war schon tiefer Herbst, fast Winter. Die Menschen bewegten sich über die Bürger-steige, als würde der Wind sie herumwehen. Es war nichts Lebendiges mehr zu riechen, nicht einmal mehr der mod-rige Laubgeruch des Vergehens. Die polierten Karosserien warfen die Welt zurück, ließen sie nicht in sich eindringen, und Marthe fuhr in ihrem Minivan davon, ohne sich nach mir umzudrehen. Dann fiel der erste Schnee – der feuchte Schnee meiner Kindheit, rheinischer Schnee, in meinem Traum schwer wie Porzellan.

Ich bin wieder aufgewacht und muß an diese Geburts-tagsfeier denken, an Marthes schöne Züge im honigfarbe-nen Licht. Wieso begreife ich erst jetzt, daß sie sich immer schon der Erfüllung familiärer Konventionen mit Leiden-schaft verschrieben hat? Mir wird klar, daß ich noch gründ-licher über sie und ihr Leben nachdenken muß. Und vor allem frage ich mich, ob ich denn vor ein paar Tagen der einzige gewesen bin, der glaubte, unter den vor Rührung allmählich verwischenden Schminkspiegelkonturen ihres Gesellschafts-Ichs noch etwas anderes zu erkennen, eine rätselhafte Abwesenheit, die lose herumliegenden Faden-enden ihrer Existenz …?

Lozki, der einmal sagte: Als ob sich dort draußen irgend je-mand für unsere schmutzige Existenz interessieren würde! Glauben Sie etwa, dieser ganze Kosmos sei nur für uns geschaffen worden? Beginnen wir mit Ptolemäus. Die Erde sollte also im Mittelpunkt des Universums stehen. Und was stellt sich heraus? – Sie ist ein Staubklumpen irgendwo. Das Universum fliegt auseinander, und wir schwimmen mit in der Suppe. Das ist alles. Wir sind Mitschwimmer. Universumsmitexpandierer. (Er bohrte seinen Finger in den naßgrauen Himmel, ohne mich anzusehen, was er nie tat, als scheute er sich davor, irgend jemandem in die Augen zu sehen oder sich selbst in die Augen sehen zu lassen.) Und glauben Sie etwa, wir wären die einzigen Universumsmitexpandierer? Das wäre ja ein lächerlicher grotesker Totalwiderspruch. Einerseits zu behaupten, wir sind nichts, aber uns andererseits in diesem Nichtssein für einzigartig zu halten. Das stünde uns gut zu Gesicht: Die Wahrheit zum Beweis der Unwahrheit umzufunktionieren. Das ist eine echte Menschheitsspezialität. Aus dem Richtigen das Falsche schließen. Das ist es, was wir mit Vorliebe tun. Die Wahrheit ist beleidigend oder unliebsam oder nutzlos? – Machen wir sie uns untertan! Die Menschheitsgeschichte ist eine Geschichte der Wahrheitsveruntertanisierung. Die allerschlimmste Form der Wahrheitsveruntertanisierung sind die Religionen. Alle Religionen sind zutiefst wahr und verkünden nichts als die abscheulichsten, aus der Wahrheit systematisch abgeleiteten Unwahrheiten. Religionen sind Wahrheitsumfunktionierungssysteme. Religionen sind das widerwärtigste aller Produkte unserer Eitelkeit.

Manchmal standen wir nebeneinander auf der Observatoriumsterrasse und starrten auf die umliegenden Bergspitzen. Zornig fuhr Lozki fort: Entweder wir sind Ungeziefer, oder wir existieren überhaupt nicht – das ist es, was die Re-

ligionen uns systematisch verschweigen. Die Wahrscheinlichkeit, daß wir existieren, ist verschwindend gering. Wir
sind Physiker, Zweig, wir wissen es: Wäre die Wechselwirkung zwischen Protonen und Neutronen in Atomkernen
auch nur um 0,3 Prozent stärker oder zwei Prozent schwächer, als sie es ist, hätte sich im Kosmos nicht genügend
Kohlenstoff bilden können, um Lebewesen wie uns hervorzubringen. Ein Gewinn vielleicht, aber bleiben wir sachlich:
Wäre die Feinstrukturkonstante nur um einen minimalen
Bruchteil kleiner oder größer, gäbe es entweder nur stellare Winzlinge, Funzelsonnen, zu klein und glühlahm, um
uns ausreichend zu wärmen, oder gierige gefräßige Riesen,
die ihren Brennstoff so schnell verschlingen würden, daß
die Zeit für die Evolution des Menschen nicht einmal annä-
hernd ausgereicht hätte. Alles, was die Erde vor ihrem ewigen Erkalten hätte hervorbringen können, wären Amöben
gewesen oder schleimige Rieseneinzeller. Und schließlich,
sagte er, muß die Vakuumenergiedichte des Universums
zum Zeitpunkt des Urknalls auf fantastische hundertzwan-
zig Stellen hinter dem Komma genau einjustiert gewesen
sein, um das Universum in seiner jetzigen Form zu ermöglichen. Ein um einen unvorstellbaren Bruchteil größerer
Wert hätte das Universum zu schnell aufgetrieben, um die
Entstehung von Galaxien, Sternen, Planeten und Lebewesen zu gestatten. Und bei einer um einen ebenso unvorstellbaren Bruchteil geringeren Energiedichte wäre die
ganze Ausdehnung schon kurz nach ihrem Beginn wieder
zum Stillstand gekommen und das Universum in sich zusammengestürzt wie ein zu früh aus dem Ofen geholter
Kuchen. Nichts hätte sich darin entwickeln können, das

über einen amorphen höllenheißen Energiebrei hinausgegangen wäre. Die Wahrscheinlichkeit, Zweig, daß das Universum so ist, wie es ist, ist praktisch gleich null. Und was bedeutet das? Daß es uns nicht gibt, sondern alles nur eine Illusion ist, eine Täuschung, ein hinterhältiger, widerwärtiger Betrug!

Die Sternwarte steht nicht auf dem Gipfel des Fernstein, ich nehme vielmehr an, daß das Kreuz den höchsten Punkt markiert. Man hat es aus zwei geschwärzten Balken hundert Meter neben dem Observatorium errichtet, und selbst die Nationalsozialisten haben es offenbar nicht gewagt, ihm diesen Platz streitig zu machen. Einmal bin ich darauf zugegangen, als die Wolken niedrig wie eine Wohnzimmerdecke über die Station strichen. Der obere Teil des Kreuzes, der Abschnitt über dem Querbalken, wurde im Nebel abwechselnd sichtbar und unsichtbar, als wäre die Materie dort sonderbar instabil. Die Luft legte sich wie ein nasser Lappen auf mein Gesicht, und ich hatte den flüchtigen Eindruck, jemanden auf das Kreuz zuhuschen zu sehen. Die Gestalt schien mir Lozki ähnlich zu sein, und das überraschte mich, weil er über die symbolische Besiedlung des Berggipfels durch ein höheres Wesen zumeist spottete oder schimpfte. Doch als ich das Gipfelkreuz schließlich erreichte, war niemand dort. Ich mußte mich geirrt haben, aber es war einer jener Irrtümer, die eine sonderbare Lücke im Bewußtsein zurücklassen, als habe es soeben eine Unstetigkeit im nahtlosen Kausalgewebe der Welt gegeben. Nachdenklich blieb ich eine Weile dort stehen, und berührte irgendwann das Kreuz: Das Holz, aus dem der Balken bestand, war kalt und naß, eine bestimmte Form der

Materie, stabil und undurchdringlich, ganz im Einklang mit den Gesetzen der Physik.

– Der dunkelste und unerträglichste Punkt bei allem aber, fuhr Lozki finster und abweisend fort, ist die erschreckende Tatsache, daß die Menschheit aus eigener Kraft über ihren erbärmlich niedrigen Intelligenzwert und die ihrem geistigen Zwergentum geschuldete Wahrheitsveruntertanisierungsmentalität niemals wird hinausgelangen können. Daran werden nicht einmal diese größenwahnsinnigen Gentechniker mit ihren ekelerregenden, abstoßenden Nach- oder Neuschöpfungsvisionen etwas ändern. Sie werden die Dummheit nur fortklonen, und das ist es ja auch, was sie wollen. Denn die Wahrheit ist, Zweig, daß wir Sklaven unseres genetischen Codes sind, Marionetten der stupiden DNA-Mechanik, die weder das Nonplusultra der Selbstorganisation noch ein chemischer Genieblitz war, sondern eine hitzige und egoistische Reaktion. Wir sitzen in der Doppelhelixfalle. Wahrscheinlich können Intelligenz, Schönheit und Seelengröße auf hunderttausendfache Weise erblühen, aber wir haben es mit der dümmsten und abgeschmacktesten Variante zu tun, auf deren Basis Leben, oder sagen wir lieber Vegetieren, möglich ist: auf der Basis der Selbstreproduktion und der zyklischen Zerstörung. Fortpflanzung ist Zerstörung. Die Grundlage der Fortpflanzung ist der Tod. Ohne den Tod würde die permanente Fortpflanzung an sich selbst ersticken. An ihrer eigenen ungebremsten Fruchtbarkeit. Fortpflanzung ist das widerlichste aller evolutionären Entwicklungsverfahren. Die Harmonie des Spiels, die zweckfreie Erkundung der Möglichkeiten des Materiellen, das ewige Klingen der Energie-

und Informationsfelder, die Musik des Vakuums – all das ist blitzende Intelligenz und betörende Schönheit, ist *Leben*. Doch wir entstammen dem gewalttätigsten und widerwärtigsten und borniertesten aller Vegetationsprogramme, dem darwinistischen Gemetzel, der eitlen Selbstreproduktion, dem ewigen entsetzlichen Krieg der Proteine ...

Ich habe die Tiefkühltruhe geleert, die seit einem Jahr läuft, weil noch niemand auf die Idee gekommen ist, sie abzustellen. Sie war angefüllt mit den eingefrorenen Resten von Mahlzeiten, die mein Vater in seinen letzten beiden Lebensjahren gekocht hat: Portionen von Gulasch, Rinderbrühe, Erbsensuppe, Nudelaufläufen, Rotkohl, Kasseler Rippchen mit Sauerkraut, Hühnerfrikassee oder Bratwurst, um nur einige zu nennen.

Die Kunststoffboxen sind jeweils mit einem Etikett versehen, auf dem Einfrierdatum und Inhalt vermerkt sind. Das älteste Mittagstischrelikt, das ich entdeckt habe, ist beinahe drei Jahre alt. Geprägt durch seine Nachkriegserfahrungen, konnte mein Vater Nahrungsmittel nicht wegschmeißen. Er hat sie eingefroren, aber offenbar nur selten wieder aufgetaut.

Drei Jahre. Auch Väter werden kleiner, je mehr wir uns von ihnen entfernen. Erstaunlicherweise schien mein Vater mit der Tatsache, daß er sterben würde, von allen am besten zurechtzukommen. Marthe nahm damals von Tag zu Tag ab, und ich hatte den Eindruck, daß er sich um sie sorgte. Gelegentlich bildete ich mir ein, er sehe wieder besser aus: Die Wahrnehmung ist eine Marionette unserer Hoffnungen.

Oft haben wir im Krankenhaus zusammen ferngesehen. Wir mußten dazu die Köpfe in den Nacken legen, denn der Fernseher schwebte, schwenk- und kippbar aufgehängt, in einer Gabelhalterung unter der Zimmerdecke. Wir sahen zu ihm auf wie zu einer Kanzel. Übrigens schlug mein Vater meistens selbst vor, ihn einzuschalten. Einmal gerieten wir dabei in ein Umweltmagazin, in dem es um die schädlichen Auswirkungen der globalen Klimaverschiebungen für die Brutgewohnheiten der antarktischen Kaiserpinguine ging und um sehr unschöne, durch Jeansnieten verursachte Nickelallergien. Anschließend fanden wir auf einem Regionalprogramm eine Sendung über eine Reihe von Schlampereien bei der Müllverbrennung, und so ging es weiter.

Mein Vater nahm die Bild- und Tonfolgen schweigend und reglos und geistesabwesend in sich auf. Angesichts des Todes fuhr er fort, das zu tun, was er immer schon getan hatte: Er informierte sich. Spielfilme und Serien sind ihm auf eine bestimmte Weise immer fremd gewesen. Ich könnte auch sagen, er verstand sie nicht, so wie man die Rituale einer unbekannten Kultur nicht versteht, weil man das mythologische Koordinatensystem nicht kennt, in dem diese sich zu einem sinnvollen Ganzen zusammenfügen. Man staunt darüber, daß irgendein Priester dreimal einen Steinkreis durchschreitet, um anschließend ein dampfendes Kalbsherz zu segnen und zu verschlingen, aber es berührt einen nicht. In etwa von dieser Qualität waren für meinen Vater die Handlungen von Liebenden.

Er träume wirr und schlecht und unverständlich von den Opiaten, hatte er einmal zu mir gesagt, und er ziehe es daher vor, mit den Schmerzen zu leben. Können Opiate die

Ursache von Alpträumen sein? Eher glaube ich, daß diese Substanzen ohne unsere Geschichten machtlos wären. Kenne ich die Geschichte meines Vaters?

Es heißt, daß unsere Träume Botschaften sind, und ich muß dabei an das Grillfest bei Simon denken. Wenn ich über diesen Abend nachdenke, erscheint er mir bezeichnend und obskur. Übrigens hat mir Simon keinen Vorwurf gemacht. Im Gegenteil – beinahe entschuldigte er sich bei mir für das Verhalten seiner Tochter. Die ganze Geschichte, erklärte er mir, habe nichts mit mir zu tun, vielmehr leide die kleine Nelli hin und wieder unter dem sogenannten Nachtschreck, *Pavor noctis*, einem sonderbaren, aber wohlbekannten und -beschriebenen Phänomen, das eine gewisse Nähe zum Nachtwandeln besitze und bei Kindern zwischen zwei und sechs Jahren gelegentlich zu beobachten sei, eine Art Trancezustand, der mit heftigem Schreien und Weinen, mit Herumlaufen und Umsichschlagen einhergehe. Bedauerlicherweise könne man dagegen in der Regel nicht mehr tun, als abzuwarten, bis das Kind sich von selbst wieder beruhige. Gott sei Dank aber ereigneten sich diese aus Erwachsenensicht so furchtbaren Paroxysmen ganz und gar im Unbewußten, so daß die betroffenen Kinder morgens keine Erinnerung an die nächtlichen Angstzustände hätten. Die Anfälle entstünden gewissermaßen aus dem Nichts und verschwänden wieder dorthin, bis sich in einem bestimmten Alter das Nachtschreck-Phänomen ganz von selbst lege, ohne nach heutigem Wissensstand irgendwelche Spuren zu hinterlassen.

Können Angstzustände tatsächlich aus dem Nichts entstehen? Woher stammen die Alpträume von Kindern?

Wie destillieren sie aus ihren kurzen, wohlbehüteten Geschichten die Schrecken der Todesangst? Welche unbarmherzigen Dämonen verspeisen ihre kleinen ahnungslosen Herzen?

Ich habe sämtliche Restmahlzeiten meines Vaters in die Mülltonne befördert, von der ich allerdings hoffe, daß sie möglichst bald geleert wird. Ich möchte nicht wissen, wie es dort drinnen riecht und gärt, wenn der Inhalt all dieser Boxen erst auftaut und ihre Deckel von den Faulgasen abgesprengt werden. Es ist aber das einzige gewesen, was zu tun ich in der Lage war. Ein irrationaler, wenngleich tiefverwurzelter Widerwillen packt mich bei der Vorstellung, die Boxen zu öffnen, als hätten sich in ihrer tiefgefrorenen Zeitlosigkeit nicht nur die Kochgewohnheiten meines Vaters, sondern auch sein Geist erhalten, um beim Öffnen wieder zu entweichen.

Auf dem Mäuerchen, das die Observatoriumsterrasse zum Berghang hin umgrenzt, gibt es ein sonderbares meteorologisches Meßinstrument: eine apfelsinengroße Glaskugel in einer axialen Halterung, wie man sie bei einem Globus findet. Im Brennpunkt der Kugel befindet sich ein Papierstreifen, in den das Licht bei Sonnenschein eine dunkle Spur brennt, aus deren Länge sich die Anzahl der Sonnenstunden pro Tag ergibt.

Dort sitze ich mit Ellen, die mir einmal ihre Geschichte erzählt: Als ich elf war, hat mein Vater gesagt, er müsse mit mir reden. Wir sind in eine Pizzeria gegangen, und beim Essen hat er mir erklärt, daß es mit der Ehe so eine Sache wäre. Daß es halt nicht funktioniert, ein Leben lang zusammenzubleiben. Aber er würde mich immer noch genauso lieben, auch wenn er nicht mehr bei uns leben würde und so weiter, er würde nur umziehen, das wäre alles. Er hatte eine Pizza-Funghi. Meine Mutter hat ihre Pizza immer mit Messer und Gabel gegessen, aber er hat sie zerteilt und die einzelnen Stücke in die Hand genommen. Und weil wir zu zweit waren, habe ich sie auch so gegessen. Von dem, was er gesagt hat, habe ich nicht viel verstanden, oder ich *wollte* es nicht verstehen, aber ich fand es toll, mit ihm zusammen Pizza mit der Hand zu essen. Ich habe ihn gefragt: Und wie lange bleibst du weg? Und er hat gesagt: Für immer. Und ich habe ihn gefragt: Bis du tot bist? Er hat mir keine Antwort darauf gegeben und mir statt dessen über den Kopf gestrichen. Auf einmal mochte ich das aber nicht, weil seine Finger nach Käse rochen. Er lebt jetzt in Hamburg und macht nicht mehr viel. Seine zweite Frau ist vor kurzem gestorben, und jetzt sind sie beide allein: meine Mutter, die nicht mehr geheiratet hat, und er.

Die Mittagssonne und die aufsteigende Luft. Trotz der Sonnenstrahlung atmet man blassen Dampf aus. Dort (auf der Terrasse) saßen wir auch, es war Mitte Dezember, als Ellen sagte: Ich bin schwanger.

Ich wußte nicht, was ich sagen sollte.

– Ich habe gedacht, du verhütest, sagte ich schließlich.

– Du hast mich nie danach gefragt.

Ich schwieg.

– Erwartest du, daß ich mich rechtfertige?

– Nein, sagte ich.

– Die Wahrscheinlichkeit, mit siebenunddreißig schwanger zu werden, ist gering.

Ich starrte die Sonnenstundenkugel an, den Brennfleck.

– Willst du das Kind?, fragte ich.

– Willst du es?

– Immer wenn Wahrscheinlichkeiten im Spiel sind, geht in meinem Leben etwas schief.

– Das heißt, du willst es nicht.

– So habe ich es nicht gemeint, sagte ich und fügte nach einer Weile hinzu: Ich hatte kein besonders gutes Verhältnis zu meinem Vater, und ich hatte nicht vor, biologisch in seine Fußstapfen zu treten.

– Es geht dabei nicht nur um dich.

Ich entschuldigte mich: Natürlich will ich das Kind.

– Willst du es wirklich, oder fehlt dir der Mut, mich zur Abtreibung zu drängen?

– Und wenn es so wäre? Was erwartest du von mir?

– Vielleicht eine Umarmung.

– Ich bin nicht besonders gut in solchen Dingen.

– So schlecht machst du dich nicht, sagte sie mit sprödem Ton. Du bist noch nicht gegangen.

Das Licht lag in den Tälern wie in großen weichen Nestern. Irgendwo hinter den Gipfeln lag Italien.

– Ich würde nicht gehen, sagte ich.

– Das ist zuwenig, sagte sie leise.

Ich sah ein, daß sie recht hatte. Natürlich konnten wir dort oben nicht so über die Dinge reden, wie es notwendig gewesen wäre. Nachts mußte ich mit meinen Beobachtungen fortfahren, denn der Sternenhimmel dreht sich weiter, was auch immer mit uns geschieht. Einmal (in dieser Nacht) bin ich aber doch zur Wetterstation hinübergegangen. Ellen saß, den Kopf auf die Arme gestützt, vor ihrem

Monitor und stierte auf irgendeinen sich entwickelnden Tiefdruckwirbel. Ich mußte an die verrauschten Ultraschallaufnahmen von Embryonen im Mutterleib denken, Lebenswirbel. Der blasse Satellitenbildschein des Monitors lag auf ihrem Gesicht, und neben ihr stand ein nahezu leeres Glas Rotwein.

– Vielleicht solltest du im Moment nicht trinken, sagte ich.

Ohne mich anzusehen, sagte sie: Wenn ich getrunken habe, um in Stimmung zu kommen, hattest du nichts dagegen.

Ich blieb in der Tür stehen, als hinderte mich etwas daran, weiterzugehen. Ich sagte: War es denn so?

– Kann dir doch egal sein.

– Ist es nicht zu früh, um uns gegenseitig mit Vorwürfen zu verletzen? Wir haben noch alle Möglichkeiten.

Sie lehnte sich zurück und hörte endlich auf, den Bildschirm anzustarren: Besten Dank für die Aufmunterung. Ich habe nicht die geringste Ahnung, wovon du redest.

– Ich bin der Meinung, man sollte die Dinge nicht moralisch betrachten, sondern realistisch.

– Realistisch!, sagte sie abfällig. Soll ich dir sagen, was Realismus ist? Realismus ist, wenn du in eine Apotheke gehst und dir einen Schwangerschaftstest besorgst. Realismus ist, wenn du morgens auf so ein Stäbchen pinkelst und danach auf das Testfeld stierst, ob da einer oder zwei Striche erscheinen. Zuerst siehst du nur einen, der ist ziemlich dick und kommt ziemlich schnell. So eine fette Linie, die aber genaugenommen überhaupt nichts zu bedeuten hat. Und dann wartest du noch ein paar Minuten, und du denkst schon, es ist alles in Ordnung. Aber auf einmal hast du das Gefühl, noch eine zweite Linie aufschimmern zu sehen. Eine zarte rosa Linie, die dein ganzes Leben über den Haufen wirft. Zuerst denkst du, das ist nur panische Einbildung, aber irgendwann wird dir klar, daß es das nicht ist. Die Linie ist da, sie ist *real*! Das ist Realismus, Frank: zu pinkeln und danach nichts mehr machen zu können.

Ich stand unter Zeitdruck.

– Wir müssen morgen darüber reden, sagte ich und sah auf die Uhr. Ich muß gleich wieder drüben sein.

– Ich kann kein Kind mehr großziehen. Sieh mich doch an!

– Der Alkohol macht dich depressiv. Hör auf damit.

Sie wurde wütend. – Und du hör auf, mir Ratschläge zu geben! Ich weiß selbst, was mich depressiv macht. Mein Leben macht mich depressiv. Es würde jeden depressiv machen. Mein Leben ist wie ein Tiefdruckgebiet. Es dreht sich im Kreis und produziert nichts als graue Tage.

Ich stand ihrem Elend hilflos gegenüber und sagte: Du hast zwei liebenswürdige Kinder, du kommst mit ihrem Vater halbwegs klar, und du hast einen guten Job. So schlecht finde ich die Bilanz gar nicht.

Resigniert und leise sagte sie: Wenn ich das Kind bekäme, würde alles zusammenbrechen. Das ganze System.

Ich konnte nichts darauf erwidern, weil es so sein würde. Die Flasche, abgestellt in einer dunklen Ecke neben dem Faxgerät, war zur Hälfte geleert. Ich wußte, daß sie weitertrinken würde, sobald ich gegangen wäre.

– Ich kann bei der nächsten Gelegenheit wiederkommen, sagte ich.

Sie antwortete nicht mehr, und ich ging.

Es war eine klare kalte Nacht, eine perfekte Beobachtungsnacht, die mir keine Gelegenheit mehr ließ, noch einmal zu ihr zu gehen. Astronomie ist eine Wissenschaft des Augenblicks: Was einem entgeht, läßt sich nicht wiederholen.

Ich bin früh aufgestanden: Die ersten Sonnenstrahlen wischten golden über die umliegenden Dächer und ließen bestimmte Äste eindringlich leuchten, die tagsüber unter dem Blattwerk kaum zu sehen sind. Die winzigen mattroten Früchte der Felsenbirne beginnen seit ein paar Tagen, Amseln anzulocken, die, obgleich selbst zwischen den Zweigen verborgen, mit ihren Pickbewegungen die kleinen Lichtsprenkel auf den Blättern zittern lassen. Der Rasen, noch ganz im Schatten der umstehenden Ziergehölze, ist bedeckt von einer Tauschicht, in deren Schimmern die einzelnen Halme sichtbar werden wie die Fasern eines feinen Gewebes. Wenn die Sonne höher steigt, werden all diese Einzelheiten verblassen und überstrahlt werden vom aufgeplusterten Äußeren der Natur. Zuviel Licht legt sich wie zuviel Wissen über die Dinge: Man sieht nur noch, was man erwartet zu sehen.

Kann man über Abtreibung nachdenken, ohne irgendwo einen Fehler zu begehen? Vielleicht denke ich darüber: Wofür ein Leben Raum ist, ist auch Raum für zwei. Vielleicht denke ich: Man sollte das eigene Leben nicht so wichtig nehmen. Oder vielleicht denke ich sogar: Das eigene Leben ist bedeutungslos. Aber ich bin ebenso in der Lage, jeweils das Gegenteil zu denken. Meine unwiderruflichen Überzeugungen werden weniger, ein schleichendes Sterben von Standpunkten.

Die empfindliche Kühle der Luft, während ich durch die Straßen meiner Kindheit und Jugend laufe: Noch zwei Tage, dann ist der August vorbei. Der schiefergedeckte Turm der Backsteinkirche in der Nähe unseres Hauses, der dort in den Himmel ragt, seit ich denken kann, schimmert bläulich in der Morgendämmerung. Die spröde, etwas lustlose Stadtrandatmosphäre des beginnenden Werktags, die ich kenne: das entfernte Schlagen von Autotüren, die gelegentliche Zündung eines Motors, der staubige, anorganische Geruch der Vorortgehsteige – all das kommt mir vor wie ein gewisser Abrieb der Zeit, aufgewirbelt von meinen Schritten.

Von links lockt mich der Kieselgeruch des Rheins, und ich biege in eine der schmalen Hohlgassen zum Ufer. Rechts die alten Brandziegeln der zwei Meter hohen Böschungsmauer des Friedhofs, man läuft auf Höhe der Toten. Links kleine dunkelerdige Gärten, in denen früher Kartoffeln und Zwiebeln gezogen wurden.

Die stehenden Seitengewässer, abgeschnittene ehemalige Flußarme, darüber der modrige enzymatische Geruch der Umwälzung und des beginnenden Vergehens, doch eines vorläufigen, eines Vergehens auf Widerruf, denn auch das steckt in diesen kompostierenden Dünsten: die Nähe des Modrigen zur Fruchtbarkeit, zur nächsten Runde.

Als Kind habe ich einen Zaubertrick beherrscht: Ich konnte eine Zeitungsseite effektvoll zerreißen und mit einem gewissen ausschmückenden Brimborium als Ganzes wieder aus dem Ärmel ziehen. Ich frage mich, ob die Erneuerung in der Natur nicht auch nur ein Trick ist. Ein System von Gesetzlichkeiten, verborgen hinter dem Brimborium der Zeugung.

Mein Atem, meine Schritte: Zu joggen heißt, für sich selbst hörbar zu werden.

Die Uferpappeln, dieselben wie zu Zeiten meiner Jugend. Man hat sie stehenlassen, als man das Gelände zum Ausflugsziel umgestaltet und allen Wildwuchs beseitigt hat. Unter dem Säulendom der Pappeln erinnere ich mich an eine reichlich grausame Geschichte, die man uns in der Grundschule beigebracht hat, vermutlich im Rahmen dessen, was früher einmal Heimatkunde hieß.

Im Mittelalter – so die Sage (oder das historische Faktum?) – soll es am Rheinufer einen Turm gegeben haben, der im Volksmund ›Weckschnapp‹ hieß, eine Art Folter- und Exekutionseinrichtung. Die einzige Nahrung in der hoch über dem fließenden Wasser gelegenen Todeszelle des Turms war ein Laib Brot, aufgehängt über einem großen Loch im Zellenboden. Zu springen bedeutete, durch diese Öffnung zu fallen und – grausamer Sinn des Ganzen – durch einen Rost aus über dem fließenden Rheinwasser angebrachten Klingen. Ein bis zwei Wochen soll es in der Regel gedauert haben, bis die Delinquenten gesprungen sind und – mit oder ohne Brot – jeweils ihr trauriges und blutiges Ende gefunden haben.

Übrigens habe ich mich als Kind keineswegs darüber empört oder fand es skandalös, daß man uns Sieben- oder Achtjährigen solche mittelalterlichen Brutalitäten als Unterrichtsstoff vorgesetzt hat. Offenbar war man damals der Meinung, daß der Heimatbegriff auch gewisse Unmenschlichkeiten enthalten darf, ohne dadurch an Wert zu verlieren. Der Rhein als unanfechtbare deutsche Geschichts- und Geschichtenmaschine.

169

Die beiden Seitengewässer, die ich beim Laufen einmal umrundet habe, sind von einem undurchsichtigen tiefen Grün, auf dem hier und da erste herabgefallene Pappel- und Sumpfeichenblätter herumschwimmen. Die Farbe des Himmels, ein fleckenloses Tischtuchweiß inzwischen. Ich erinnere mich, daß der Himmel in der Rheinebene meistens weiß ist und nur selten blau. Die typischen kleinen Backsteinhäuser hier: Tapfer stehen sie an der Hauptstraße, auf der sich mittlerweile der morgendliche Berufsverkehr staut. Sie sind kaum größer als die Autos heutzutage, all die Minivans und Luxusjeeps, hat man den Eindruck, und auf einmal kommt es mir vor, als wären sie im selben Maße kleiner geworden wie die Erinnerungen an meine Kindheit, diese ferne kühle Puppenstube.

Heute morgen kam mit der Post das Formular für einen Dauergrabpflegevertrag, den mir Marthes Gärtnerin zugesandt hat. Sollten wir uns für die ständige Betreuung der Ruhestätte unserer Eltern entscheiden, müßten wir dies für mindestens zwanzig Jahre tun. Alle Arbeiten – von der jahreszeitlichen Bepflanzung angefangen, über den speziellen Grabschmuck zu Allerheiligen, Totensonntag oder zum Geburtstag der Verstorbenen bis hin zum Gießen und Düngen sowie der Schädlingsbekämpfung und der gärtnerischen Überholung der Grabstätte in gewissen Zeiträumen – würden dann übernommen und fachgerecht ausgeführt. Außerdem lagen mehrere Skizzen als Vorschläge für die zukünftige Grabbepflanzung bei.

In zwanzig Jahren, so sagt mir ein Gedankenreflex, den man schon nicht mehr Rechnung nennen kann, werde ich dreiundsechzig sein. Das ist sonderbar. Denn wenn ich darüber nachdenke, habe ich bisher noch keinen Vertrag unterschrieben, der eine so verteufelt lange Laufzeit gehabt hätte. Vielleicht sollte ich Marthe vorschlagen – was ebenfalls möglich ist –, gleich auf vierzig Jahre abzuschließen. Dann wäre für uns das Kapitel Dauergrabpflege möglicherweise bereits abgeschlossen.

Ich habe noch eine handschriftliche Randbemerkung an der Grabskizze entdeckt, die mir zunächst entgangen ist, und die folgendermaßen lautet: »Wenn Ihnen Chrysanthemen zu ernst sind, dann findet sich für ein paar Winterlinge oder kleine Blausternchen immer noch ein Platz.«

Marthe hat mich zu sich bestellt und erwartet in einer Stunde mein Erscheinen. Mit wenigen Sätzen tat sie mir am Telefon kund, es sei ihr gelungen, eine Lösung für das anstehende Problem der Haushaltsauflösung zu finden. Ihr fehle aber die Ruhe zu einem längeren Telefonat, und sie könne sich nicht in den Wagen setzen und hierherkommen, um mir ihren neuesten Plan darzulegen, da sie die Maler im Haus habe ... Sie residiert in einem zum Fluß hin vollständig verglasten Dachgeschoß. Grellfarbige Ölbilder lehnen an den Wänden unter dem hohen Pultdach. Sie hat eine Zeitlang mit den Möglichkeiten des Neorealismus herumexperimentiert, während sie inzwischen, glaube ich, dazu übergegangen ist, gewisse Elemente des einstigen Agitprop aufzugreifen und zu persiflieren oder möglicherweise auch ernst zu nehmen. In den offenen Wandregalen herrscht ein immerwährendes Chaos aus Pinseln, Farben, CDs, Werkzeugen, Kunstbänden, Kaffeetassen, Weingläsern, Kinderbüchern und zerknitterten verschmierten Lappen.

Hierhin führt mich Marthe, nachdem sie den in der Küche hantierenden Malern eine Reihe von Anweisungen gegeben hat. Der Geruch nach Farben, Lösungsmitteln und Leim in ihrem Atelier.

In der Mitte ragt ein säulenartiges Etwas empor, das sich bei genauerem Hinsehen als stilisiertes Baummodell entpuppt, eine hochstämmige Kiefernattrappe, deren Krone über die Decke hinausgewachsen ist beziehungsweise von dieser knapp oberhalb des ersten Verästelungspunktes abgeschnitten wird. Dann ein Haufen aus käferartigen Objekten am Fuß des Stamms. Beim Näherkommen stellt sich heraus, daß es sich um eine buntgewürfelte Mixtur aus Matchboxautos handelt, die sich anschicken, an der Rinde emporzuklettern: das Auto als Ungeziefer.

Marthe, die auf flachen, mit ein paar Farbspritzern bekleckerten Segelschuhen ihr Werk umschreitet und mir erklärt, daß die Unesco (»oder irgendeine dieser Organisationen«) einen Tag im kommenden Jahr zum Welttag des Baumes ausgerufen hat. Seitens Greenpeace sei geplant, der Öffentlichkeit dazu mit einem gewissen Medientamtam ein Die-Bäume-und-wir-Mahnmal zu präsentieren.

– Du arbeitest für Greenpeace?, frage ich erstaunt.

– Sie haben einen Wettbewerb ausgeschrieben.

– Hm.

– Du findest meine Idee wohl nicht subtil genug, was?

Während sie mir vorrechnet, wie grausam unsere Spezies sein kann, die es immer noch fertigbringt, Mammutbäume zu fällen, nehme ich eins der Autos, die mit dünnem Maschendraht an dem Pappmaché-Baumstamm befestigt sind, in die Hand und spüre eine vage Erinnerung aus den

Tiefen meines Bewußtseins aufsteigen, die mir sagt, daß es meine sind: kalte und überraschend schwere Metallmodelle, die über Jahrzehnte in einer Kiste auf dem Dachboden verstaut gewesen sein müssen.

Ich stelle das Auto zurück und sage: Ich schlage vor, wir rufen diesen Entrümpler an, drücken ihm tausend Euro in die Hand, und die Sache ist geritzt.

– Nur über meine Leiche!, widerspricht Marthe entschieden und macht sich an der Kaffeemaschine zu schaffen. Ich lasse meine Studenten wegen der Haushaltsauflösung in der Uni ein paar Zettel aufhängen und verteilen. Das ist meine Idee! Die jungen Leute stehen sehr auf diese Sechziger-und-siebziger-Jahre-Sachen aus Kunststoff und Klamotten aus Synthetics. Weißt du, ich dachte daran, eine Art Aktion oder Happening draus zu machen. Der Fehler war, daß wir die ganze Zeit über geglaubt haben, über nutzlose Dinge zu reden. Über alte Töpfe und Toaster und so weiter – aber, Frank, es sind *Materialien*! Es sind Objekte in Raum und Zeit!

Wie Atome. Wie Sterne. Wie alles. Ich könnte niemals Künstler werden. Mir fehlt die Fähigkeit, irgendwo mehr zu sehen, als es zu sehen gibt.

Ich sage: Von mir aus können wir alles verschenken und verschleudern oder verschrotten, aber wir machen kein experimentelles Kunstprojekt aus der Sache.

– Und warum nicht?, insistiert sie. Ich bitte dich, Frank, denk doch darüber nach! Versuch, ein *einziges Mal* im Leben nicht logisch, sondern kreativ zu denken. Dinge haben den Wert, den *wir* ihnen geben. Das ist eine einmalige Chance.

– Und wie soll das gehen? Willst du so eine Art Wohnzimmer-Documenta veranstalten? Glaubst du, unseren Eltern würde das gefallen? Vergiß bitte nicht, wie abwegig sie es fanden, daß du Künstlerin werden wolltest.

Sie stutzt: Was soll das heißen?

– Es heißt, daß wir uns an *ihren* Empfindungen orientieren sollten und nicht an unseren. Und sie waren nun mal keine sehr kunstverständigen Menschen.

– Nicht nur sie offenbar! Wie kommst du eigentlich dazu zu behaupten, Mama und Papa seien *gegen* mein Studium gewesen! Nur weil *du* ein Problem mit ihnen hattest, hatte *ich* noch lange keins. Ist dir eigentlich klar, wie *schuldig* sie sich nach deinem Nervenzusammenbruch gefühlt haben?

Ich bleibe ruhig, wie es meine Art ist: Und du denkst, darauf hätte ich es damals abgesehen gehabt? Das ist lächerlich. Du glaubst, ich hätte sie bestrafen wollen? Wofür denn?

– Warum nicht, Frank?, sagt sie. Denke über deine Motive nach, und sei wenigstens einmal ehrlich zu dir selbst.

– Ich bin ehrlich zu mir selbst. Beispielsweise mache ich mir nichts vor, was meine Fähigkeiten und Qualifikationen angeht.

Sie erstarrt und wird zu einem ähnlich säulenartigen Objekt wie ihr Kunstwerk. Drohend und mit mehr und mehr sich verengenden Augen sagt sie: *Ich* mache mir also etwas vor. Und was, bitte, wenn ich fragen darf?

– Bring mich nicht dazu, irgend etwas Unsinniges zu sagen.

– Aber ja!, explodiert sie, *das* hätte ich mir denken können! *Ich* bin es natürlich, die dich provoziert und überrollt.

Ich bin daran schuld, wenn wir nicht weiterkommen und nicht miteinander reden können. *Ich* bin hysterisch und *du* die personifizierte Sachlichkeit. Zum Teufel, Frank, ist dir eigentlich klar, wie satt ich das habe?

Ich sehe sie an, wie sie dort steht, voller angestauter Wut, in ihrem schimmernden messingfarbenen Retro-Flo-wer-Power-Top, die Fingernägel am Ende der überlangen Glockenärmel, transparent fliederfarben lackiert, brüchig und rauh und kurz vom Arbeiten mit all diesen Materialien, Farben und Sandpapier und Draht und Leim.

Ich sage: Das mit deiner Ehe tut mir leid.

Die Bemerkung irritiert sie und verwandelt ihre Wut in Wachsamkeit: Was hat meine Ehe damit zu tun?

– Mir ist klar, was du satt hast. Ich sehe, was ich sehe.

Langsam setzt sie sich in ihren zerschlissenen, königs-blau bezogenen und mit einer geflochtenen Seidenkordel gesteppten Ateliersamtsessel, von ihr erworben, soweit ich mich erinnere, zu Studentenzeiten auf irgendeinem Trödel-markt.

Sie sagt: Das Ganze ist ekelhaft. Wenn Winfried wenig-stens darüber reden könnte. Aber er behauptet, mit mir *könne* man nicht reden, ich wäre unerträglich emotional und so weiter. Findest du mich unerträglich emotional?

Ich sage: Kann ich irgend etwas tun?

– Ach, winkt sie nachdenklich und melancholisch ab. Du könntest alles wieder vergessen. Oder Winfried erschie-ßen. Oder die Zeit um zwanzig Jahre zurückdrehen. Was weiß ich. Sei halt ein bißchen kreativ.

– Komm eine Weile nach Frankreich, sage ich. Vor mei-nem Haus duftet es nach Rosmarin.

– Himmel, so kreativ nun auch wieder nicht! Und nach einer Weile fügt sie hinzu: Warum heiratest du nicht, Frank? Ich frage mich das.

– Das fragst du dich *jetzt*?

– Du mußt anfangen, über eine Reihe von Dingen nachzudenken. Du bist zuviel allein. Du fängst an, sonderbar zu werden.

– Wieso reden wir jetzt auf einmal über *mich*? Ich bin, wie ich bin.

– Ich habe noch keinen Mann getroffen, der gewußt hätte, wie er ist.

– Das mag schon sein, gebe ich zu. Aber wir fühlen uns aufgerufen, es herauszufinden. Das ist ein Teil unserer Natur.

– Nein, das ist ein Teil eurer Selbstgerechtigkeit!, korrigiert sie mich traurig.

Abends holt sie die Kinder von diversen Kursen und Aktivitäten ab: Marthe, deren Leben immer weitergeht, wie die Natur.

Irgendwann stehe ich im Garten und rieche den aufsteigenden Dunst des Wassers. Im Westen wölbt sich über dem Rhein das endende Spätsommerblau dieses Tages. Der Fluß liegt da als dunkle Fläche. Mit den schwachbeleuchteten Einfamilienhäusern und ersten sporadischen Fensterlichtern hätte das gegenüberliegende Rheinufer eine Spiegelung des hiesigen sein können.

Obwohl Marthe nicht konkret geworden ist, nehme ich an, daß Winfried ein Verhältnis hat. Ich denke: Was weiß ich eigentlich über ihn? Ein Mann, wie es heißt, in den besten Jahren, erfolgreich im Beruf, halbwegs vermögend und ausgestattet mit Frau, Kindern und Geliebter. Auf einmal sehe ich ihn in einer seiner sechsfach gepanzerten Versuchslimousinen sitzen und den zu testenden Luxuswagen höchstpersönlich durch einen von seinen Technikern und Teamkollegen abgefeuerten Mörsergranatenhagel steuern. Er langweilt sich und will es noch einmal wissen. Doch aus irgendeinem Grund stellen die Naturgesetze und sämtliche Regeln der Ingenieurskunst für den Bruchteil einer Sekunde ihre Gültigkeit ein, und nur einem akausalen oder kinesiologischen Wunder ist es zu verdanken, daß er nicht in Sekundenbruchteilen pulverisiert wird und verdampft, sondern mit ein paar Prellungen davonkommt ... Meine Tagträume sind auch nicht besser als meine Alpträume. Ich wische die Szene in Gedanken beiseite, meine Fantasie geht mit mir durch, aber warum?

Irgendwann, noch bevor Marthe zurückkehrt, kommt Winfried von der Arbeit. Er hat nicht mit meiner Anwesenheit gerechnet und bietet mir einen Drink an. Sich selbst nimmt er einen doppelten Scotch, den er im Stehen hinunterstürzt, um sich gleich noch einen zweiten einzuschenken.

– Diese verdammten Eurokraten!, schimpft er, nachdem ich ihm erzählt habe, daß ich vor ein paar Tagen in Brüssel gewesen bin. Wir stehen nebeneinander auf der Terrasse, und er sagt: Man kann vielleicht Märkte harmonisieren, nicht aber die Köpfe von Menschen. Glaubt irgend jemand bei der Europäischen Kommission, daß sich die Franzosen Renault oder Citroën wegnehmen lassen oder die Deutschen VW oder Mercedes? Von allem gibt es zehn- bis zwanzigmal zuviel. Zu viele Waschmaschinen, Fluggesell-

177

schaften, Fernsehprogramme, Generäle, Regierungschefs und gepanzerte Limousinen.

Er geht zurück ins Wohnzimmer, um sich noch einen Scotch zu holen. Dann fährt er fort: Ist es nicht vollkommen absurd, Autos in Panzer zu verwandeln? Und vergiß dabei diese durchgeknallten Fundamentalisten. Am Ende wollen *alle* so eine mit Airbags vollgestopfte Kruppstahlkarosse, um ihren Formel-1-Fantasien freien Lauf zu lassen. Zum Teufel, ich sehe es so: Wer sich zu Tode fährt, weil er sich am Steuer überschätzt, fällt einem darwinistischen Prinzip zum Opfer – unangepaßtes Verhalten. Wenn wir nur lange genug warten könnten, würde sich das Problem durch Selektion von selbst erledigen. Aber so was braucht Jahrhunderte. Die Entwicklung von Autos schreitet einfach zu schnell voran, und die Evolution kommt nicht mit. Wir schützen Idioten, es ist ein erbärmlicher absurder Job. Aber technisch eine brillante Herausforderung! Weißt du, worum es geht?, sagt er und dreht sich zu mir, wobei sein Gesicht in den Schein einer der Wohnzimmer-Wandleuchten gerät, in deren Alabasterlicht seine Augäpfel, trüb vom Scotch, grau und leer wirken. Er hebt den Finger und fährt fort: Es geht darum, die Autos klüger zu machen als die Menschen – das ist das Ziel! Da es nicht möglich ist, die Intelligenz von Autofahrern zu steigern, müssen wir die der Fahrzeuge erhöhen. Auf die haben wir nämlich Einfluß. Zum Teufel, ich glaube, alle Jobs sind absurd. Wir leben in einer absurden Zeit. Was meinst du?

Er besorgt sich noch einen Scotch, diesmal bringt er die Flasche gleich mit, was ich angesichts der Lage und seiner Stimmung vernünftig finde. Er starrt auf die gelbe Flüssigkeit im Glas und sagt: Wirklich, du hast es besser angestellt. Kein absurdes Leben, keinen absurden Job. Das ist es doch: ein Haus in der Sonne, eine hochphilosophische Tätigkeit und ab und an eine frische unverkrampfte Möse, altes Haus … (Er lacht ziemlich schmutzig und verzweifelt für seinen ewig jungenhaften Typus.) So ist das doch in diesen universitären Kreisen mit all den Studentinnen und so. Zum Teufel, wir Männer! Stimmt schon, es tut verflucht gut, sich gelegentlich irgendeine Büromaus vorzuknöpfen, auch wenn es unter menschlichen Gesichtspunkten eher erbärmlich ist …

– Ich habe keine Büromaus, sage ich.

Meine Bemerkung übergehend, spinnt er seinen Gedankengang fort: Aber was heißt das schon! Sex ist immer erbärmlich. Alles Körperliche ist erbärmlich und primitiv. Essen, scheißen. Zum Teufel, als ob es da irgend etwas zu beschönigen gäbe. Wir sind Verdauungs- und Fortpflanzungsmaschinen. Ich meine, du bist Physiker, du mußt es wissen. Es gibt nichts außer Atomen und Quanten, habe ich recht? Mit der Atombombe ist diese ganze verfluchte Blase der Moral und der Ideale und des Höheren geplatzt. Sieh dir das letzte Jahrhundert doch an! Das war doch kein Jahrhundert, sondern ein einziges Massaker …

Winfried, der mit der Flasche in der Hand auf der Terrasse steht wie nach einer mißlungenen Party, bei der man zuwenig gelacht und zuviel getrunken hat. Ich versuche, ein paar Sterne zu entdecken, aber es ist zu dunstig und ihr Leuchten geht unter in der diffusen Lichtglocke der nahen Innenstadt.

Als Marthe zurückkommt, wechselt sie kaum ein Wort

mit ihm. In die Ehestille (nachdem die Kinder im Bett sind) dringen leise ferne Geräusche: der gedämpfte Großstadtverkehr, eine kurze Windbö, der Schrei einer Eule. Im Uferbereich glitzern hier und da kleine Verwirbelungen, sofern es eine Lichtquelle gibt, eine Promenadenlaterne oder ein erleuchtetes Fenster.

Dann der Geruch des Stroms. Die besondere Eigenschaft alter wiederentdeckter Gerüche, angenehme oder bedrückende Empfindungen in uns mit Macht lebendig werden zu lassen, schmerzt mich. Ich ziehe mich mit Marthe in ihr Atelier zurück, während Winfried im Wohnzimmer weitertrinkt.

Sie fragt: Ihr habt miteinander geredet?

– Er nimmt an, daß ich alles weiß, und er hatte das Bedürfnis, sich zu rechtfertigen. Er hat versucht, nihilistisch zu sein.

– Er ist engstirnig und arrogant.

– Ich dachte, er wäre katholisch.

– Eine Zeitlang ist er mit den Kindern in die Kirche gegangen. Aber er hat damit aufgehört.

– Etwas wie Moral macht ihm zu schaffen. Diesen Eindruck hatte ich jedenfalls.

– Ich bin auch moralisch, Frank. Oder denkst du, ich setze leichtfertig alles aufs Spiel?

– Ich denke gar nichts, sage ich.

– Soll ich denn jetzt alles auseinanderreißen? Kein Kind hat eine zerstörte Familie verdient. Die Kindheit ist die Grundlage für alles. Du kannst nur das weitergeben, was du auch bekommen hast.

– Ihr könntet professionelle Hilfe zu Rate ziehen, sage

ich. Ist es nicht das, was man in solchen Fällen heutzutage macht?

– Frauen wollen Verläßlichkeit, Frank. So einfach ist das.

Sie verstummt, weil auf der Treppe Schritte hörbar werden. Es ist Winfried, in einer Hand das gefüllte Glas mit dem Scotch. Die Flasche hat er unten gelassen. Die Nacht hinter der Atelierglasfront umgibt ihn mit flächiger Dunkelheit.

– Was willst du?, sagt Marthe kühl.

– Mich mit dir versöhnen, Schatz!, sagt er und stellt das Glas auf den Ateliertisch.

– Du bist betrunken.

– Siehst du!, wendet er sich an mich. So geht das unaufhörlich. Ich strecke meine Hand aus, und sie schlägt sie fort.

– Du streckst deine Hände in zu viele Richtungen aus.

– Du übertreibst wie immer. Ich schlage dir ein Moratorium vor: Wir hören beide auf, herumzubumsen.

– Das tue ich nicht!

– Ach nein? Wie würdest *du* es denn nennen?

– Ich werde nicht darüber reden. Nicht jetzt.

– Ist es Liebe? Es ist also Liebe, ja?

– Ich werde nicht darüber reden.

– Wenn du nicht herumbumst, dann ist es Liebe. Und wenn es Liebe ist, dann solltest du daraus die Konsequenzen ziehen.

– Du willst, daß ich gehe?

– Ich will, daß du du selbst bist, Liebling.

– Sehr komisch. Warum bist du nicht du selbst?

– Ich bin es seit neuestem.

– Ach ja?

– Ich habe zu viele zerquetschte Gehirne gesehen. Eine geknackte Nuß nach der anderen. Das hat mich in bezug auf unsere Seele irgendwie ernüchtert. Ich bin ein empfindsamer Mensch.

– Du empfindest überhaupt nichts. Du hast nichts für Gott empfunden, und du empfindest nichts für mich. Mein einziger Trost ist, daß du vermutlich auch nichts für deine Büroschlampe empfindest.

Isoliert steht er da, das Whiskyglas in der Hand. Seine schnelle anpassungsfähige Art, unbrauchbar für den Streit. Er klopft gegen die Baumattrappe: ein helles körperloses Geräusch, weil dem Stamm die Masse von echtem Holz fehlt.

– Du ziehst unser Leben in den Dreck, sagt er abfällig. Was glaubst du, was die Kinder in der Schule zu hören bekommen werden, wenn sich die Sache mit diesem idiotischen Ding hier herumspricht? »Hey, super! – Eure Mama macht euren Papa fertig, hä …«

Marthe braust auf: Ich lasse mich nicht erpressen. Du bist unerträglich!

– Schon gut, beruhige dich. Du weckst die Kinder auf.

Er dreht sich zur Treppe. Die Schwerfälligkeit, mit der er über die verstreut auf dem Boden herumliegenden Spielzeugautos steigt: Man sieht, daß er getrunken hat. Doch ist deutlich, daß er das Bedürfnis hat, als Sieger vom Platz zu gehen, souverän und emotional unverletzt, aufrecht, weswegen er den Blick vom Boden hebt, sich überschätzend nach all dem Whisky, und er übersieht eins der Modellautos, einen Porsche, den er einen Moment lang unter seiner

Schuhsohle begräbt. Dann fliegt sein linkes Bein nach hinten weg, und für Bruchteile von Sekunden scheint er zu schweben, über dem Treppenabgang, in einer kurzzeitigen Balance aller physikalischen Kräfte.

Marthe schreit auf, Winfried stürzt polternd die Treppe hinunter, und der Porsche prallt mit einem hellen Deng gegen die Atelierverglasung. Dann ist es still, eine Sekunde lang oder dreißig.

Ich erinnere mich in schlaglichtartiger Weise an diese Dinge: Marthe, die aufspringt, die Treppe hinunterstürmt und sich über Winfried beugt, der bewußtlos daliegt, auf dem Rücken, sonderbar ordentlich und unversehrt angesichts des vorausgegangenen Sturzes.

Irgendwann müssen auch die Kinder wach geworden sein. Auf einmal sehe ich sie neben dem reglosen Körper ihres Vaters stehen, und ich höre Florian, den älteren, immer wieder fragen: »Ist er tot? Ist er jetzt tot?« Und Philipp, der jüngere, schluchzt und hört gar nicht mehr auf zu schluchzen, als wäre es so.

Dann Marthes Suche nach dem Telefonhörer oder ihrem Mobiltelefon oder Winfrieds Mobiltelefon oder dem Hörer des Zweitanschlusses: ihre wütenden hysterischen Flüche, während sie (fatale Folge der Drahtlosigkeit) durchs Haus rennt. Ihre haßerfüllten Tiraden über Telefonhörer und die ewig stumme, brutale Indolenz von Dingen.

Sonderbarerweise habe ich in all diesen langen Minuten nie gedacht, etwas Unvorstellbares wie ein tödlicher Unfall könnte geschehen sein. Ich ertastete Winfrieds Puls, der mir (ich verstehe nicht das geringste davon) irgendwie »stabil« vorkam.

Ich dachte merkwürdige Dinge dabei. Zum Beispiel dachte ich an mein Notebook, auf dem ich morgens meinen Lauf zum Rhein festgehalten hatte, und plötzlich fiel mir ein, daß ich es danach nicht abgeschaltet hatte und daß es möglicherweise auch nicht ans Stromnetz angeschlossen war und der Akku also leer sein könnte und ich all das, was soeben geschah, nicht würde aufschreiben können. Dann fiel mir aus irgendeinem rätselhaften Grund jener in Tübingen über dem Neckar schwebende Spruch ein: »Hölderlin ist nicht verrückt gewesen«, an dem ich eine Zeitlang Morgen für Morgen vorbeigegangen bin. Und ich dachte (als Marthe endlich telefonierte), mit einem alten Tischtelefon wäre mein Schwager längst gerettet gewesen, während ihn die vorhandene Überfülle an Kommunikationsmöglichkeiten beinahe das Leben gekostet hätte.

Irgendwann wurde er ins Krankenhaus gebracht: Ich erinnere mich daran, wie er schließlich auf eine Bahre gehievt und sein Kopf mit einer weißen Nackenmanschette fixiert und darüber hinaus mit einem über die Stirn geschnallten Band festgezurrt wurde, so daß er wie ein Indianer auf dem Weg in die ewigen Jagdgründe aussah, als man ihn schaukelnd aus dem Haus trug, irgendeiner Notaufnahmestation dort draußen entgegen.

Zuletzt sehe ich Marthe hinter dem Steuer ihres Wagens sitzen: eine ausdruckslose Silhouette im schwachen Pergamentlicht irgendeiner entfernten Neonlaterne. Auf dem Rücksitz die beiden Kinder, die nicht mehr von ihrer Seite hatten weichen wollen. Der marineblaue fabrikneue Ford Minivan, der eckig und überhastet auf die Straße dreht, dem Krankenwagen folgend, dessen Hecktüren sich vor wenigen Minuten geschlossen haben. Ich glaube, es war ebenfalls ein Ford. Und im nächtlichen Dunkel des Wohngebiets hatte der Rettungswagen mit seinen rundum brennenden Lichtern und seiner Signallackierung eine sonderbar unpassende Jahrmarktslebendigkeit ausgestrahlt.

Zu Beginn dieses Jahres, also in den ersten Wochen von Ellens Schwangerschaft bis zu den Ereignissen Ende Februar, war ich zumeist in Deutschland und bin nur ab und an nach Frankreich zurückgekehrt, um dort anstehende Arbeiten zu erledigen und bestimmte Beobachtungen durchzuführen, die für Lozki und mich unverzichtbar waren.

Seit ein paar Jahren beschäftigt mich ein sonnenähnlicher, rund hundertsechzig Lichtjahre entfernter, namenloser Hauptreihenstern, für den es lediglich die astronomische Katalognummer HD 206332 gibt. Laut Datenbank des *Centre des Données astronomiques de Strasbourg* hat er im Rahmen von ein paar Himmelsdurchmusterungen erst dreimal in wenig aufsehenerregenden Publikationen Erwähnung gefunden. Meine Messungen mit dem verbesserten Elodie-Spektrographen am 193cm-Teleskop in Manosque ließen aber den Schluß zu, daß er möglicherweise von einem Begleiter umkreist wurde, einem Planeten mit geringer Masse, wie man ihn bisher außerhalb des Sonnensystems noch nicht beobachtet hat. Außer mit Lozki hatte ich bis dahin mit niemandem über die Sache geredet, denn es bestand die Gefahr, daß andere versucht hätten, uns bei seinem Nachweis (und also bei dem, was man als bedeutende Entdeckung bezeichnen darf) zuvorzukommen. Endgültige Klarheit über die Existenz oder Nichtexistenz des

Planenten erhofften wir uns von einer Beobachtungsreihe, die wir in der Nacht vom 27. auf den 28. Februar hätten durchführen müssen, um erfolgreich zu sein – aber es kam eben anders.

Während der langen Autofahrten von Manosque zum Fernstein und zurück hatte ich viel Zeit, über Ellen und mich nachzudenken. Ich bemühte mich, die Dinge so nüchtern wie möglich zu betrachten. Es wäre (sagte ich mir) Irrwitz, das Verharren in uneingeschränkter (kinderloser) Individualität über die biologische Kontinuität des Lebendigen zu stellen. Man würde sich selbst zum Endpunkt einer Linie machen, zu einem singulären, folgenlosen Fall. Es wäre, als wollte man als Individuum in Wahrheit verschwinden.

Natürlich ging es mir durch den Kopf, ob sich hinter meinem Wunsch, in der Astronomie eine Entdeckung von tragender Bedeutung zu machen, psychologisch nicht das Bedürfnis verbarg, etwas Bleibendes zu hinterlassen. Ob also ein sublimierter Zeugungswunsch Motor meines wissenschaftlichen Ehrgeizes war. Aber ich stehe solchem (scheinbar evidenten) Psychologisieren skeptisch gegenüber. Unser Unbewußtes ist zu komplex und vielfältig, um wirklich durchschaubar zu sein. Unter Berücksichtigung aller gesellschaftlichen Zwänge, der persönlichen Sehnsüchte und evolutionären Imperative werden alle Erklärungen eines bestimmten individuellen Verhaltens im Grunde beliebig. Je mehr Faktoren man auf der Liste hat, um so größer ist auch die Wahrscheinlichkeit, daß es einem gelingt, aus ihnen ein gemeinsames Vielfaches zu konstruieren.

Einmal, Ende Januar, schlug Ellen vor, Ski zu fahren.

– Solltest du denn jetzt Ski fahren?, fragte ich mit Rücksicht auf ihre Schwangerschaft.

Sie erklärte: Ich fahre Ski, wie andere spazierengehen. Mach dir keine Gedanken.

Der Morgen, als wir uns in ihren Wagen setzten und losgefahren sind: Himmel und Erde im Wettstreit um höchsten Glanz und Reinheit. Lichtfäden, die sich zwischen den verschneiten Tannen verfangen, als wäre der Winter ein Webrahmen.

Wir hatten zwei Zimmer in einem Hotel gebucht, eins für uns und eins für Ellens Söhne Sven und Moritz, um die wir uns nicht zu kümmern brauchten, weil sie dort praktisch zu Hause waren, wie sie sagte.

Irgendwann standen wir zusammengepfercht mit sechzig oder siebzig Skifahrern in der Seilbahnkabine und wurden gegeneinandergepreßt. Ellen mit einer jener Sonnenbrillen, wie sie zum Skifahren derzeit in Mode sind, um den Kopf herum bis zu den Schläfen gebogen und goldbraun verspiegelt; statt ihrer Augen sah ich nur mich. Jedoch: Ihr Körper, irgendwo hinter dem Gewebehorizont aus Pullovern, Schals und Thermojacken. Und auf einmal fühlte ich mich wohl, trotz des indiskutablen Gedränges.

Sie fuhr (sie fährt) perfekt.

Genaugenommen ist Skifahren ein Dialog mit den Naturgesetzen. Der Winkel zum Gefälle als Steuerungsgröße für den in Fahrtrichtung wirkenden Betrag der Gravitationskraft. Dann die Gewichtsverlagerung zur Kurvenfahrt: Belastung des Außenskis, damit dieser sich durchbiegt. Die gekrümmten Kanten, die einen Bogen in den Schnee schneiden. Und schließlich: Reibungswiderstand und Kurvenradius als weitere Steuerungselemente zur Kontrolle der Abfahrtsgeschwindigkeit.

Alles in allem keine Hexerei, sage ich mir immer.

Ellens Fahrt auf dem weißen Hang: ein virtuoses Gleiten durch den Raum der wirkenden Kräfte, fließend und rhythmisch, als würde sie in einer unsichtbaren, leicht schaukelnden Sänfte hinabgetragen. Die Mühelosigkeit ihres Stils: Alle Energie, die sie zum Fahren brauchte, spendete ihr die Physik. Sie jonglierte mit einer Handvoll von Gleichungen, ohne je eine gelöst zu haben.

Ich war noch kaum Ski gefahren bisher, zwei- oder dreimal vielleicht. Ellen winkte mir mit einem ihrer Skistöcke zu, der innerhalb von Sekunden so klein geworden war wie ein Streichholz. Die klare Luft und das blendende Weiß des Hangs. Alles, was zwischen uns stand, war das unsichtbare Netz der Naturgesetze.

Ich dachte: Es ist alles Physik! – und stieß mich ab.

Meine Fahrt war eine Katastrophe. Alles, was ich zuwege brachte, war hölzerne Sturzvermeidung, ein verzweifeltes Ankämpfen gegen die nackte Beschleunigung. Niedergeschlagen und mit schmerzenden Knien kam ich bei Ellen an.

Ihre Bemerkung, für jemanden, der noch kaum auf Skiern gestanden habe, hätte ich mich gar nicht so schlecht geschlagen. Ich bedankte mich, auch wenn jedes Lob bei einem derartigen Abstand der Fähigkeiten nur pflichtschuldige Höflichkeit ist. Dann segelte sie wieder davon, sich wiegend auf der sanften Dünung der Gravitation. Und ich sah: Das Leben in ihrem Leib war wohlbehütet.

Mittags saßen wir im Freien auf der Terrasse einer der

Berghütten und tranken Wein. Ich trank auch, weil ich dachte, daß es keine Rolle spielte, entweder würde ich den Tag ohne Knochenbrüche überstehen oder nicht. Aber Ellen hielt sich zurück, wie ich irgendwann feststellte, und ich gewann sogar den Eindruck, daß sie das Glas nur gelegentlich an die Lippen führte, um mir nicht das Gefühl zu geben, allein zu trinken. Sonst war ich es, der nicht trank, und jetzt sie – und auf einmal wünschte ich mir, all das wäre nicht so kompliziert gewesen.

Die Farben dort oben: Ellen mit ihrer goldbraun verspiegelten Sonnenbrille und ihren dunklen, vom Fahrtwind versponnenen Haaren. Dann die Menschen um uns herum, leuchtend und plastisch, als betrachte man die Welt in einem riesigen polierten Spiegel. Und über allem der Geruch des in der Mittagssonne schmelzenden Schnees.

Nachmittags zogen von Südwesten her Wolken heran, und alle Konturen und Kontraste verschwammen in einem einheitlichen Weiß. Für Ellen kein Thema: Sie durchfuhr den Lichtbrei ebenso elegant wie vorher den Sonnenglast.

Im Grunde war es auch für mich kein Thema: Ich konnte nicht noch schlechter fahren. Einmal stürzte ich kurz vor der Station eines Schlepplifts. Es war mir unangenehm, vor Ellen so zu versagen. Außerdem gelang es mir danach nicht mehr, den rechten Ski anzuziehen, weil die Bindung nicht mehr einrasten wollte. Ellen klopfte den Schnee von meinen Schuhsohlen, was aber nicht half, die Bindungsmechanik war hinüber.

Schließlich sagte sie: Du wirst auf *einem* Ski weiterfahren müssen.

– Sehr komisch, kommentierte ich ihren Vorschlag.

189

Um zurück ins Dorf zu kommen, mußten wir auf irgendeine Weise wieder nach oben.

– Du kannst dich im Lift auf meine Skier stellen, sagte sie. Wir fahren dann zu zweit hoch.

– Geht das denn?

– Als Kinder haben wir's oft so gemacht. Einfach zum Vergnügen.

Was blieb mir schon übrig?

– Wenn ich in der Spur stehe, muß es schnell gehen, instruierte sie mich.

Ich habe Schlepplifte immer sonderbar gefunden: Man hängt wie ein Fisch am Haken und läßt sich nach oben ziehen.

Schließlich waren wir an der Reihe. Ellen stellte sich in die Liftbahn, und ich versuchte, meine schweren Schuhe auf ihren Skiern zu plazieren. Als ich einigermaßen stand, umfaßte sie mich von hinten mit dem rechten Arm, fing mit dem linken den Bügel, und wir ruckten vorwärts. Mein Körper wurde durch die Beschleunigung gegen ihren gepreßt, und ich hatte Angst, sie zu erdrücken. Doch immerhin: Es funktionierte.

Ihre Stimme, so nah an meinem Ohr, als sie sagte: Siehst du, es geht! Aber mach dich nicht so steif wie ein Brett. Du mußt dich entspannen. Das Geheimnis ist: Man fährt mit dem *Körper* Ski und nicht mit dem Kopf. Wenn du es kannst, ist es wunderbar. Du läßt dich fallen, und doch stürzt du nicht. Beim Skifahren ist alles anders. Auf einmal bist du nur noch du selbst. Oder niemand mehr. Du bist einfach frei!

Ich nickte und versuchte, locker zu sein.

– Liebst du mich?, flüsterte sie in mein Ohr.

– Ich liebe dich, sagte ich in die weiße, kalt gewordene Luft hinein, weil ich es nicht wagte, mich umzudrehen.

Auf dem letzten Stück, dem steilsten, brach unsere fragile Transportkonstruktion zusammen. Ich rutschte zur Seite weg, und auf einmal lagen wir nebeneinander im Schnee. Wir lachten, weil es komisch war, dort zu liegen, so kurz vor dem Ziel. Vielleicht lachten wir auch, weil in diesen Sekunden alles andere keine Rolle spielte und dieser kleine Unfall etwas wirklich Gemeinsames war. Wir lachten, weil wir wußten, daß wir diese Sekunden nicht mehr vergessen würden; wir hatten sie aus der Vergänglichkeit befreit. Und über uns brach die Wintersonne durch die weißen Wolken, blaß wie Wachs und wunderschön.

Im Hotelzimmer froren wir, weil der in unsere Kleidung gedrungene Schnee geschmolzen war. Ellen duschte, daß es dampfte. Danach kam sie in ein Handtuch gewickelt ins Zimmer, und ich umarmte sie, weil ich mich ihr nah fühlte. Doch dann spürte ich, daß sie weinte.

Natürlich wußte ich, warum.

Ich sagte: Ich will das Kind.

Sie schüttelte den Kopf: Das geht doch nicht.

Ich sagte: Wir finden einen Weg.

– Hör doch auf, Frank, sagte sie. Es gibt keinen Weg. Hör auf, über Wege nachzudenken, sondern bleib hier oder geh. Worauf wartest du denn? Was wird sich in einer Woche denn geändert haben, in einem Monat, in einem Jahr? Ich will nicht mehr nachdenken. Wir sind zu alt. Wir haben keine Zeit mehr zum Nachdenken.

Sie sprach leise, ohne sich aus meiner Umarmung zu

lösen. Wir standen dort in der Mitte des Hotelzimmers, müde vom Tag. Draußen hatte es begonnen zu schneien. Und auf einmal kam es mir vor, als drehte sich mein Leben im Kreis.

Einmal war ich mit Simon in Südfrankreich, genauer gesagt in Aix-en-Provence, und dort lernten wir Nadine kennen. Zu dritt badeten wir nackt in einem See, an dessen Farbe ich mich noch präzise erinnere, ein glattes dichtes Türkis, so dicht wie Milch. Unsere hellhäutige Nacktheit in der gleißenden Sonne erschien uns sehr natürlich und entsprach zudem gewissen Prinzipien der Zeit und unserer Generation: dem Glauben an das unmittelbare Erleben und die Überwindung der Regeln und Konventionen, der kleinfamiliären Gefängnisse und bürgerlichen Verengungen. Wir haben viel über diese Dinge gesprochen, aber die Vorstellung, daß wir – Simon, Nadine und ich – uns sozusagen in einem Akt angewandter Regelüberwindung und Freizügigkeit zu dritt lieben könnten, wäre mir absurd erschienen. Ich wollte Nadine, und ich fand heraus, daß sie mich auch wollte. Irgendwann liebten wir uns, und wir waren in einem guten Alter für die körperliche Liebe, vielleicht dem besten dafür überhaupt. Man weiß ein paar Dinge darüber, nicht viel, aber auch nicht zuwenig. Wir liebten uns, sooft es ging, aber all das dauerte tatsächlich nur eine Woche, und hinterher hatte ich brennende Sehnsucht.

Ich weiß nicht, warum ich nie auf den Gedanken gekommen bin, nach Frankreich zu gehen (wie ich es zehn Jahre danach getan habe) oder Nadine anzuflehen, nach Deutschland zu kommen. Ich könnte behaupten, es sei klug gewesen, es nicht getan zu haben, denn natürlich hätten wir uns nie wieder so lieben können wie in dieser Woche, die uns in den Schoß gefallen war. Aber es war doch eher Verzagtheit, etwas in meinem Wesen war verzagt oder mißtraute der eigenen Jugend – so jedenfalls würde ich es heute sagen.

Vielleicht wäre Simon in diesem Punkt anders gewesen oder ganz sicher sogar. Er hätte versucht, das Unfaßbare festzuhalten, und es wäre ihm vielleicht sogar gelungen. Das war der Unterschied zwischen uns: Er hätte seinen Traum, wenn auch entzaubert, stets vor Augen gehabt; mir dagegen blieb der Zauber ohne die Realität.

Offizielle Leser dieser Zeilen! – Das Universum ist ein Labor der Extreme. Nirgendwo sonst findet man derart infernalische Temperaturen, nirgendwo sonst ist Materie so dichtgepackt oder dünngesät wie dort, nirgendwo sonst herrscht die nackte Physik. Was anderes also sind Sternwarten, als konsequente Außenposten der Rationalität und unseres Strebens nach Wissen, folgerichtige Erweiterungen unseres Grundbedürfnisses zu erkennen und zu erfassen, was uns umgibt, um klüger beziehungsweise vernünftiger zu werden?

Mir ist bewußt: das klingt abstrakt. Deswegen liebe ich auch meine Astronomen-Kollegen, die sich, versponnen in ihre kosmologischen Gedankensysteme, doch nur danach sehnen, einmal über den Tellerrand unseres winzigen Planeten hinauszukommen, auf den uns irgendein Zufall verschlagen hat. Sie sind die einzigen, mit denen ich über gewisse Dinge nachdenken kann, ohne sogleich für sonderbar gehalten zu werden. Mit ihnen zusammen klammere ich mich an die Hoffnung, daß es irgendwo dort draußen etwas gibt, das unsere kleinlichen irdischen Interessen übersteigt.

Gestatten Sie uns also unsere >Planetopoly<-Marotte! Gestatten Sie uns, den gefürchteten Roten Fleck auf dem Jupiter zu kaufen, der vermutlich ein Taifun ist und also für Raumschiffe ziemlich ungemütlich, oder mit Phobos oder Deimos einen der beiden gespenstischen kartoffelförmigen Marsmonde zur Basis unserer hochfliegenden Terraforming- und Besiedelungspläne zu machen.

Lachen Sie nicht! Sind Sie wirklich sicher, daß wir für immer hier auf der Erde werden bleiben können? Die Durchschnittstemperaturen auf dem Fernstein beispielsweise entsprechen denen am Nordkap, was auf einem Berggipfel noch angehen mag – aber was, wenn eine neue Eiszeit ganz Mitteleuropa in einen Kühlschrank verwandelt? Glauben Sie, daß man uns in Kenia oder im Tschad mit offenen Armen empfangen wird? Und es gibt nicht ein einziges astronomisches oder meteorologisches Argument, das dafür spricht, daß die hinter uns liegende Eiszeit die letzte in der Klimageschichte der Erde gewesen sein könnte.

Sie mögen diese Belehrung als arrogant empfinden, und ich bin durchaus bereit zuzugeben, daß möglicherweise eine bestimmte wissenschaftliche Grundkränkung meinerseits die Ursache für meinen dozierenden Ton ist: Astronomisches Basiswissen ist nämlich nicht gerade weit verbreitet. Es gibt auf dem Fernstein eine Hitliste der dümmsten Fragen, deren vordere Plätze von gelegentlichen Besuchergruppen in schöner Regelmäßigkeit um ein paar Schmuckstücke erweitert werden. Derzeitiger Spitzenreiter: Sind die Sterne vor oder hinter den Wolken?

Wie auch immer – wahr ist: Man gewinnt heutzutage nicht viel, wenn man nach dem Zusammenhang der Dinge fragt, aber ich habe es mir nie wirklich abgewöhnen können. Zum Beispiel frage ich mich, ob nicht auch wir Menschen ein Labor der Extreme sind? Emotionale Versuchsanordnungen zur Erzeugung maximalen Schmerzes? Was sind emotionale Eruptionen anderes als Kernschmelzen? Irgend etwas in uns zerbricht und gibt qualvolle Strahlungsdosen von Gefühlen frei.

Mir ist bewußt: Als (ehemaliger) Psychiatriepatient bildet man sich eine Menge Dinge von zweifelhafter Realität ein. Doch aus irgendeinem Grund weigere ich mich bis heute, Lozki für verrückt zu halten. Es kann nicht prinzipiell krank genannt werden, von irgendeiner Idee besessen zu sein, die kein Mensch versteht. Man kann an die Humanität glauben und zur Seelenreinigung in die Wüste gehen, und wahrscheinlich ist das nicht krank. Sonst könnte man es auch als krank bezeichnen, ein Stück wie *Four Walls* zu komponieren, das gewiß auf der ganzen Welt von nicht mehr als einer Handvoll Menschen gelegentlich gehört wird. John Cage verrückt?

Meine Damen und Herren, mir ist bewußt, daß diese Aufzeichnungen in Ihren Augen ungenügend sind. Sie sind fragmentarisch, unlogisch und unter den für Sie relevanten Gesichtspunkten ganz und gar unbrauchbar. Doch schreibe ich diese Sätze in meinem Kinderzimmer, meinem Abenteuergeschichtenzimmer – möglicherweise sollten Sie das bei der Lektüre bedenken. Wenn ich das Fenster öffne, höre ich das gleichmäßige Tuckern der Frachtkähne auf dem Rhein, so wie ich es kenne. Das Geräusch wird in einem langgezogenen kaum merklichen Rhythmus lauter und leiser. Wasser bettet alles, was aus ihm hervorgeht, in verschiedenste Wellenmuster, in weiche Modulationen oder nervös plätschernde Uferunruhe. Nichts ist so, wie es ist; alles, was wir erfahren können, ist durch etwas anderes geformt.

Heute war ich in Brüssel und habe mich mit Simon und einem gewissen Dr. Ole Landgräber getroffen, der bei der Untersuchung des Fernstein-Desasters offenbar eine zentrale Rolle spielt. Zugegeben: Ich frage mich gelegentlich, ob die Rituale der Demokratie – all die Unterredungen, Kontrollvorgänge oder Regierungserklärungen – wirklich noch konstituierend sind für die Form, in der wir leben. Ich frage mich, ob sie das hervorbringen (oder schützen), was wir individuelle Freiheit nennen und was, soweit es mich betrifft, auch Freiheit ist. Gefragt, wann ich zum letzten Mal das Gefühl gehabt habe, gegen meinen Willen gehandelt zu haben oder zu irgend etwas gezwungen gewesen zu sein, müßte ich passen. Ich bin ein freier Mensch, aber bin ich ein glücklicher Mensch?

Da ich meinen schriftlichen Bericht noch nicht vorgelegt habe, die Untersuchung aber in Kürze abgeschlossen werden soll, bin ich der Ladung nach Brüssel gefolgt, um mündlich zu Protokoll zu geben, was ich in der Fernstein-Sache zu sagen habe.

Schweigend begleitete ich Simon durch die fensterlosen Gänge eines Verwaltungsgebäudes, dessen sterile Fluoreszenz den uns entgegenkommenden EU-Beamten auf den Gesichtern klebte. Männer von Magrittescher Ununterscheidbarkeit und Frauen ohne spezifische geschlechtliche Aura. Dann öffnete Simon eine Tür, und wir betraten ein schmuckloses Büro, in dem jener Dr. Landgräber residierte, der also die Untersuchung leitete.

Durch die Art, wie die beiden, Simon und Landgräber, sich per Handschlag begrüßten, in einer servilen geölten Weise, in der noch eine gewisse neutrale Förmlichkeit erkennbar war, jedoch nur als Relikt, als ursprüngliches Verhaltensmaterial, aus dem sich im Laufe der Zeit der Ausdruck einer gewissen inhaltsleeren Wertschätzung geformt hatte, begriff ich, wie schwach meine Verbindung zu Simon längst geworden war. Wie ein reaktionsfreudiges Atom, das in einer geeigneten chemischen Umgebung sogleich den molekularen Partner wechselt und auf diese Weise das anfängliche Stoffgemenge in seiner Zusammensetzung strukturell modifiziert, hatte er mit seiner Begrüßung Landgräbers innerhalb von wenigen Sekunden meine Lage in ungünstiger Weise verändert: Das Gespräch, von ihm am Telefon zumeist als »reine Formalie« bezeichnet, nahm unterschwellig den Charakter eines Verhörs an.

Wir setzten uns, und drei Tassen Kaffee, Zucker und Milch, hereingebracht von einer Angestellten aus dem Nebenzimmer, wurden vor uns auf dem Tisch gestellt. Landgräber legte zudem ein blaßblau geheftetes Dossier daneben und eröffnete ohne größere Vorrede die Befragung, indem er sich an mich, Frank Zweig, den Astronomen, wohnhaft in St. Ciolles im Departement Alpes-de-Haute-Provence – das sei ich doch? –, wandte und zunächst anmerkte, daß ich ja gewiß nichts dagegen einzuwenden hätte, wenn ein Band mitlaufe, um meine Aussage für den zu erstellenden Bericht aufzuzeichnen.

Ohne meine Zustimmung abzuwarten, schaltete er einen kleinen Recorder ein und sagte dann: Herr Zweig, wie uns zu Ohren gekommen ist, haben Sie vor kurzem Adam Lozki in der Psychiatrie besucht. Nun, wie geht es ihm denn?

Ich überlegte, ob ich gegen die Aufzeichnung meiner Aussage protestieren sollte, ließ es aber und antwortete schließlich: Nicht besonders.

– Sie waren erschüttert?

– Nein, sagte ich, ich war nicht erschüttert.

– Aber ich nehme an, die Begegnung ist Ihnen nahegegangen.

– Nein, sagte ich, die Begegnung ist mir nicht nahegegangen.

– Ach?

– Ich habe mir über Lozkis Zustand keine Illusionen gemacht.

– Ja wirklich, sehr unerfreulich das Ganze, sagte Landgräber und nickte. Er war ein gebräunter Fünfzigjähriger mit vollem silbrigem Haar und einem federballschlägerförmigen Gesicht, wie um alles, was man ihm sagte, prompt zu retournieren. Während er sprach, drückte er hin und wieder seine Fingerkuppen gespreizt auf die Tischplatte, so daß mal rechts ein Ehe- und mal links ein Siegelring aufblitzte. Offenbar war er einer jener insgesamt eher seltenen Physiker, die auf ihr Erscheinungsbild größten Wert legen – wenn er denn überhaupt Physiker war. Vermutlich war er es nicht, dachte ich.

Er sagte: Sie haben Lozki ja recht gut gekannt und eine Zeitlang mit ihm zusammengearbeitet.

– Auch das ist falsch, erklärte ich kurzerhand. Es war

gar nicht möglich, mit Lozki zusammenzuarbeiten. Es gab keine rationale Basis, auf der wir hätten zusammenarbeiten können.

Überrascht sagte er: Ist die Suche nach intelligentem Leben im Weltraum keine rationale Basis?

Ich schüttelte den Kopf: Die Suche nach intelligentem Leben im Weltraum ist eine Illusion.

– Das verstehe ich nicht. Sie sind Physiker, und ich glaube nicht, daß Sie sich als solcher einer Illusion hingeben.

Seine Art war zugleich seifig und insistierend aggressiv. Irgend etwas trieb mich dazu, ihm zu widersprechen, ganz gleich, was er von sich gab, und ich sagte: Die gesamte Physik ist eine Illusion.

Das wunderte ihn allerdings: Eine Illusion? Das ist ein ungewöhnlicher Standpunkt.

– Für mich nicht so sehr, sagte ich. Ich bin überzeugt, aus Ihren Unterlagen geht hervor, daß ich kurz nach Abschluß meines Studiums für ein paar Monate als Patient psychiatrisch beobachtet wurde.

Er nickte bedächtig: Nun, in der Tat, über diese Information verfügen wir. Es ist aber …

– Sie können mir also einen ungewöhnlichen Standpunkt zubilligen, schnitt ich ihm das Wort ab.

Simon schwieg die ganze Zeit über. Ich hatte erwartet, daß er meine Äußerungen zumindest artikulatorisch – durch gelegentliches Nicken beispielsweise – unterstützen würde. Statt dessen stierte er mit leerem Blick auf irgendeinen Punkt des Raums, und sein Gesicht hatte den etwas schlaffen Ausdruck eines geduldig sich langweilenden Theaterabonnenten.

Landgräber ließ sich von mir nicht provozieren: Gewiß, gewiß, sagte er gelassen, ich billige Ihnen jeden Standpunkt zu, der Ihnen einleuchtet. Ich kann Ihnen aber nicht zubilligen, sich dem Zweck dieser Befragung zu entziehen. Und wir sind nun einmal nicht hier, um die Gültigkeitsgrenze der Naturgesetze zu debattieren, sondern um Licht in eine bestimmte, sehr unerfreuliche Angelegenheit zu bringen.

– Lozkis Zustand, widersprach ich ihm, ist von dem, was Sie die Gültigkeitsgrenze der Naturgesetze nennen, nicht zu trennen. Er ist Kosmologe. Haben Sie sich je mit seinen Publikationen beschäftigt?

Er blätterte sein Dossier auf, ohne allerdings einen Blick hineinzuwerfen, und sagte: Meines Wissens sind seine Zeugnisse einwandfrei.

– Meine Zeugnisse sind auch einwandfrei, konnte ich mir nicht verkneifen anzumerken, und dennoch habe ich, wie schon gesagt, einige Zeit unter professioneller psychiatrischer Beobachtung gestanden. Wenn Sie verstehen wollen, was auf dem Fernstein geschehen ist, müssen Sie versuchen, Lozki zu verstehen.

Er legte das Dossier zurück auf den Tisch: Nun gut, helfen Sie uns. Was wollte Lozki?

– Er wollte frei sein.

– Das möchten wir alle. Offenbar hatte Lozkis Freiheitsdrang aber recht destruktive Züge.

– Finden Sie?

– Etwa nicht? Was verstand er denn unter Freiheit? Die Unabhängigkeit von gesellschaftlichen Konventionen?

– Die Gesellschaft hat Lozki überhaupt nicht interessiert.

– Also gut: *Wovon* wollte er sich befreien?

– Von den Naturgesetzen.

Landgräber trank einen Schluck Kaffee. Das Gespräch lief nicht so, wie er es sich vorgestellt hatte, aber er ließ sich nicht aus der Ruhe bringen. Nach einer kurzen Pause sagte er: Ich weiß nicht, wohin uns das führt, aber meinetwegen: Erklären Sie uns, was in Lozki vorging.

Ich war mir nicht sicher, ob es mir zustand, als Lozkis Anwalt aufzutreten, doch wer sonst wäre dafür in Frage gekommen?

– Für Lozki, sagte ich, waren die Naturgesetze eine Täuschung, eine Illusion, ein vorcartesianischer Irrtum. Nicht das Sein ist aus seiner – und aus Descartes' – Sicht gewiß, sondern allein das Denken. Die ganze Welt, alles, was wir sehen, ist in Wahrheit nur ein komplexer Inhalt unseres Denkens. Es ist, wie eine genaue Analyse der Dinge zeigt, sogar unmöglich zu beweisen, daß außerhalb unseres Denkens überhaupt etwas existiert, denn auch dieser Beweis wäre ja wieder nur ein Teil unseres Denkens. Zu glauben, wir hätten es bei dem, was um uns herum oder mit uns geschieht, mit äußeren Umständen zu tun, mit Schicksal, sozialen Kräften, den unbegreiflichen Ratschlüssen höherer Mächte oder mit der kalten seelenlosen Mechanik von Naturgesetzen, ist sowohl philosophisch naiv als auch menschlich unwürdig. Wir wären Marionetten oder Spieluhren. Wenn wir aber frei sind, liegt alles in unserer Hand: sogar die Naturgesetze.

Landgräber hob seine silbermelierten Augenbrauen: Es überrascht mich, daß gerade Sie das sagen. Soweit ich weiß, gebieten die Gleichungen der Physik den Glauben an eine objektive Welt.

– Nein, sagte ich. Die Gleichungen der Physik gebieten, daß Materie tot ist und seelenlos und unabänderlichen Gesetzmäßigkeiten unterliegt. Die Physik besagt, daß die Welt eine riesige Maschine ist. Die Physik besagt genaugenommen, daß es uns als beseelte Menschen überhaupt nicht gibt. Daß unser Ich eine Illusion ist. Die Physik läßt uns nur die Wahl zwischen zwei Möglichkeiten: Entweder wir sind *nichts,* oder wir sind *alles.* Entweder sind wir tote Erscheinungsformen der Naturgesetze, oder wir *sind die Naturgesetze.* Wir *sind* die Physik. Wir sind die Welt, das Leben und der Tod. Wir sind die Liebe ebenso wie sämtliche Greueltaten. Es ist sonderbar, aber es stimmt: Unsere einzige Hoffnung, frei zu sein, bedeutet, daß wir schuldig sind.

– Das war es, was Lozki glaubte?

– Ja, ungefähr das hat er gedacht.

– Und Sie? Was denken Sie?

Wahrscheinlich hatte er mir nur zugehört, um mich in eine redselige Stimmung zu versetzen.

Ich sagte: Spielt das eine Rolle?

– Das müssen Sie entscheiden. Reden wir über diesen Abend und die Nacht vom 27. auf den 28. Februar auf dem Fernstein. Wenn ich das richtig sehe, hatte es dort zu diesem Zeitpunkt eine Woche lang ununterbrochen geschneit.

– Das ist richtig.

– Ihre beiden Kollegen, Farnreuter und Michaelis, haben die Station aus Sicherheitsgründen um … einen Moment … (er blätterte in seinem Dossier) … etwa gegen sechzehn Uhr verlassen. Sie dagegen sind geblieben.

– Es schien mir verfrüht, zu gehen.

– Es hatte schon mehrere kurze Stromausfälle gegeben.

– Was hätte geschehen können?, sagte ich. Schlimmstenfalls hätten wir dort oben eine Woche lang in Decken gewickelt ausharren müssen.

– Keine sehr schöne Aussicht.

– Aber auch kein zwingender Grund zu gehen.

– Zwei Stunden nach Ihren Kollegen hat Frau Paulsen die Station verlassen.

– Zwei Stunden? Mag sein.

– Und auch ihr wollten Sie sich nicht anschließen?

– Lozki war noch nicht bereit zu gehen.

– Natürlich, Lozki! Womit wir wieder beim Thema wären. (Effektvoll warf er das Dossier auf den Tisch. Offenbar war er der Meinung, lange genug herumgefackelt zu haben.) Soll ich Ihnen sagen, was ich denke? Sie bauen mit Lozki einen großen philosophischen Pappkameraden auf, um selbst nicht in die Schußlinie zu geraten. Sie sind nicht bereit, über sich und Ihr Verhalten zu reden.

– Warum sollte ich das tun?

– Warum? Weil Sie versagt haben.

– Versagt? Ich welcher Hinsicht?

– Ich werde es Ihnen sagen: Sie haben sich in der Nacht vom 27. auf den 28. Februar dieses Jahres auf dem Fernstein vollkommen unprofessionell verhalten. Die Situation im Observatorium ist Ihnen außer Kontrolle geraten. Es war absolut unverantwortlich von Ihnen, Lozki allein dort oben zurückzulassen. Denn aus dem, was Sie bisher gesagt haben, entnehme ich immerhin eins: Ihnen war vollkommen klar, daß Lozki als Person instabil war und daß ihn die Lage überfordert hat.

– Sie vergessen etwas: Ich war nicht sein Vormund.

– Ach, hören Sie doch auf! Es war leichtsinnig und unangemessen von Ihnen, einem mentalen Wackelkandidaten wie Lozki die Verantwortung für das Observatorium zu überlassen. Ihr Verhalten kostet den europäischen Steuerzahler drei Millionen Euro! Die Menschen dort draußen verdienen ihr Geld nicht mit kosmologischen Spekulationen, sondern mit harter Arbeit, und sie haben ein Recht darauf zu erfahren, was mit ihrem Geld geschieht. Das herauszufinden ist meine Aufgabe, und man erwartet von mir nachprüfbare Ergebnisse. Als Physiker sollte Ihnen das eigentlich einleuchten, aber wenn ich das richtig sehe, haben Sie in Ihrer Wissenschaft – ganz so wie Ihr geschätzter Lozki übrigens – bisher nichts als Vermutungen und Hypothesen zu Papier gebracht!

Ich sprang auf, kurz davor, ihn anzubrüllen. Um mir nicht die Blöße einer emotionalen Reaktion zu geben, ging ich zum Fenster und richtete meinen Blick eine Weile auf die fünf- oder sechsstöckigen funktionalen Bauten draußen. Sie waren nach dem mathematischen Prinzip quadratischer Blöcke und rechtwinkliger Straßenzüge angeordnet. In den Fenstern der Bürotürme spiegelten sich die pergamentweißen Wärmewolken so präzise, daß ich wieder an Magritte denken mußte.

Schließlich sagte ich: Was Sie behaupten, ist Unfug. Ich wiederhole, ich war *nicht* Lozkis Vormund. Ich war nicht in der Position, ihm irgendwelche Order zu erteilen.

Aber Landgräber (ich wußte es ja) hatte in all seiner beringten und gebräunten Eitelkeit natürlich recht. Ruhig (seine Aggressivität war nur ein Schachzug gewesen) sagte er: Das hätte Sie doch nicht gestört. Sie sind Physiker und ein vernünftiger Mensch. Normalerweise. Aber an diesem Abend war *nichts* normal, nicht wahr?

Ich drehte mich um: Was wollen Sie damit sagen?

– Hatten Sie ein Verhältnis mit Frau Paulsen?

– Wie bitte?

– Ich denke, Sie haben meine Frage verstanden.

– Was hat Frau Paulsen mit der Angelegenheit zu tun?

– Das hätte ich gerne von Ihnen gewußt.

– Wie Sie wollen: nichts.

– Nichts? Er machte eine Pause, und ich bemerkte einen kurzen Blickwechsel zwischen Simon und ihm. Dann fuhr er fort: Ich frage mich ganz einfach, was in Ihnen vorgegangen ist, nachdem Sie es abgelehnt hatten, Farnreuter und Michaelis ins Tal zu begleiten. Die Situation auf dem Berg war dramatisch: der Schnee, die andauernden technischen Ausfälle ... Aber könnte es nicht sein, daß Ihnen statt der Stationssicherheit ganz andere Dinge durch den Kopf gingen?

– Zum Beispiel?

– Zum Beispiel der Schwangerschaftsabbruch? Der tiefe Riß in Ihrer Beziehung zu Frau Paulsen? Ihre schmerzhafte Trennung an diesem Abend?

Jetzt brüllte ich ihn doch an: Was soll das! Woher wollen Sie das alles wissen?

Er zuckte mit den Schultern: Ist das von Bedeutung?

Ich war, wo er mich haben wollte, und er entspannte sich. In meiner Not wandte ich mich an Simon, der es die ganze Zeit über vermieden hatte, mich anzusehen.

– Sag mir, daß das alles nicht wahr ist.

Er hob die Schultern: Nun ja. So ist das Procedere.

– Das Procedere?! (Ich wurde wieder laut.) Was für ein verfluchtes Procedere!? Es hat sich bei dem, was auf dem Fernstein geschehen ist, zum Teufel noch mal nicht um ein Verbrechen gehandelt, Simon! Ihr könnt uns, Ellen und mich, nicht wie Kriminelle behandeln. Ihr könnt nicht einfach in unserem Privatleben herumschnüffeln, als wären wir potentielle Schwerverbrecher.

Er ging auf meinen Vorwurf nicht ein und sagte in nüchternem Ton: Tut mir leid.

Ich stand mitten im Raum, hatte nichts, wohinter ich mich hätte verschanzen können, keine Tischkante, kein Dossier.

Ich sagte: Was geschehen ist, war ein *Unfall*! Welches kriminelle Motiv könnte es wohl geben, eine *Sternwarte* zu zerstören!?

Landgräbers Beamtenfantasie produzierte auf der Stelle eine Antwort: Beispielsweise die Absicht, dem Besitzer eine neue zu verkaufen.

– Das ist nicht Ihr Ernst!

Er ließ sich nicht aus der Ruhe bringen: Herr Zweig, eine Untersuchung ist eine Untersuchung. Naturgemäß weiß man erst am Ende, was dabei herauskommt und ob die eingesetzten Mittel gerechtfertigt waren. Doch da Sie unseren Schlußfolgerungen, so wie ich die Sache sehe, nichts Substantielles entgegenzusetzen haben, scheinen mir Mittel und Zweck in diesem Fall in einem durchaus vertretbaren Verhältnis zueinander zu stehen.

Ich betrachtete ihn, seine unschlagbare Selbstgerechtigkeit.

206

Da ich nichts mehr sagte, fuhr er fort: Ich halte fürs Protokoll also fest, daß die Auseinandersetzung mit Frau Paulsen Sie derart aufgewühlt und aus dem Gleis geworfen hat, daß Sie nicht mehr in der Lage waren, rational zu handeln. Die emotionalen Belastungen – Vaterschaft, Schwangerschaftsabbruch, Trennung et cetera – haben Sie überfordert, und Sie haben die Kontrolle verloren. Nach Ihrem restlosen privaten Scheitern war es Ihnen gleichgültig, was aus der Station werden würde, und die Dinge nahmen ihren Lauf.

Er klappte das Dossier zu und legte es wieder vor sich auf den Tisch.

– Herr Zweig, ich bin mir im klaren darüber, daß Ihnen persönlich nicht gefällt, was ich soeben zu Protokoll gegeben habe, doch appelliere ich an Ihre wissenschaftlichen Instinkte. Bei unserer Untersuchung ist eine schlüssige Erklärung für das teure Desaster herausgekommen, und als Physiker sollten Sie mir immerhin soweit zustimmen, daß ein gültiges Resultat den Einsatz vielleicht nicht aller, aber doch der meisten Mittel rechtfertigt.

Was konnte ich noch sagen? Mich theatralisch aufzuführen ist nicht meine Art. Ich stellte mich wieder ans Fenster und blickte über die Stadt. Und auf einmal mußte ich an die grauschwarzen Befestigungsanlagen des Edinburgh Castle denken, auf denen ich vor langer Zeit einmal, irgendwann während des Studiums, herumspaziert war und von denen aus man ganz Edinburgh hatte überblicken können. Ich dachte an die alten Kanonen, die auf den Mauern dort zu besichtigen gewesen waren, so daß ich einen kurzen Berechnungsversuch über die Flugweite von Kanonengeschossen angestellt hatte und zu dem Ergebnis gelangt war, daß man wohl höchstens eines der kleinbürgerlichen Reihenhauswohngebiete hätte beschießen können, die man am Stadtrand sehen konnte, oder eine der Ausfallstraßen, auf denen sich der Verkehr staute. Und zu begreifen, daß der Einsatz dieser Kanonen von einer einstmals tödlichen Realität zu einer absurden Vorstellung geworden war, erfüllte mich, den Zwei- oder Dreiundzwanzigjährigen, mit dem Hochgefühl, in einer besseren Zeit zu leben als dem Mittelalter und überhaupt jeder anderen Epoche der Königreiche und des ständigen Gegeneinander-zu-Felde-Ziehens – in einer großen und weitgeöffneten Zeit.

Und jetzt, während ich diese Dinge notiere, denke ich: Vielleicht ist die Zeit ein Vorhang, der sich mit jedem Fehler, den man macht, ein wenig schließt. Es stimmt: Ich habe versagt. Ich war in jener Nacht nicht in der Lage, die Situation zu beherrschen. Die Situation hat mich beherrscht – es wäre sinnlos gewesen, es zu leugnen. Als Physiker ist es mir nicht möglich, etwas aufrechtzuerhalten, was nicht aufrechtzuerhalten ist. Physiker können nicht lügen.

Irgendwann stand ich mit Simon im Brüsseler Hauptbahnhof. Von den Bahnsteigüberdachungen wurde der Himmel in lange weiße Streifen geschnitten. Zugansagen hallten über die Gleise, und bei ihrem verzerrten Megaphonklang dachte ich an die Jahrmärkte meiner Kindheit. Ich dachte an die großen, einseitig aufgeklappten Tombolawagen mit ihrer unüberschaubaren Menge von bunten Gewinnen. Immer hatten wir eine Weile den krächzenden Mikrofonansagen des Conférenciers gelauscht, doch waren wir schlechte Loskäufer. Es gehörte zu jener unweigerlichen

Sorte von nie in Frage gestellten Familiengewißheiten, daß wir Zweigs im allgemeinen kein Losglück hatten. Und ich bin sonderbarerweise bis heute nicht frei davon, unterschwellig an die Gültigkeit dieser Regel zu glauben, die mir aufgrund meiner Herkunft das Spielglück verweigert, obgleich sie jeder statistischen Grundlage entbehrt.

Simon hatte etwas Gemeißeltes in seinem Anzug vor dem Hintergrund der sich reproduzierenden Gleise. Wir standen wie verwitternde Statuen auf dem Bahnsteig, und irgendwo ratterte eine der Anzeigetafeln dazu wie das Uhrwerk der Zeit selbst. Ich hätte mich gerne warmherziger verabschiedet von ihm, meinem ältesten Freund.

Wir füllten die Leere der sieben oder acht Minuten, die wir zu überbrücken hatten, mit einer Unterhaltung über die Unterschiede zwischen dem französischen TGV und dem deutschen ICE. Und während wir über die Vor- und Nachteile der beiden Hochgeschwindigkeitszüge sprachen, erkannte ich am westlichen Ende des Bahnhofs das ungerührte Cockpit-Gesicht des ›Thalys‹. Der Zug rollte an uns vorbei und kam zischend zum Stehen. Wir gaben uns die Hand, und ich bat Simon, Danielle, seine Frau, von mir zu grüßen und natürlich Nelli, seine engelsgleiche Tochter. Danach stieg ich ein, und kurz darauf schob sich die Waggontür vor das angedeutete Nicken, mit dem wir uns voneinander trennten.

Der auf meinem PC installierte Routenplaner schlägt von Manosque (St. Ciolles hat keinen Eintrag) zum Observatorium auf dem Fernstein drei mögliche Strecken vor: die kürzeste (844,3 Kilometer) führt via Mailand über das Engadin nach Deutschland und zwei schnellere und nahezu gleich lange von Mailand aus via Como und Bellinzona (948,4 Kilometer) oder alternativ über den Brenner (935,2 Kilometer).

Am 5. Februar rief Ellen mich am späten Nachmittag im Observatoire in Manosque an und sagte, sie müsse sich wegen einer ungewöhnlich starken Zwischenblutung in einem Krankenhaus untersuchen lassen. Sie sagte: Vielleicht verliere ich das Kind. Ich spürte den Schmerz dahinter, den sie mir nicht zeigen wollte. Vielleicht hat sie meiner Beteuerung, das Kind zu wollen, nie ganz getraut. Ich setzte mich kurz darauf in den Wagen und fuhr los. Als ich von der Avenue Jean Giono in die D 6 einbog, schwamm die niedrig stehende Sonne in einem Becken aus winterlichen Rosétönen.

Vorher hatte ich für zwanzig Minuten in der Internet-Fassung des *Merck Manual of Medical Information* unter *Women's Health Issues* die Kapitel *Menstrual Disorders and Abnormal Vaginal Bleeding, High-Risk Pregnancy* sowie *Drug Use During Pregnancy* überflogen. Es mag unmöglich sein, in so kurzer Zeit wesentliche Zusammenhänge zu erfassen, aber die Lektüre gab mir das Gefühl, wenigstens eine ungefähre Ahnung von dem zu haben, was möglicherweise geschehen war oder noch geschehen konnte.

Nur wenig Verkehr auf der Autobahn nach Sisteron: das Aufleuchten erster Scheinwerfer im Rückspiegel, die müde machende Gleichförmigkeit des Fahrens.

Mit dem größten unserer Teleskope in Manosque, dem 193cm-Spiegel, hatte ich in der vergangenen Nacht jenen unscheinbaren Stern mit der Katalognummer HD 206332 beobachtet, auf den Lozki und ich unsere Hoffnungen bei der Suche nach einer zweiten Erde gesetzt hatten. Die Meß-genauigkeit des verbesserten Elodie-Spektrographen liegt bei Radialgeschwindigkeiten von 30 cm/s, was bedeutet, daß Planeten von Erdgröße (bei geringer Bahnneigung) in der Nähe der Nachweisgrenze liegen. Und da es möglich ist, die nachts gewonnenen Rohdaten tagsüber auszuwerten, hatte ich vierundzwanzig Stunden nicht geschlafen.

Ich dachte an Ellen und an das, was ich gerade gelesen hatte: daß im Falle von hellrotem, klumpigem und in der Menge zunehmendem Blut in der Scheide der Fötus sehr wahrscheinlich ausgestoßen wird. Oder er stirbt in der Gebärmutter ab, verbunden mit periodenähnlichen Schmerzen, weil sich die Zervix weitet, um den Durchtritt des Fötus und der Plazenta in die Scheide zu ermöglichen. Ellen hatte nichts über die Umstände ihrer Blutung (Schmerzen, Übelkeit) gesagt, und ich hatte nicht gewußt, wonach ich hätte fragen können.

Ich rief sie an. Ich steuerte mit links und nahm den Hörer ans rechte Ohr. Ich dachte, sie könnte das Telefon abgestellt haben, aber eine Männerstimme meldete sich. Ich nannte meinen Namen und fragte, ob sie zu sprechen sei. Es war ihr Ex-Mann, der sich um die Kinder kümmerte. Ich sagte: Wie geht es ihr? Ich bin … ihr Freund.

Rolf (ich erinnerte mich an seinen Namen) hatte noch keine Informationen über Ellens Zustand. Sie wurde noch untersucht.

Er sagte: Ellen wartet auf Sie.

Ich sagte: Danke, daß Sie für sie da sind. Die Fahrt, fügte ich hinzu, werde etwa zehn Stunden dauern, erfahrungsgemäß, aber im Winter wisse man nie.

Das Wetter in Deutschland sei gut, sagte er und wünschte mir Glück.

Als ich zum ersten Mal von Manosque zum Fernstein gefahren bin, hatte ich Zeit und habe den Weg über den Maloja-Paß und durchs Engadin genommen, auf dessen Hochebenen das dichte diamantene Höhenlicht des Gebirgsherbstes lag. Am Ende der Paßstraße befindet sich auf achtzehnhundert Metern Sils Maria mit Nietzsches Sommerhaus, das ich bei der Gelegenheit besucht habe. Seltsamerweise ist mir von meiner Nietzsche-Lektüre ein Satz ganz besonders im Gedächtnis geblieben, der sich nicht unbedingt als Motto für eine Physikerlaufbahn eignet: Was sich erst beweisen lassen muß, ist wenig wert.

Durch meine Abreise jetzt verlor ich zwei wichtige Teleskopnächte, die ich mir zum Teil erkämpft, zum Teil von Kollegen zusammengeschnorrt hatte. Ich verlor genaugenommen sogar fast ein halbes Jahr, weil HD 206332 im linken Flügel des Schwans steht, der von März bis Juli unter dem Horizont bleibt und also nicht zu beobachten ist. Ich schaltete das Licht ein. Irgendwo in dem herabsinkenden Dunkelblau hinter der Windschutzscheibe würde HD 206332 allmählich untergehen, wenn es denn möglich gewesen wäre, ihn mit bloßem Auge zu sehen.

Nach meinen Berechnungen war Ellen jetzt in der elften Schwangerschaftswoche. Ich folgte der N 94 nach Briançon. Es ist üblich, sich nach einer Beobachtungsnacht hinzulegen, aber die Auswertung der HD 206332-Daten hatte mich nicht schlafen lassen. Wenn Lozki sich nicht irrte und meine Berechnungen stimmten, dann hatten wir am Ende des Monats die Chance auf eine grundlegende Entdeckung.

Aber was bedeutete das schon? Als Astronom bin ich davon überzeugt, daß man früher oder später einen erdähnlichen Planeten finden *wird*. Genaugenommen ist es nebensächlich, wer diese Entdeckung macht und wann: Es gibt keinen Grund, menschlich dafür etwas aufs Spiel zu setzen.

Nach drei Stunden erreichte ich die italienische Grenze. Auf einmal hieß es Ristorante, hieß es Autostrada. Scheinwerfer, die Schilder und Baumstämme aus der Nacht heben und in ihrem starren Licht auf mich zu tragen. Beim Verlust des Fötus vor der zwölften Schwangerschaftswoche spricht man von einer frühen, danach von einer späten Fehlgeburt. Erste Anzeichen sind Blutungen aus der Scheide, aber in den meisten Fällen (80%) geht die Krise vorüber. Die Blutung beruhigt sich allmählich und die weitere Schwangerschaft verläuft normal. Die meisten drohenden Fehlgeburten können durch Bettruhe verhindert werden.

Ich rief noch einmal bei Ellen an, aber diesmal war das Telefon abgestellt. Danach versuchte ich es bei Lozki, den ich in seinem Verschlag erreichte. Er sagte: Schön, schön. Sie glauben also nach wie vor, daß wir auf der richtigen Spur sind. Mir recht, wir brauchen eine neue Heimat. Das Sonnensystem ist ein trostloser und inferiorer Ort. Ein Provinznest am Rande der Milchstraße. Die Geschwister der Erde sind allesamt aufs deprimierendste mißraten: Merkur – ein rotglühender Hochofen. Venus – eine unfruchtbare Hure, ein tosendes Treibhaus, in dem niemals etwas getrieben worden ist. Mars – ein kalter herzloser Kriegsmaniac, dessen Blutrünstigkeit alles Leben schon im Ansatz vernichtet hat. Jupiter – ein träge im Polster des Sonnensystems sich herumwälzendes Schwein. Saturn – ein eitler beringter impotenter Fettwanst. Uranus und Neptun – Dummköpfe! Nur Pluto, der sonnenfernste aller Planeten – vielleicht, vielleicht –, und sein geheimnisvoller Begleiter Charon, über den so gut wie nichts bekannt ist, hören Sie, Zweig: nichts!, reizen meine wunde Fantasie, sagte er, und ich hörte *Four Walls* im Hintergrund und das Krabbeln seiner behandschuhten Finger über die Tastatur. Stellen Sie sich vor, Zweig, wie still es dort sein muß, in diesen eisigen Randzonen der Sonnensphäre, auf der Haut ihrer Gravitation. Was für ein Anblick: Gebirge aus gefrorenem Sauerstoff und gefrorenem Stickstoff. Kälte schafft Stille. Kälte schafft Andacht. Waren Sie schon mal im Fernstein-Kirchlein, Zweig? Wenn Sie von hier ins Tal hinabsteigen, stoßen Sie hundert Meter tiefer auf einem Zwischengrat zwangsläufig drauf. Sie können es gar nicht verfehlen, das Kirchlein, aber es ist so winzig, daß man es praktisch erst sieht, wenn man da ist. Im Winter ist es immer hinter riesigen Schneewänden verborgen. Aber über dem Altar öffnet sich ein reichverziertes und mit Blattgold belegtes Madonnentriptychon. Und in Frakturlettern, die so blaß sind, daß man sie kaum noch zu lesen vermag, ist das beim hiesigen Volk beliebte Fernstein-Lied in den Altar gemeißelt. Dessen letzte Zeilen sind furchtbar. Es sind ganz und gar gnadenlose, volksdumme Zeilen. »Drum führe mich vom Erdental, den steilen Weg zum Himmelssaal!« Man könnte ja darüber lachen, aber ich muß diese Zeilen immer wieder denken. Es ist ein Zwang. Die Zeilen zwingen mein Gehirn, sie ständig zu denken. Seit ich in dem Kircherl war und die Zeilen Buchstabe für Buchstabe entziffert habe, ist es mit meiner wissenschaftlichen Kreativität praktisch vorbei. Vor jeden interessanten Forschungsgedanken, den ich habe, den ich herankommen spüre, schieben sich sofort, wie flinke Wächter, die beiden letzten Zeilen des Fernstein-Volkslieds. Können Sie sich das vorstellen? Können Sie sich vorstellen, was für eine Qual das ist, wenn Ihr Gehirn in den Strudel einer einzigen Strophe gerät? In dem Augenblick sind Sie verloren. Alles Gegensteuern ist ja gedanklicher Natur und damit ebenso machtlos gegen den Fernstein-Lied-Denkzwang wie das Denken selbst. Sie sitzen in der Falle. Jeder Versuch, sich zu befreien, macht die Sache nur noch schlimmer. Jeder Gedanke wirft eine weitere Tür ins Schloß. Noch eine und noch eine und noch eine, bis es irgendwann dunkel ist. Tiefdunkel. Schwarz. Die Schwärze, Zweig, die Schwärze und die Kälte, Pluto und Charon. Verstehen Sie jetzt, was ich sagen will? Daß nicht hier unsere Heimat ist, sondern dort, Zweig. Dort in der Stille. Im Versiegen des Denkens.

Ich ließ ihn in seiner Art monologisieren, weil es mir die Zeit vertrieb und mich wach hielt. Irgendwann verstummte er wie üblich. Ich sagte: Alles klar, Lozki, ich sehe zu, daß ich in den nächsten Tagen bei Ihnen reinschaue.

Der riesige weiße Landschaftsbogen des Alpenhauptkamms: Es ist, als flöge man in einem winzigen Raumschiff an der Mondsichel entlang. Irgendwann Mailand. Natürlich dachte ich an jene Niederlage vor fünfzehn Jahren. Damals hatte ich auf die erste Frühlingswärme in Ligurien gesetzt und den Dauerregen in Mailand gefunden. Was mag inzwischen aus jener Nina geworden sein?

In Bellinzona verließ ich die Gotthard-Route und folgte dem Wegweiser zum San Bernardino. Ich versuchte noch einmal Ellen zu erreichen, aber ich bekam wieder nur ihre Mailbox. Ich sagte, wo ich war, und wie lange ich voraussichtlich noch unterwegs sein würde.

Ich hatte gelesen: Eine in Gang gekommene Fehlgeburt (abortus incipiens) ist nicht mehr aufzuhalten. Sie kann vollständig sein (abortus completus), das heißt, Fötus, Plazenta und Eihäute werden spontan und restlos durch Kontraktionen der Gebärmutter ausgestoßen. Im anderen, häufigeren Fall (abortus incompletus) bleibt abgestorbenes Gewebe in der Gebärmutter zurück, und die Zervix muß geweitet und eine Ausschabung vorgenommen werden.

Hinter dem Bernardino-Tunnel schneite es. Ein dünnflockiger bleicher Schnee, mehr grau als weiß, der auf der Fahrbahn zu einem körnigen Film verklebte. Die einander überlagernden Reifenspuren zeichneten sich mit der Präzision von Gleisen ab, und ein wenig war es, als bräuchte man diesen nur zu folgen. Mir war die Gefahr bewußt, die in diesem scheinbar geführten, meditativen Rollen lag. Ich hätte nach rund dreißig Stunden ohne Schlaf dringend einen Kaffee gebraucht, aber ich hatte keinen, und es blieb mir nichts übrig, als mich irgendwie wach zu halten und auf eine Raststätte zu warten.

Nietzsche hat einmal geschrieben, die Wahrheit sei weiblich. Vielleicht hatte er recht. Vielleicht ist es dasselbe, in der Wissenschaft vor einer Entdeckung zu stehen und einer Geliebten erstmals die Kleider vom Leib zu streifen. Man kann sich der Magie solcher Augenblicke nicht entziehen, sie verbraucht sich nie. In einem bestimmten Sinn war ich glücklich, als Lozki mir zum ersten Mal seine photometrischen Messungen zeigte.

Vollsperrung hinter Splügen. Im Verkehrsfunk (ich hatte das Radio angestellt) hieß es, daß ein Schwertransporter auf dem nassen Schnee ins Rutschen gekommen war und sich quergestellt hatte. Irgendwie versuchte ich nach Tiefencastel durchzukommen, auf nachtleeren weißgrauen Straßenbändern.

Die großen Stickstoff- und Methanseen auf Pluto. Die Sonne nichts als ein kalter gleißender Stecknadelkopf knapp über einem Horizont aus bizarren eisfarbenen Gebirgsformationen. Und irgendwo liegt die Sichel Charons in der enormen Schwärze des Alls, dort, am äußersten Rand des Sonnensystems, an der Grenze zum großen Nichts zwischen den Sternen und – vielleicht – Welten.

Irgendwann bin ich auf der schneeglatten Fahrbahn ins Rutschen gekommen. Ich glaube aber, daß ich insgesamt richtig reagiert habe, als der Wagen begann, sich zu drehen. Ich habe nicht gebremst, sondern abgewartet. Es herrschte kein Verkehr, ich war allein auf der Straße. Ich dachte: Das Telefon wird vom Sitz geschleudert werden, und ich dachte, daß ich es noch brauchen würde, gerade jetzt. Nach einer halben Umdrehung rückwärts rollend wurde der Wagen langsamer und schlitterte, abgebremst durch eine flache Schneewehe am Farbahnrand, mit dem Heck seitlich gegen ein Verkehrsschild. Der Stopp war beinahe sanft. Das Telefon lag noch im Sitzpolster.

Ich stieg aus und sah mir die Sache an. Der rechte Reifen ragte schräg aus dem Radkasten, und ich nahm an, daß die Achse gebrochen war. Ich dachte: Vielleicht sind Verkehrsschilder in der Schweiz stabiler als in Frankreich oder Deutschland. Es schneite immer noch, aber ich bemerkte, daß die Flocken leichter und trockener geworden waren. Irgendwann stellte ich fest, daß ich zitterte.

Ich setzte mich wieder in den Wagen, um zu telefonieren, aber der Akku war leer. Ich hatte zu lange mit Lozki telefoniert. (Ich werfe mir das vor.) Halb zwei. Die Stille im Wagen – Lozki hatte recht: Kälte schafft Stille. Ich startete den Motor, er lief noch, ich würde immerhin nicht erfrieren. Halb vier irgendwann, fünf. Ich konnte nicht schlafen, trotz Übermüdung. Ich hörte Radio, irgendein Musikprogramm für eine mehr als rätselhafte nächtliche Hörerminderheit. Schnittke vielleicht oder Messiaen. Ferne asketische Disharmonien. Dazu der die Windschutzscheibe allmählich bedeckende Schnee.

Bei Anbruch der Dämmerung wurde ich von einem Gendarmen geweckt, der ans Fenster klopfte. Ja, sagte ich, nachdem ich wieder einigermaßen bei mir war und mich aus dem Wagen geschält hatte, das sei nun einmal passiert.

Er mußte die Sache polizeilich zu Protokoll nehmen, und wir fuhren aufs Revier. Ich hatte mit dem Verkehrsschild schweizerisches Eigentum beschädigt, beziehungsweise zerstört, und nun mußte überprüft werden, ob mein in Frankreich zugelassener Wagen eine gültige Versicherung besaß und ob das betreffende Assekuranzunternehmen bereit sei, den entstandenen Schaden auszugleichen.

Daß ich mich in einer Notlage befand und weitermußte, interessierte den Gendarmen nicht. Ich flehte ihn händeringend an, und irgendwann beschimpfte ich ihn, aber auch das war ihm egal.

– Soll das heißen, daß ich inhaftiert bin!?, schrie ich ihn an. Er ließ sich nicht aus der Ruhe bringen und vergrub sich in irgendwelche Formulare. Gegen zwölf kam per Fax die Bestätigung, daß der entstandene Schaden durch meine Versicherung gedeckt war.

Ich versuchte zu telefonieren, aber ich stieß dabei auf eine Reihe von Schwierigkeiten: Erstens war ich in der Schweiz und hatte kein passendes Münzgeld für ein öffentliches Telefon (ein Kreditkartenapparat war in dem kleinen Ort nicht zu finden). Zweitens kannte ich die Nummer des Krankenhauses nicht, in dem Ellen lag. Ich hatte die Ziffernfolge abgespeichert und würde sie nicht abrufen können, ohne zunächst mein Telefon aufzuladen. Das Netzgerät hatte ich zwar dabei, aber auch das nützte mir nichts: Es paßte nicht in die schweizerischen Steckdosen. Und einen Adapter hatte ich nicht.

Warum notiere ich all das? Wahrscheinlich habe ich das Bedürfnis, mich zu rechtfertigen und zu dokumentieren, daß nicht ich, sondern bestimmte mißliche Umstände für meine Lage verantwortlich waren. – Meine Verspätung: Ich hatte einen Unfall. Mein Unfall: Ich war übermüdet. Meine Übermüdung: Folge meiner Arbeitszeiten. Und so fort: Ich bin in der Lage, eine lückenlose Kausalkette meiner Schuldlosigkeit zu knüpfen, und dennoch werde ich das Gefühl nicht los, versagt zu haben.

Ein Überlandbus hat mich schließlich nach Chur gebracht, wo es mir dank des Segens des Kreditkartenwesens möglich war, einen Wagen zu mieten. Das schlechte Wetter hielt bis Innsbruck an, so daß die Fahrt sich hinzog, erst danach klarte der Himmel auf und Sterne wurden sichtbar: der linke Flügel des Schwans über den Gipfeln zu beiden Seiten der Straße. So war es auf der N 94 nach Briançon gewesen. Statt der veranschlagten zehn war ich aber seit über vierundzwanzig Stunden unterwegs.

Als ich das Krankenhaus um acht erreichte, war Ellen schon nicht mehr dort. Eine Schwester, die mir Gott sei Dank ansah, daß ich etwas durchgemacht hatte, teilte mir mit – obwohl ich kein direkter Angehöriger war und sie sich damit also über ihre Vorschriften hinwegsetzte –, daß Ellen eine Fehlgeburt gehabt habe. Auf eigenen Wunsch und gegen den Rat des Stationsarztes habe sie das Krankenhaus am späten Nachmittag aber bereits wieder verlassen. Es habe keine weiteren Komplikationen gegeben.

Landgräbers Behauptung, es habe sich um einen Schwangerschaftsabbruch gehandelt, entspricht insofern nicht den Tatsachen, als sie zu ungenau ist und man dabei in erster Linie an eine Abtreibung denkt. Es war eine Fehlgeburt, ein spontaner abortus completus. Zehn Prozent aller Schwangerschaften enden so. Eine Ausschabung war nicht nötig gewesen.

EIN FOTO aus den späten Achtzigern, November neunundachtzig, um genau zu sein: mein Vater mit Marthe an der Berliner Mauer. Im Hintergrund Touristen mit Hammer und Meißel. Sie klopfen buntbemalten Zement ab, mit deutscher Akribie. Ich bilde mir ein, auf dem Gesicht meines Vaters Genugtuung zu lesen, innere Zufriedenheit, sogar etwas wie Freude in seinen schwerfälligen Zügen. Ich weiß: Mit dem Ende der Teilung Deutschlands ist für ihn etwas in Ordnung gekommen, was er nie akzeptiert hat.

Lange Zeit bin ich nur ungern nach Deutschland zurückgekehrt. Manchmal schien mir der deutsche Asphalt eine Spur dunkler zu sein als der in jenem Land, aus dem ich gerade kam, Belgien oder Frankreich zumeist, oder eine Spur weniger warm im Ton, so als hafte das Sonnenlicht nicht ganz so gut auf dem rauhen Belag, besonders gegen Abend, und meistens bin ich abends zurückgekehrt. Ich rollte an Zollstationen vorbei, die immer seltener besetzt waren, und irgendwann wechselte nur noch die Sprache der Nachrichten – das war alles. Keine Zöllner mit ewig bürokratischem Pflichtbewußtsein, und hier wie dort die gleiche Musik. Und doch bin ich nie in dieses Land zurückgekehrt, wie ich mir vorstelle, daß man in seine Heimat zurückkehren sollte, gerührt vielleicht, sentimental.

Mein Vater wäre niemals auf die Idee gekommen, in ein

anderes Land zu ziehen als das seiner Ahnen. Daß es einmal als einer der bittersten Schläge des Schicksals galt, in der Fremde zu sterben, erscheint mir verdreht und sonderbar unverhältnismäßig. Gegenüber der bestürzenden Tatsache des Sterbens kommt mir die Frage nach dem Wo dieses unausweichlichen Geschehens wie eine lächerliche Marginalie vor.

Ich habe mir in den vergangenen Jahren angewöhnt, früh aufzustehen: Die Schärfe der provenzalischen Schatten am Morgen, die allmählich kürzer werden und langsam in die steinernen Häuser und schwarzgeölten Strommasten zurückzufließen scheinen. Die flirrenden Insekten zwischen den Mauern und die silbern glänzenden hauchdünnen Spinnfäden. Irgendwann leuchtet die Sonne über die graugedeckten Dächer auf den Dorfplatz und den Sockel der nicht mehr genutzten romanischen Natursteinkirche. Das rohe, silbern gewordene Holz der Fensterläden überzieht sich mit blassem Glanz, bis alle Dinge in der Mittagshitze wieder kleiner und flacher und stiller zu werden scheinen.

Im vergangenen Sommer mußte ich das Dach ausbessern. Ich stand auf den Ziegeln und habe mich umgesehen: Die umliegenden Berge, blaßgrün in der Mittagshitze, ein sanftmütiges Auf und Ab, als wäre die Landschaft ein altes, träge in der Sonne daliegendes Wesen. Darüber der hohe Himmel, in dem nur hier und da kleinere Wolken trieben, lauter Einzelstücke: farnartig zerfaserte Tupfen oder durchscheinende rundliche Ballungen, von der hochstehenden Sonne zum Leuchten gebracht. Der schwache Wind, mal lauter, mal leiser, in den trockenen Kronen der Walnußbäume im Garten. Und auf einmal habe ich mich zu Hause gefühlt.

Als im November neunundachtzig die innerdeutsche Grenze fiel, war ich in Spanien. Ich erinnere mich noch deutlich an den winzigen Küstenort östlich von Almería, der sich an die Flanke einer kleinen Bucht schmiegte, und an die flachen weißen Häuser unter dem spanischen Novemberhimmel, der zum Meer hin weit und bogenförmig war. Und während im Land meiner Herkunft also historisch Bedeutendes vor sich ging, saß ich am Strand, der herbstlich verlassen dalag, geschwungen und weiß wie eine zur Erde gesunkene Mondsichel, und las *Don Quijote*.

Ich schloß Freundschaft mit einem quirligen kurzbeinigen Mischlingshund. Das kleine Tier gehörte zum Dorf, ohne – soweit ich das mitbekommen habe – etwas wie ein Herrchen gehabt zu haben. Jedenfalls war es sehr anhänglich und auf der Stelle bereit, mich, den Fremden, als seinen neuen Freund und Gebieter anzuerkennen. Und weil es mir Spaß machte und ich ihn mochte, begann ich damit, ihm ein paar Dinge beizubringen.

Übrigens war ich nicht der einzige Gast in dem kleinen Örtchen. Irgendwann fanden sich noch drei australische Globetrotter mit einem VW-Bus voller Matratzen und Flanelldecken ein und belebten ein paar Tage lang die pastellene Herbstruhe des Strands. Morgens tranken sie vor ihrem Wagen dampfenden Pulverkaffee aus Plastikbechern, und abends saßen wir in der kleinen, ziemlich dekorationslosen Dorfbar zusammen, tranken Bier und unterhielten uns oder sahen fern.

Die drei waren sehr erstaunt darüber, daß man in diesem Achtziger-Jahre-Europa zwei- oder dreimal pro Tag an einer Staatengrenze den Reisepaß vorzeigen und Geld wechseln mußte. Damit hatten sie nicht gerechnet, oder jedenfalls hatten sie es sich vorher in dieser Deutlichkeit nicht vorstellen können.

Meistens unterhielten wir uns über irgendwelche Spielfilme. Einmal lief auf dem 30cm-Fernseher über dem Tresen, dessen Bild sehr verrauscht war und gelegentlich von einem hochwandernden schwarzen Balken durchzogen wurde, *Apocalypse Now*. Wir sahen eine Weile zu, und bei dem legendären Hubschrauberangriff zum Walkürenritt merkte ich an, daß es sich bei der Musik um das Werk eines deutschen Komponisten namens Richard Wagner handelte. Sie kannten Wagner nicht, es war meinerseits eine kleine bildungsbürgerliche Zwangshandlung, darauf hinzuweisen. Aus ihrer Sicht war es nur eine beliebige Bemerkung.

Irgendwann sahen wir nicht mehr so genau hin, weil wir den Film ja kannten und die Szenen im Dschungel mit dem glatzköpfigen Marlon Brando etwas verworren und esoterisch sind und irgendwie eine Spur zu spirituell für diesen schlichten gemütlichen Völkerverständigungsabend in jener kleinen spanischen Strandbar.

Vor der Tür rauschte das dunkle Meer, unermüdlich blasse weiße Schaumkronen heranspülend, an diesem Abend des 9. November 1989.

Meinen neuen Freund und Gefährten, den schwarz-weiß gefleckten, kurzbeinigen Hund, habe ich Zampano getauft, weil er mich aus irgendeinem Grund an *La Strada* erinnerte. Er apportierte voller Begeisterung, was auch immer man über den Strand schleuderte. Überhaupt war er ganz versessen darauf, alles mögliche zu lernen. Ich brachte ihm Sitz! und Komm! bei, nicht, weil es mir wichtig erschienen wäre, daß er diese Dinge beherrschte, aber er war wißbegierig, und etwas anderes fiel mir nicht ein.

Einmal dachte ich, als er mich mit wedelndem Schwanz ansah, im Blick diese etwas verwahrloste, aber unumstößliche Gassenjungen-Anhänglichkeit, daß es möglicherweise nicht besonders klug war, ihm diese kleinen Kunststückchen aus dem Reich deutscher Hundesalon-Artigkeiten beizubringen, denn niemand an diesem entlegenen Ort sprach Deutsch. Es war also ziemlich unwahrscheinlich, daß er nach unserer zwangsläufigen Trennung jemals wieder Sitz! oder Komm! oder Platz! zu hören bekommen würde.

Deswegen dachte ich eine Zeitlang darüber nach, ihm diese Dinge auf spanisch beizubringen, oder wenigstens auf englisch, falls sich wieder einmal ein paar australische Globetrotter in die Bucht verirren sollten. Aber einem herrenlosen Strandhund an der spanischen Mittelmeerküste Platz! und Fuß! auf englisch beizubringen erschien mir bei allem Verständnis für den Bildungshunger des kleinen intelligenten Tieres dann doch absurd.

Deshalb beließ ich es beim Apportieren, zumal ich im Grunde meines Herzens dieses ganze Hundeerziehungswesen und Herumkommandieren der Kreatur sowieso nicht mag, egal ob auf englisch, spanisch oder deutsch.

Ich erinnere mich an die aufspritzenden Sandfontänen und den Galopp meines kurzbeinigen Freundes durch die Mulden des Strands, wenn wir uns morgens begegnet sind. Wir liebten uns innig, und so war es ein trauriger Augenblick, als ich schließlich gehen mußte. Das kleine Geschöpf war klug genug, um zu wissen, daß ich nicht mehr wiederkommen würde, und wedelte zum ersten Mal nicht mit dem Schwanz, als ich mich seiner sandigen Schnauze entgegenbeugte.

Und als ich das Dorf hinter mir ließ, rannte es noch eine Weile hinter dem Wagen her, auf seinen kurzen Beinen, die in der Tat kaum länger waren als seine Ohren, ein kleiner werdender, sich auf und ab bewegender Punkt im Rückspiegel, der irgendwann mit dem Horizont verschmolz, mit den länglichen, langsam dahinziehenden Herbstwolken und der Erde Andalusiens, seiner Heimat.

Fotografien als Dokumente unseres Lebens: Vielleicht fühlen wir uns innerlich verpflichtet, zu diesen entzeitlichten Augenblicken in einer Kontinuität zu stehen. Wir glauben, Bilder zu betrachten, aber es ist umgekehrt – die Bilder betrachten uns. Wir sammeln Beobachter unserer Geschichte, stumme unerbittliche Zeugen unseres Scheiterns.

Ich habe immer noch ein Foto von Ellen im Portemonnaie, von dem ich mich aus irgendeinem Grund bis heute nicht trennen kann. Eine Aufnahme, die ich in Spanien gemacht habe.

– Warum bist du hierhergekommen?, hatte sie mich dort einmal gefragt, als wir am Swimmingpool lagen und lasen.

– Weil ich dich liebe, sagte ich und sah sie an, ihr erhobenes, unbewegtes und dem Meer zugewandtes Profil vor der pausenlosen Hotelbetriebsamkeit im Hintergrund. Nachdenklich verharrte sie in ihrer Haltung, wie als Pose für einen Fotografen, in den Farben ein wenig unecht durch den flackernden wäßrigen Widerschein des Schwimmbeckens, ein melancholisches Polaroid.

Ich habe sie damals fotografiert, und jetzt, wenn ich die Aufnahme nach beinahe einem Jahr betrachte, ist es, als könnte ich in ihren Gedanken lesen, daß ihr meine Bemerkung zu formelhaft war, um ihren Gefühlen gerecht zu werden, ebensowenig wie sie meinen Gefühlen gerecht geworden ist. Ich kann sagen: Ich liebte Ellen, aber irgend etwas zwang mich, für diese Liebe in mir einen passenden Ort zu suchen, anstatt ihr eine neue, eigene Heimat in meinem Empfinden zu erschaffen. Und ich denke, sie schwieg, weil sie spürte, daß ich mich nicht wirklich auf sie und ihr Leben einlassen konnte und zu zaghaft war, an irgend etwas zu glauben.

Studentisches Leben erfüllt dieses alte Haus. Vielfältige Geräusche dringen hinauf in mein einstiges Kinderzimmer, reichlich durchsetzt mit mysteriösen Klängen, ein fröhliches Laut- und Stimmengestöber insgesamt, das mich ins Erdgeschoß lockt.

Marthe, die wie eine Bienenkönigin im Hausflur steht! Mit rätselhafter, gestisch minimaler Autorität beherrscht sie das sie umgebende Aktivitätschaos. Studentinnen jonglieren ihre locker umgürteten blanken Hüften durch Zimmer und Flure, und junge Kerle mit Ziegenbärtchen und Ohrringen wuchten Möbel und (für mich) Erinnerungen durch die Gegend.

Chippendale-Sofas, Küchenschemel, Betten, Nippesborde, Spiegelanrichten, gläserne Couchtische, Orientteppiche – alles schaukelt hinaus in den sonnigen Garten und wächst dort zu einer riesigen Skulptur zusammen, unter der leichtfüßigen Oberaufsicht eines kleinen stämmigen Burschens mit Piratentuch und Skatinghose und zu den Klängen von Mozarts *Don Giovanni*, die – akustisch ein bißchen dünn hier draußen – aus den Lautsprechern einer Radio-CD-Kombination dringen.

– Wir haben eine Reihe von tiefenpsychologischen Mind-Scans durchgeführt, erläutert mir Marthe das Konzept, und die Resultate in den Koordinaten einer kulturellen Matrix zum Thema Tod interpretiert.

– Und dabei seid ihr auf Lorenzo Da Pontes Steinernen Gast gestoßen?

Mit einem kurzen Nicken dirigiert sie den zusammenklappbaren Teewagen und den Garderobenspiegel nach draußen.

– Aus Sicht meiner Schüler ist der Komtur im *Don Giovanni* eine archetypische Vaterfigur. Das ist doch logisch, Frank. Junge Menschen erdolchen ihre Väter in Gedanken und werden sie trotzdem nicht los. Sie verbleiben in ihrem Überich als moralische Racheinstanzen, die ihnen ihr vermeintlich unproduktives hedonistisches Leben vorwerfen. Ich finde, gerade du solltest dafür größtes Verständnis haben.

Marthe hat recht, wie immer. Aus alter Gewohnheit tue ich so, als wäre meine Geschichte einzigartig, dabei habe ich nur das erlebt, was alle irgendwann durchmachen. Vermutlich ist es ein Zeichen von chronischer Unreife, daß ich das Anwachsen der Möbelskulptur im Garten mit gemischten Gefühlen verfolge.

Ich hefte meinen Blick an ein schlankes blondes Wesen, eine von Marthes Studentinnen. Auf der alten Aluminiumleiter meines Vaters stehend, balanciert sie einen Koffer in die Höhe, dorthin, wo vielleicht einmal die Schulter des Komturs sein wird. Überrascht erkenne ich in dem verstaubten Gegenstand das mir rätselhafteste Gepäckstück aus meinen fernen Kindertagen: eine jener Kleider- und Anzugtaschen aus weichem Material, die in der Mitte zusammengefaltet werden, ein Prinzip, das mir im Alter von fünf oder sechs Jahren aber nicht eingeleuchtet hat. Und auf einmal sehe ich meinen Vater wieder in der Garage stehen, damit befaßt, vor einer unserer Urlaubsreisen sämtliche von uns angelieferten Gepäckstücke, einem ausgetüftelten System folgend, im abgeschrägten Kofferraum des Citroën zu verstauen.

Und jetzt baumelt der alte Koffer also an einem hellen, fast bläulichen Studentinnenarm. Schlaff und rotbraun kariert, schwebt das leere Gepäckstück in die Höhe, und der gelbliche Mattlackstreifen in der Knickzone schimmert ölig im Sonnenlicht. Zwanzig Jahre oder mehr dürfte dieser Dachbodenfund von niemandem mehr angerührt worden sein, und nun wird er zu einer Epaulette auf der Schulter von Marthes Komtur, während Don Giovanni (Rugiero Raimondi, vermute ich, auf der CD jener Opernverfilmung, die ihrerseits auch schon wieder zwanzig Jahre auf dem Buckel haben dürfte) Leporello erklärt: »Es ist alles Liebe. Wer nur einer einzigen treu ist, ist grausam zu den anderen.«

Marthes Studentinnen sind derart jung, daß ich mich ihnen gegenüber auf eine ambivalente Weise alt fühle. Zu alt einerseits, um einen unverbindlichen Flirt von gleich zu gleich zu beginnen, aber noch nicht alt genug, um mich ihnen mit gleichsam väterlichem Habitus zu nähern.

Ich muß dabei an Winfried, meinen Schwager, denken und an seine Büroliebschaft. Man stellt sich Sekretärinnen immer jung vor, aber ist das so? Nach seinem schockierenden Sturz geht es ihm inzwischen wieder recht passabel. Er ist glimpflich davongekommen, also ohne Frakturen oder innere Verletzungen. Lediglich eine Menge Prellungen und Blutergüsse hat er sich eingehandelt, deren Heilung sich hinziehen kann.

Ich erkundige mich nach seinem aktuellen Befinden, woraufhin Marthe mich ein Stück zur Seite zieht. Offenbar hat das Vertrauensverhältnis zu ihren Studenten seine Grenzen.

Mit gedämpfter Stimme sagt sie: Wir haben uns schonungslos ausgesprochen. Sein Sturz hat ihm ein paar Dinge klargemacht und mir zugegebenermaßen auch.

– Ihr trennt euch?

– Wie kommst du denn darauf, Frank? Wir fangen noch einmal von vorne an. Beziehungsweise wir werden weitermachen, aber auf einer anderen, geläuterten Ebene. Ich habe die Sache gestern mit meiner Kinesiologin besprochen.

– Und?

– Sie hat gespürt, daß meine Kraftfelder sich neu zentrieren. Ist das nicht verblüffend? Nachdem ein Jahr lang alles erstarrt war, kommt nun Bewegung in meine Seele. Ich glaube, ich mußte nach Papas Tod diesen Zyklus der Kälte und der fehlenden Orientierung durchlaufen.

– Vielleicht vertraust du deiner Kinesiologin etwas zu sehr, gebe ich zu bedenken.

– Irgend jemandem *muß* man vertrauen.

– Ich vertraue lieber mir selbst, sage ich etwas stereotyp.

– Das haut nicht hin, Frank. Wir sind zu kompliziert, um uns vertrauen zu können. Du brauchst immer jemanden, der dir sagt, wer du bist. Ansonsten bist du garantiert der letzte, der es herausfindet.

Als ich sie ansehe, entdecke ich über ihrer Stirn ein paar graue Haare, kaum mehr als zehn oder fünfzehn auf den ersten Blick, aber je länger ich hinsehe, um so mehr werden es. Offenbar hat sie aufgehört, ihre Haare zu tönen, und auch der faltige anthrazitfarbene Leinenkittel, den sie trägt, unterstützt den Eindruck der existentialistisch gereiften Künstlerin.

Ich sage: Wie geht es Florian und Philipp? Vielleicht hättest du sie mitbringen sollen. Es muß doch sehr spannend für sie sein zu sehen, was hier mit den Möbeln ihres Opas geschieht.

Sie hört aus meiner Bemerkung eine despektierliche Note heraus und sagt belehrend: Kinder verstehen mehr von den Dingen, als du denkst. Und nach einer Weile fügt sie nachdenklich hinzu: Florian tut sich im Rechnen schwer. Aus irgendeinem Grund scheint es ihm nicht einzuleuchten, daß sieben mal sieben neunundvierzig ist. Es kommt ihm so *willkürlich* vor.

– Gib ihm eine Schachtel Streichhölzer, rege ich an: zum Nachzählen.

Marthe seufzt: Wie soll er bei solchen Eltern auch irgend etwas begreifen? Seine Rechenschwäche ist sicher unsere Schuld. Sonderbar, daß ihn seine unerfüllte Sehnsucht nach Liebe und Geborgenheit dazu bringt, Zahlen zu mißtrauen. Ich habe immer gedacht, das Gegenteil wäre der Fall.

Sie erteilt ihren Studenten ein paar Order (»Ihr erschafft den *Tod* und keine Karnevalsfigur!«) und versteht es dabei, ihre großen schönen Hände, deren Fingernägel in einem schillernden, transparenten und beinahe unsichtbaren Fliederfarbton lackiert sind, mit flatternder schmetterlingsgleicher Grazie durch die Luft sausen zu lassen, was auf Männer, die nicht ihre Brüder sind, eine charmant-anziehende Wirkung haben mag, auf mich allerdings – vor allem, wenn ich mich über sie ärgere – nur wie affektiertes Gehabe wirkt.

Irgendwie gelingt es dieser aufstrebenden, vor Selbstvertrauen und Schaffenslust vibrierenden Generation in unserem Garten, im Laufe des Nachmittags den pseudoklassizistischen Schreibtisch meines Vaters auf die hölzernen Schultern des Komturs zu hieven.

Ohne sich darüber auch nur die geringsten Gedanken zu machen, bedienen sich diese jungen Menschen dabei der Physik: Baumelnd an einem mitgebrachten Flaschenzug, der an einem der ausladenden Äste der Trauerbirke im hinteren Teil des Gartens befestigt ist, schwebt das schwere Möbelstück, auf dem Hunderte von Briefen geschrieben und vielleicht etwas mehr als vierzig Steuererklärungen ausgefüllt worden sind, in die Höhe.

Mein Vater hat die Birke beim Einzug in dieses Haus und also in der Mitte seines Lebens gepflanzt. Sie ist in diesem

Winter eingegangen, doch sind ihre alten borkigen Äste noch erstaunlich tragfähig. Wie sich zeigt, sind sie dem Gewicht des Schreibtischs gewachsen. Langsam senkt er sich auf den Komturrumpf hinab, diesen grotesken Leib aus Möbeln. Ich erkenne die Sechziger-Jahre-Schleiflack-Küchenanrichte, das dackelbeinige Chippendale-Sideboard, den schmalen Besenspind, das Nußbaum-Nachkriegsbuffet, einzelne Elemente der englischen Landhausbücherwand, die Butzenglasvitrine, zwei Wäschetruhen und die Durchreichentheke.

Schließlich wird der Schreibtisch zum Kopf der Statue, zu ihrem finster dreinblickenden Haupt. Die beiden Kassettentüren vor den Briefbogen-, Kuvert- und Ablagefächern blicken als strenge, quadratische Augen auf uns herab, darüber die massiven Brauenbalken der beim Transport leicht herausgerutschten Schubladen. Der verschattete Raum unter der Schreibplatte ist ein aufgerissener, unbarmherzig richtender Mund: »Bereue! Ändere dein Leben: es ist der letzte Augenblick.«

Marthes Studenten, die sich auf dem Rasen herumlümmeln, finden die Musik »ganz okay« oder »cool«. Auf italienisch heißt »bereue!« »pentiti!«, was insgesamt ja auch harmloser klingt.

In der Dämmerung, stelle ich fest, entfaltet Marthes Steinerner Gast durchaus eine gewisse eindrückliche Präsenz. Der Plan ist, ihn eine Woche stehenzulassen, um die Einzelteile dann – geadelt durch ihre Teilhabe an der Kunstperformance – zu verteilen.

Einmal beobachte ich, wie der Bursche mit der Skatinghose und kurz darauf die blonde Kofferträgerin zwischen der Colorado-Kiefer und dem irischen Säulentaxus hindurchhuschen, in etwa an derselben Stelle, wo ich einst mein Schatzkästchen vergraben habe.

Wenn ich darüber nachdenke, weiß ich wenig über meinen Vater, aber ich weiß, daß er in moralischen Dingen stets sehr konservativ war. Vermutlich hätte es ihm mißfallen, was dort in seinem Garten nun vor sich gehen würde. Ich glaube zwar nicht, daß die Toten noch etwas bewirken können, doch riskierten die beiden immerhin, daß ihnen dabei ein totes Eichhörnchen auf den Leib fiel.

Marthe sieht souverän und heilig aus. Mehr noch als der demütige pastorale Leinenkittel kleidet sie die Aura ihres Werks. Es breitet sich eine Stimmung der selbstgefälligen spirituellen Einheit im Garten aus, und Marthe dominiert und führt die willfährige und friedliche Herde ihrer Studenten mit sanfter mentaler Größe.

Irgendwann trinken wir einen 91er St. Emilion aus den weitgehend noch unangetasteten Beständen unseres Vaters in seinem Gedenken.

– Was ist eigentlich aus dieser Meteorologin geworden, mit der du im Herbst in Spanien warst?, erkundigt Marthe sich.

– Habe ich dir von ihr erzählt?

– Wie hieß sie noch?

– Ellen. Sie hat auch zwei Kinder.

– Hast du sie deswegen verlassen?

– Wie kommst du darauf, daß ich sie verlassen habe?

Marthe sieht mich über die Ränder ihrer beim Studieren des Flaschenetiketts aufgesetzten Lesebrille hinweg an wie eine mit allen Wassern gewaschene Seelsorgerin. Mit sanfter therapeutischer Nüchternheit, als sei sie durch ihre Affäre und ihre Ehekrise weiser geworden, sagt sie: Ich kenne dich. Du bist einmal traumatisch verletzt worden, als dich eine Frau enttäuscht hat. Es hat dich vollkommen aus der Bahn geworfen, und du hast Monate gebraucht, um wieder zu dir zu kommen. Vielleicht läßt du deswegen niemanden mehr an dich heran.

Mich gegen meinen Willen rechtfertigend, sage ich: Ellen und ich, wir haben uns getrennt, weil es für uns keine Zukunft gab. Studenten können für die Liebe noch alles stehen- und liegenlassen – wir nicht mehr. Ellen lebt mit ihren Kindern in Bayern und ich in Südfrankreich. Wie hätte das gehen sollen?

Mit beduseltem märtyrerhaftem Pathos ruft Marthe aus: Ach, es geht alles! Sieh mich doch an! Es geht mir schlecht, aber gerade das macht mich stark. Ich bin in einer extrem schöpferischen Phase. Ich *muß* wirklich arbeiten, das kannst du mir glauben.

– Schön für dich. Ich bin Astronom, und dem Universum ist es egal, wie es mir geht und wie ich mich fühle.

– Frank, deine Objektivitätsfixierung wird dich noch einmal in den Wahnsinn treiben, prophezeit sie mir. Du mußt dir selbst folgen! Wenn ich glücklich wäre, würde ich vermutlich nichts von dem schaffen, was ich tun muß. Glück macht träge, offenbar ist *das* ein Naturgesetz. Dabei ist doch alles, was man tut, irgendwie Teil eines Plans, glücklich zu werden. Das ist eigenartig, nicht wahr?

Ich schnuppere an dem St. Emilion in meinem Glas und werde ernst, zu ernst für diesen Abend: Das Problem war, daß Ellen irgendwann schwanger geworden ist.

Marthe nimmt ihre Lesebrille von der Nase: Aber Frank, das ist wunderbar! Eine Schwangerschaft ist nie ein Problem, sondern höchstens dein Egozentrismus. Was habt ihr denn gemacht? Doch nicht etwa …

– Nein, nein, sage ich. Ellen hat das Kind nach elf Wochen verloren. Eine Fehlgeburt im Frühstadium. Die Natur reagiert damit auf genetische Unzulänglichkeiten des Fötus.

– Wie brutal dein Ton ist. Ich frage mich, wofür du dich bestrafen willst. Sie hält mir ihr geleertes Weinglas hin, und während ich nachschenke, sagt sie melancholisch: Ist es nicht schrecklich zu wissen, daß Papa diese Flasche für irgendeine besondere Gelegenheit gekauft hat, ohne beim Bezahlen zu wissen, daß sich diese Gelegenheit in seinem Leben nicht mehr finden würde? Ach, er hätte sie einfach trinken sollen, anstatt zu warten! In manchen Punkten bist du wirklich wie er: Du wartest auf irgend etwas, das wahrscheinlich nie eintreten wird.

Die weinselige schwesterliche Arroganz, mit der sie mir meine Defizite vorrechnet, läßt mich ungerecht werden: Immerhin hast *du* dich einmal mit einem Kunst-Dozenten eingelassen, um einen Studienplatz zu bekommen. Ich finde, *das* ist *ziemlich egozentrisch*.

– Frank, erklärt sie mir erstaunlich unbeeindruckt, das ist nun wirklich das Allerdümmste, was du je von dir gegeben hast! Du kannst von Glück reden, daß ich mich in einer Phase der Katharsis und der schöpferischen Stabilität befinde. Ich bin viel zu gelassen, um dir die Bemerkung übelzunehmen.

– Was ist mit deiner Affäre?, erkundige ich mich. Wirst du sie beenden?

Sie nickt nachdenklich: Ich glaube schon. Ich bin entschlossen, Ordnung zu machen. Und nach einer Weile fügt sie hinzu: Du bist wirklich immer noch der Moralist, der du seit jeher warst, und irgendwie beruhigt mich das.

Ich betrachte die Weinflasche mit dem französischen Etikett und sage: Am Wochenende werde ich meine Zelte hier abbrechen. Und nach einer Weile füge ich hinzu: Ich kann mein Leben nicht ändern, aus dem einfachen Grund, weil es mein Leben ist.

Als sie ihren letzten Schüler verabschiedet, ist es zwei oder halb drei. Von den umliegenden Häusern her fließt die angestaute Nachtruhe in den Garten. Eine Empfindung streift mich, der Herbstduft von Laub und Erde, die tief herabgesunkene Nacht, Geschwisterliebe.

Wir bleiben noch eine Weile im blaßroten Schein der Heizstäbe sitzen, die mein Vater einst für ebensolche Gelegenheiten an die Querholme der Pergola geschraubt hat. Irgendwann haben wir zusammen beinahe zwei Flaschen von dem schweren Rotwein geleert, aber Marthe ist der Meinung, daß sie noch fahren kann.

Vor der Haustür umarmen wir uns, ein schwacher Duft geht von ihr aus, den ich noch nicht kenne. Neues Denken, neuer Duft. Der Ford steht als stromlinienförmiges Gehäuse aus diversen schimmernden Hochglanz-Reflexionen in der Einfahrt – ein wenig, denke ich, wie Winfrieds Geist. Gut: Sein Job ist die Produktion von Sicherheit – Marthe wird nichts geschehen.

Das leise Rascheln der Sommerlinden und die vertraute Wärme unserer Körper.

Meine Damen und Herren, die Sie diese Zeilen niemals lesen werden! Was ist ein Planet, und wie weist man ihn nach? Die erste Frage ist einfach zu beantworten: Die Erde ist ein Planet und die Sonne ein Stern. Planeten gehören zu Sternen wie Kinder zu Eltern, umkreisen sie auf weiten, lautlosen Bahnen, und so, wie die Erde um die Sonne kreist, kreisen andere Planeten um andere Sterne. Extrasolare Planeten nennt man sie oder kurz Exoplaneten.

Doch so ruhig und ungestört ihre Bahnen auch zu sein scheinen – schaut man einmal präzise hin, schlingern Sonnensysteme durch den Weltraum wie ungewuchtete Autoreifen. Und so sucht man, um Planeten zu finden, zunächst nicht Himmelskörper, sondern Geschwindigkeitsschwankungen – und solche beobachte ich seit zwei Jahren bei HD 206332. Sie sind sehr klein und deuten entweder auf einen nahezu senkrecht zur Sichtlinie umlaufenden Gasriesen hin oder ein erdähnliches Objekt mit geringer Bahnneigung.

Wir Planetensucher führen also Indizienbeweise, doch sehnen wir uns danach, daß sich unsere scheuen Juwelen einmal vor ihr jeweiliges Zentralgestirn schieben und dieses bedecken, so wie der Mond gelegentlich die Sonne bedeckt. Warum? Vermutlich kennen Sie Sonnenfinsternisse nur als astronomische Spektakel, aber sie sind darüber hinaus noch etwas anderes, das uns heute so selbstverständlich erscheint, daß wir uns kaum noch Gedanken darüber machen, obwohl die Menschheit sich dieser Tatsache keineswegs immer bewußt gewesen ist: Sonnenfinsternisse sind *Beweise für die Existenz des Mondes* – und so habe ich Lozki kennengelernt.

Mit einer speziellen, von ihm entwickelten Software überwachte er im Rahmen von photometrischen Messungen die Helligkeitswerte von Hunderten von Sternen und wartete darauf, daß einer von ihnen für kurze Zeit – ein paar Stunden vielleicht – etwas *dunkler* wurde. Er wartete auf eine Bedeckung, eine kosmische ›Sonnenfinsternis‹. Und HD 206332 gehörte zu seinen Kandidaten.

Zweimal, so hatte sein Programm es protokolliert, hatte sich die Leuchtkraft des Sterns im Abstand von etwas mehr als zehn Monaten ein wenig abgeschwächt, was mit meinen Berechnungen der Umlaufzeit eines hypothetischen Begleiters übereinstimmte. Falls Lozki sich nicht irrte und von Meßfehlern getäuscht worden war und darüber hinaus meine Berechnungen stimmten, hätte es in der Nacht vom 27. auf den 28. Februar zur nächsten Verdunkelung von HD 206332 durch seinen Planeten kommen sollen. Und da solche Bedeckungen bei dreifacher Bestätigung wissenschaftlich anerkannt werden – meine Damen und Herren –, hätte uns der Nachweis im übrigen berühmt gemacht.

Es heißt, in der Eskimosprache gebe es mehr als zwanzig Wörter für Schnee. Damals, Ende Februar: der Schnee eine grenzenlose Masse, ein Immer und Überall. Man erwachte morgens in demselben Licht, in dem man abends eingeschlafen war.

Weiße Dunkelheit: Allen Bewegungen haftet etwas Farbloses und Transparentes an. Man sieht die Dinge, die einen umgeben, und doch verliert man die Fähigkeit, etwas verläßlich zu erkennen. Alle Kontraste lösen sich in einem schwindenden mittleren Helligkeitswert auf, und die Räume, durch die man sich bewegt, werden zugleich größer und kleiner. Die fortschreitende Verdünnung des Lichts, der allmähliche Verlust von Bezugspunkten und Achsen. Alles, was bleibt, ist das allernächste: unsre Hand, die nach einer Teetasse greift.

Und fast schon zu fern: unser Ich im Spiegel.

Michaelis und Farnreuter bereiteten sich darauf vor, die Station zu verlassen. Erstens ging der Kaffee allmählich zur Neige, und zweitens begannen sich die Stromausfälle zu häufen. Im übrigen wußte niemand, wie verläßlich der alte Notstromgenerator war. Überhaupt die Observatoriumstechnik: jahrzehntelang in einem Prozeß ständigen An- und Dazubauens mehr evolutionär gewuchert als je von Grund auf geplant. Wir lebten in einem beharrlich geflickten und nur sporadisch von mäandernden Versorgungseinheiten belieferten Raumschiff.

Es hatte in früheren Jahren Fälle von Eingeschneitsein gegeben, und im besonderen war es natürlich der Fahrstuhl, der uns Sorgen bereitete.

Erblindet, wie wir waren, hätten wir ein wenig Schreibtischarbeit erledigen können. Astronomen produzieren Unmengen von Daten auf Halde, und die meisten bleiben unausgewertet. Genaugenommen ist es so: Wir beobachten schneller, als wir denken können.

Als erster gab Michaelis auf. Das alles bringe nichts mehr, verkündete er und schob seine Goldrandbrille über den Nasenhöcker.

Irgendwo war vertraglich geregelt, daß die Betreibergesellschaft der Kabelbahn zwei Fahrten, eine morgens und eine abends, als Mindesttransportleistung für das Observatorium und die Wetterstation zu garantieren hatte. Aber natürlich ging die Gewährleistung der Betriebssicherheit diesen Fahrverpflichtungen vor.

Ich wartete währenddessen mit Lozki auf die Nacht vom 27. auf den 28. Februar, in der Hoffnung, daß HD 206332, so wie wir es berechnet hatten, von seinem Planeten verdunkelt werden würde. Doch wie es aussah, hatten wir unsere Plätze für ein astronomisches Schauspiel eingenommen, das hinter einem undurchdringlichen Vorhang aus unablässig schneespeienden Wolken stattfinden sollte. hundertsechzig Lichtjahre weit hätte die Sicht sein müssen, aber unsere Blicke drangen nicht einmal sechzehn Meter in den Himmel.

Gelegentlich stand Lozki vor seinem Verschlag im Schneegestöber und predigte: Es gibt mehr Schneeflocken als Sterne, und keine gleicht einer anderen, wußten Sie das?

– Michaelis und Farnreuter geben auf, sagte ich. Wir sollten einsehen, daß wir verloren haben. Es ist sinnlos zu bleiben.

– Es ist, als fräße der Schnee sich langsam durch die Observatoriumsdecke, sagte er. Fürchten Sie, die Dunkelheit könnte Sie verschlingen, Zweig? Als Astronom sollten Sie der Dunkelheit Vertrauen entgegenbringen. Was glauben Sie, wie klar es nach dem Schneefall sein wird? Der Schnee ist ja ein riesiger Besen. Die kältesten, die allerfrostigsten Nächte sind die besten für uns, die tiefsten und stillsten und offensten. In den kalten Nächten kann man alles begreifen, und die Nacht nach dem Schnee ist stets die kälteste. Wir werden *alles sehen*, wenn wir nur durchhalten. In der Wärme sieht man nichts. Wärme macht blind. Die Wärme verführt unsere Körper dazu, sich wohl zu fühlen. Die Wärme ist der Feind alles Geistigen. Nur Tiere und Dummköpfe legen sich in die Sonne. Die Anbetung des Todes. Das reinste Heidentum. Unterwerfung unter das Diktat der Haut. Brütende Befriedigung der Materie. Was ist denn die Sonne, wenn nicht die grausame Vernichterin ihrer eigenen Brut? Eine Todesfackel. Wozu sind Sie Astronom, Zweig? Sie wissen, was geschehen wird: Die Geschichte der Erde ist geschrieben, ihr Ende in der Höllenglut der Sonne vorausbestimmt. Berechnet und besiegelt. All dieses infame Geschwätz heutzutage. Dieses mutwillige, vorsätzliche, ewigplappernde Ignorieren des Todes, des planetaren Fegefeuers. Das kultische Feiern der Materie. Das Dem-Tod-entgegen-Kopulieren. Die Schwitzbäder in Raum und Zeit. Der Berührungs- und Vermischungswahnsinn. Ich würde sterben, in Sekundenschnelle. Meine Proteinallergie ist schlimmer geworden in letzter Zeit. Sie wird immer schlimmer. Sie ist noch nie besser geworden. Seit meiner Geburt wird sie schlimmer. Zuerst war ich nur gegen wenige Proteine allergisch, aber jetzt gegen nahezu alle. Meine Krankheit will mich in die Knie zwingen, doch was bedeutet das? Wir sind unsere Krankheiten ja selbst. Unsere Krankheiten loszuwerden hieße, uns selbst loszuwerden. Wir können den Proteinwahnsinn nicht stoppen, ohne praktisch das gesamte Universum zu stoppen. Wir, Zweig! Das ist grotesk! Wir müßten die Kraftfelder der Realität umprogrammieren, die Gravitation und den Elektromagnetismus. Das Higgs-Feld müßte umprogrammiert werden. Wußten Sie, daß im Fernstein-Kirchlein ein Harmonium steht? Es hat einen näselnden abscheulichen Klang. Es ist uralt und man muß das Ohr praktisch ans Gehäuse pressen, um überhaupt etwas zu hören. Es stammt von einem Harmoniumbauer aus Allendreut, der schon vor hundert oder zweihundert Jahren verstorben ist. Higis hieß er, Alois Higis! Hin und wieder schleiche ich mich ins Kirchlein und spiele auf dem Harmonium. Ich kann meine Finger kaum noch bewegen, und sämtliche Muskeln gehen allmählich zugrunde, aber ich spiele trotzdem. Es ist mein Protest gegen den Proteinwahnsinn. Das Universum besteht ja aus Klängen und Tönen. Das Universum, dieser ganz und gar geistlose Dunkelheitskoloß, diese aufgeblasene Seinsmaschine, ist auf der Quantenebene genaugenommen eine Sinfonie. Wie hat es nur zur Ausbildung des makroskopischen Proteinwahnsinns kommen können? Wir müssen dorthin zurück, wo wir hergekommen sind. In die Sinfonie der Quanten. Alles ist Klang, Zweig. Das Harfenspiel Gottes ...

Mahnend stand er im Schneegestöber, seinen behandschuhten dürren Zeigefinger ins dunkle Weiß über unseren Köpfen gebohrt, derweil die Flocken auf seinen Schultern zu zwei kleinen Schnee-Epauletten anwuchsen und die Akkorde von *Four Walls* aus seinem Verschlag drangen.

– Wir können nicht hierbleiben Lozki, sagte ich. Es ist vorbei. Mit einer zweiten Erde wird es vorerst nichts.

– Vergessen Sie HD 206332. Vergessen Sie alles. Schließen Sie die Augen und hören Sie! *Hören Sie ...*

Von Lozki ging ich zu Ellen.

Ihre Fehlgeburt vor drei Wochen: Nach meiner langen

Fahrt durch die Schweiz hatte ich sie schließlich in jenem Hotel gefunden, das von ihrem ehemaligen Mann geleitet wird. Kostenlos übernachteten wir in einer der Suiten mit Panoramablick. Wir saßen in einem gewissen Hauch von Luxus, als ich mich dafür entschuldigte, es nicht schneller geschafft zu haben, und ihr von dem Unfall erzählte und der Indolenz des Dorfgendarmen. Ellen war schweigsam und sagte nur: Ich weiß, daß du dir Mühe gegeben hast, Zweig.

Irgendwann schliefen wir beide vor Erschöpfung ein, sie im Bett und ich auf der Couch. Ich hatte wirre Träume, was vorher selten der Fall war.

Seither hatten wir nicht mehr über all das gesprochen. Unser jeweiliges Leben beanspruchte uns zu sehr, und wir fanden keine Zeit dafür. An dem, was geschehen war, konnten noch so viele Worte nichts ändern, sagte ich mir. Wir blieben auch als Paar zusammen, denn aus welchem Grund hätten wir uns trennen sollen? Wir hatten uns gegenseitig nichts vorzuwerfen, jedenfalls sah ich es so, aber es gab Momente, da war es schwierig. Wir hatten als Liebespaar noch kaum Rituale herausgebildet, auf die wir uns hätten stützen können. Ich war der Meinung, daß man es der Zeit überlassen mußte, den Schmerz zu lindern. Wenn der Winter vorbei wäre, sagte ich mir, würden die Dinge sich zum Besseren wenden, denn die Schneeberge machten einem das Vergessen schwer. Der Frühling mit seinen Lebenskräften würde das Leiden und die Trauer zu dem werden lassen, was sie waren: vorübergehende Erscheinungen, notwendige, aber befristete Rituale unserer Seelen.

Am 27. Februar entschied der Deutsche Wetterdienst,

die meteorologische Station vorerst nicht weiterzubetreiben. Die Anreise war zu gefährlich geworden, und die täglich zu vermessenden Neuschneehöhen überstiegen längst jede wissenschaftliche Marke. Als ich am Nachmittag zu Ellen ging, die an ihrer Arbeitskonsole damit beschäftigt war, Meßgeräte und Monitore abzuschalten, schwamm der Verbindungsgang zwischen Observatorium und Wetterstation wie schon seit Tagen im Nebel und ächzte unter der Schneelast.

In einem der benachbarten Skiorte war eine Lawine heruntergekommen, mit dramatischen Folgen. Und die Lage würde sich weiter verschlimmern. Ausgerechnet Ellen konnte mir mit ihren Satellitendaten und Luftdruckgrafiken beweisen, daß wir, Lozki und ich, keine Chance hatten, unsere Beobachtung von HD 206332 wie erhofft durchzuführen. Es würde weiterschneien, noch Tage. Es wäre absurd gewesen, als Physiker ihren im Stundentakt aktualisierten Meßwerten zu mißtrauen.

Nachdem sie alle Geräte abgeschaltet hatte, packte sie ihre Sachen. Wir standen voreinander wie ein verhindertes Liebespaar in dem dünnen unbewegten Licht, das durch die verschneiten Fenster sickerte. Ich sah wortlos hinaus. Der endlose Schneefall war wie ein Gedanke, der sich nicht konkretisieren wollte. Als Liebespaar haben wir keine so gute Figur gemacht, aber als verhindertes Liebespaar konnten wir uns sehen lassen.

Wir gingen zum Fahrstuhl, das Stationsleben war erloschen. Ohne das Summen der Netzgeräte und das ewige Säuseln der Computerventilatoren schien ein magischer Zeitstillstand durch Räume und Korridore zu kriechen.

Nur das Neonlicht kam mir instabil und flackernd vor, ein Helligkeitsrest vor dem Verlöschen.

Ich stand Ellen gegenüber, und ganz unerwartet schien es auf einmal um unser Leben zu gehen. Etwas hatte sich geändert, nachdem Farnreuter und Michaelis gegangen waren, aber genaugenommen war es nicht viel. Vielleicht ist das, was wir empfinden, eine Frage peripherer Umstände, ein Destillat aus den unbewußten Zonen der Wahrnehmung.

– Ich bleibe noch, sagte ich.

Sie sah mich fragend an und sagte: In einer halben Stunde geht die letzte Bahn ins Tal.

– Was ist, wenn bei der Fahrstuhlfahrt das Notstromaggregat ausfällt?

– Das müssen wir riskieren.

– Das können wir nicht riskieren, sagte ich. Wir können nicht riskieren, in hundert Millionen Tonnen Fels steckenzubleiben.

– Wir haben keine andere Möglichkeit, sagte sie.

Ich sagte: Wenn du allein fährst, kann ich den Generator wieder starten, falls es ein Problem geben sollte.

Sie sagte: Die Fahrt dauert dreißig Sekunden. Er wird nicht ausfallen.

Ich sagte: Fahrstühle bleiben stehen. Sie bleiben auch ohne Wetterkatastrophen stehen.

Sie wußte, worauf ich anspielte.

Sie sagte: Du möchtest mich retten können, Zweig? Du möchtest die Rolle deines Vaters übernehmen, der dich einmal aus einem Fahrstuhl gerettet hat?

Ich hatte ihr die Geschichte irgendwann erzählt. Und

ich hatte dabei über meinen Vater gesprochen und über das, was ich ihm vor langer Zeit einmal vorgeworfen habe. Doch jetzt zeigte sich, daß ich besser geschwiegen hätte.

– Es ist eine sachliche Entscheidung, sagte ich.

– Oh, ich zweifle nicht daran!

Das Neonlicht flackerte.

Ich sagte: Dreißig Sekunden können sehr lang sein. Es gibt keinen Grund, dieses Risiko einzugehen.

– Der Grund ist, daß es uns trennen würde.

– Ich weiß das.

– Aber es scheint für dich kein sehr wichtiger Aspekt zu sein.

– Ich versuche, alle Aspekte gegeneinander abzuwägen.

– Was ist mit Lozki? Er hat entschieden hierzubleiben. Er kann den Generator überwachen.

– Dazu wäre er nicht in der Lage.

– Er ist Wissenschaftler wie du.

– Er hat keine praktischen Fähigkeiten.

– Warum fragen wir ihn nicht einfach?

Ohne das Gerätesummen im Hintergrund klangen unsere Worte karg und pur. Ich begriff, daß wir versuchten, uns jeweils von etwas zu überzeugen, woran wir beide nicht glaubten. Sie mich von unserer gemeinsamen Zukunft und ich sie von meiner rationalen Unbestechlichkeit.

Ich sagte: Lozki ist in einem sehr angespannten Geisteszustand.

Sie nickte: Darum geht es dir. Du möchtest bei *ihm* bleiben.

– Es stimmt, gab ich zu, daß mir die Vorstellung, ihn allein hier zurückzulassen, nicht besonders gefällt.

– Aber die Vorstellung, mich alleine dort herunterfahren zu lassen, gefällt dir.

– Nein, sagte ich, sie gefällt mir ebensowenig. Ich treffe eine rationale Entscheidung. Es ist besser, hier oben festzusitzen als im Fels. Ich kann den Generator überwachen, während du fährst, und unten bist du in Sicherheit. Deine Kinder warten dort auf dich. Auf mich wartet niemand.

Sie sah mich wütend an.

– Laß meine Kinder aus dem Spiel! Du benutzt sie, um zu verbergen, wie kaputt du bist. Du machst dir etwas vor und hast Angst vor dir selbst. Du versteckst dich hinter deiner Rationalität, um nicht verletzt zu werden. Du bist wie dein Vater. Du bist wie der, den du gehaßt hast.

Ich hätte sie schlagen können in diesem Moment, und das erschreckte mich. Ich drehte mich zur Seite, um mich nicht von atavistischen Affekten beherrschen zu lassen. Ich trat gegen einen der Stühle vor der Reihe abgeschalteter Monitore, und er rollte gespenstisch durch den Raum.

Ich schrie: Was willst du von mir? Was wollen alle von mir? Ich lebe mein Leben, das ist alles. Wem schadet es, was ich tue? Wem schadet es, daß ich vernünftig bin? Ist Vernunft therapiebedürftig? Ist das so? Ist man verrückt, wenn man das Notwendige tut? Ich betrüge niemanden, ich spiele mit offenen Karten. Wer mit mir zu tun hat, braucht nicht wachsam zu sein. Was man bekommt, ist, was man sieht! Was fehlt denn? Eitelkeit und Habgier? Oder Esprit und Magie? Ich bin Astronom und kein Zauberer. Ich kann dich nicht vor deinem Schicksal beschützen, aber vor einem Stromausfall. Was ist verflucht noch mal so schlecht daran?

Sie sagte: Daß es nicht stimmt! Daß alles, was du sagst, nur ein Vorwand ist. Du bist nicht ehrlich. Du benutzt die Situation, um mich zu verlassen. Du läufst vor allem und vor dir selbst davon. Dein Leben besteht aus Verneinungen, Zweig. Behaupte nicht, es wäre Rationalität, die uns im Weg steht. Was uns im Weg steht, bist allein du. Es ist ein Jammer, und ich werde lange brauchen, um darüber hinwegzukommen. Aber keine Sorge: Ich *werde* darüber hinwegkommen. Ich werde in diesen Fahrstuhl steigen, und wir werden uns nicht wiedersehen. Vergiß mich, bitte. Vergiß mich, so schnell es geht.

Und dann war es, als wäre alles gesagt. Auf einmal war das große Universum der Worte leer, und wir standen schweigend voreinander und sahen uns an, der Schmerz in ihrem Blick, die Enttäuschung, der Stolz. Ich frage mich, ob es mir je gelungen ist, auf den Grund ihrer dunklen Augen zu blicken, wenn wir einander angesehen haben. Schließlich drehte sie sich um und betrat den Fahrstuhl, dessen Tür sich nach wenigen Augenblicken schloß.

Ich blieb zurück, und während ich dort stand und darauf wartete, daß der Aufzug unten ankommen würde, glaubte ich, das Gewicht des Schnees zu spüren, der auf dem Dach der Station lag. Das Laufgeräusch der Seilwinde schwoll in der Stille, die Ellen zurückgelassen hatte, zu einem bedrohlichen Ton an, der sich auf meine Ohren preßte. Er glich, so schien es mir, dem hohlen, mühsamen und endlosen Einströmen von Atemluft bei einem Lungenkatarrh.

Ich registrierte, daß das Deckenlicht in den langen Sekunden der Fahrt dunkler wurde, weil der Energiebedarf des Aufzugs zu einem Spannungsabfall in der Stromversorgung geführt hatte. Es gibt Statistiken, denen zufolge Aufzüge als Transportmittel ungleich sicherer sind als Flugzeuge, Züge oder Autos.

Vielleicht, so frage ich mich, werden in solchen Augenblicken die Bindungen zwischen den verschiedenen Teilen unseres Bewußtseins – den funktionell-lebenserhaltenden und den subjektiv-leidensfähigen – schwächer, und das Ich zerfällt.

Auf einmal dachte ich daran, daß ich als Kind einmal auf Geheiß meines Vaters eine Münze in einen Brunnenschacht geworfen hatte, in irgendeiner schönen alten Stadt. Ich hatte darauf gewartet, daß etwas geschehen würde, aber die Münze verschwand einfach nur spurlos in der Tiefe. Doch offenbar hatte ich alles richtig gemacht, denn mein Vater legte mir die Hand auf die Schulter, und wir gingen weiter.

Und ich dachte an jene Nadine und das gleißende Licht über dem See, in dem wir einst nackt gebadet hatten. Doch auf einmal konnte ich mir meine Jugend, meine Nacktheit und meine Verliebtheit nicht mehr vorstellen, und mehr noch: Ich begriff in diesem Moment, daß ich nicht mehr in der Lage war, mir *Glück* vorzustellen – und doch überwachte ich bei alldem die Konstanz des Laufgeräuschs und das rötlich flackernde Glimmen der Kontrolleuchte des Aufzugs.

Ich habe mir immer gesagt, daß die Vernunft die einzige Waffe ist, die wir gegen die Angst und das Nichts haben. Doch als die Kontrolleuchte erlosch und ich wußte, daß Ellen in Sicherheit war und daß sie in einer halben Stunde im Tal sein würde, war ich nicht nur erleichtert darüber.

Vielmehr schien ja die Tatsache, daß der Generator *nicht* ausgefallen war, zu beweisen, daß wir auch zu zweit hätten fahren können.

Es ist sonderbar, wie tief der Glaube in uns verankert ist, unser Handeln könnte Unwägbarkeiten beeinflussen, denn mathematisch beweisen Fakten im nachhinein nichts. Ich hatte nicht wissen können, was geschehen würde; und daß ich es jetzt wußte, änderte nichts an den Optionen, zwischen denen ich zu wählen gehabt hatte.

Bald würde Ellen das Ende des Tunnels erreicht haben und hinaustreten in den Wind und den Schnee. Ich dachte noch einmal an jene Münze, die ich einst in einen Brunnen geworfen hatte, dessen Grund ich nicht hatte sehen können. Als Kind schien es mir durchaus denkbar, daß es Brunnen geben könnte, die überhaupt keinen Grund hatten. Ich stellte mir ganz einfach vor, daß eine Münze, nachdem sie durch solch einen grundlosen Brunnen gefallen war, auf der anderen Seite wieder herauskäme und weiterfiele ins Weltall und dort zu einem blinkenden Stern werden würde. Und vielleicht, so überlegte ich mir, waren ja alle Sterne nur Münzen, die Menschen irgendwann in einen Brunnen geworfen hatten, um sich irgend etwas wünschen zu dürfen.

Jetzt, da das Haus leergeräumt ist, sieht man, daß es ausschließlich aus Wänden besteht. Ich bin ins Wohnzimmer gegangen und habe auf dem Flügel ein paar Akkorde von *Four Walls* angeschlagen. Es ist ein nußbaumfurnierter Stutzflügel aus den frühen siebziger Jahren, den ich nie besonders gemocht habe. Die Klänge sind ohne Körper und

Farbe, doch das ist meine Empfindung, und ich nehme an, daß mein Vater ihre spinettartige Kargheit schätzte. Er hat meistens Fugen gehört, wenn er Musik gehört hat, was aber selten vorkam. Im Laufe der Jahre hat er eine Schallplattensammlung zusammenbekommen, Geschenke meistens, eine Reihe von Mozart- und Beethoven-Sinfonien, viel Barock, Händels Wassermusik, Messen und Passionen.

Ich glaube, mein Vater hat so wenig Musik *gehört*, weil die klangliche Realisierung ihrer Strukturen ihn kaltließ oder vielleicht sogar abgestoßen hat. Jedenfalls stand im Wohnzimmer die übliche Hi-Fi-Anlage (einer von Marthes Studenten wußte sich mit leuchtenden Augen für ihr kunststoffummanteltes Schieberegler-Design aus den siebziger Jahren zu begeistern), aber sie kam nur als zu bestaunendes Vorführobjekt zum Einsatz, wenn Gäste kamen, als Technikwunder. Irgendwann fing ich an, *Tannhäuser* darauf zu hören, und ich hatte den Eindruck, die Sängerin der Venus (ich glaube, es war Grace Bumbry) müßte zunächst eine jahrealte dämpfende Staubschicht aus den Boxen blasen.

Hier und da hängen noch ein paar Bilder und Stichreproduktionen auf den cremefarbenen Wohnzimmerwänden. Sie sind von zu durchschnittlichem Geschmack, als daß die Kunststudenten sie angerührt hätten. Um den traurigen Eindruck der Unbewohntheit ein wenig abzumildern, habe ich die Terrassentür und das Fenster geöffnet, und die blassen Stores und Gardinenschals blähen sich wie Gespenster in den leeren Raum.

Der Flügel war zugleich Instrument und Möbelstück. Gebeugt stehe ich vor ihm, als ich die Tasten anschlage. Ich habe keine Noten von *Four Walls*, aber eine gewisse

Schulung meines Gehörs ermöglicht es mir, die Struktur der Akkorde zu erkennen und aufs Klavier zu übertragen. Es sind äolische Akkorde, und genau wie früher denke ich, daß sie sich aus dem Resonanzraum des Instruments nicht befreien können.

Weil es immer mit dieser Enttäuschung verbunden gewesen ist, auf dem Flügel zu spielen, habe ich meistens zu laut gespielt. Einmal riß dabei eine der Saiten des eingestrichenen G, und nachdem sie ersetzt worden war, hielt sie die Stimmung nicht mehr. Vermutlich hatte sich der Wirbel gelockert, jedenfalls half kein Nachstimmen mehr – der Ton klingt bis heute unrein.

Wegen der äolischen Konstruktion läßt sich *Four Walls* ohne das eingestrichene G nicht spielen, so daß der unreine Klang des Tons mich jedesmal an mich selbst und an meine Kindheit erinnert. Als wäre auch ich in den vergangenen drei Jahrzehnten nicht in der Lage gewesen, mich aus dem Resonanzraum meiner selbst zu befreien.

Lozki in seinem Verschlag (in jener Nacht, nachdem Ellen gegangen war, seine Handschuhe schemenhaft weiß, das grün glimmende Huschen von Zahlen auf dem Monitor): Meine Krankheit verschlimmert sich unaufhaltsam. Ich verfalle rapide. Meine Krankheit löscht mich aus, und das heißt, *ich* lösche mich aus. Alles ist dazu verurteilt, sich selbst auszulöschen. (Er senkte seine Stimme, als teile er mir nun eine Wahrheit mit, die nur für wenige Ohren bestimmt war.) Was sehen wir Tag für Tag? Die Masse produziert ihre eigene Auslöschung, Zweig, ihr blutiges Verschwinden. Es ist ein Irrtum zu glauben, Haß und Vernichtung seien religiösen Ursprungs. Jedes Phänomen hat seine eigene Todeskrankheit, und die Masse hat den Selbstmordattentäter als Todeskrankheit. Gott ist eine totalitäre Konstruktion! (fuhr er mich an), mein Glaube an Gott ist in dem Moment zerbrochen, da mir klargeworden ist, daß auch Gott nicht in der Lage wäre, mit einunddreißig Dominosteinen lückenlos ein Schachbrett zu bedecken, aus dem man zwei einander diagonal gegenüberliegende Eckfelder entfernt hat. Wußten Sie das? Probieren Sie es aus. Es ist unmöglich. Man kann zeigen, daß weder irdische noch göttliche Macht daran etwas zu ändern vermag. Verstehen Sie? Gott ist nicht allmächtig. Wenn Sie Gott je gegenüberstehen sollten und er behauptet, er sei allmächtig, dann legen sie ein Schachbrett mit zwei fehlenden Eckfeldern vor ihn hin und fordern Sie ihn auf, das Brett mit einunddreißig Dominosteinen lückenlos zu überdecken. Er wird passen müssen, es steht nicht in seiner Macht. Pythagoras hat einen seiner Schüler umbringen lassen, weil er die Existenz der irrationalen Zahlen bewiesen hat. Umsonst. Die irrationalen Zahlen existieren. Vergessen Sie Religionen. Die Christen haben die eine Hälfte der Bibliothek von Alexandria vernichtet, die Moslems die andere. Wo ist der Unterschied? Kennen Sie den Witz von dem kleinen traurigen Jungen auf dem Baumstumpf, umgeben von lauter abgeholzten Bäumen, der zu seinem Freund sagt: »Wenn SIE kommen, werden SIE an der Erde vorbeifliegen, weil SIE auf der Suche nach *intelligentem* Leben im Weltraum sind«? Ich habe zum ersten Mal seit Jahrzehnten wieder lachen müssen über diesen Witz, der so unglaublich wahr – und also niederschmetternd ist. Doch (er senkte wieder die

Stimme) wissen Sie, was ich insgeheim glaube? Ich glaube, daß SIE kommen werden, weil SIE *barmherzig* sind. Gehen Sie nach draußen! Öffnen Sie die Tür! (Er flüsterte jetzt beinahe.) *Hören* Sie schon etwas? SIE werden wie eine Sinfonie über uns kommen. Tonarten haben Farben, wußten Sie das? C-Dur ist blau: lebensbejahend, einladend, doch flach und geheimnislos. A-Moll ist braun mit einem Stich ins Graue: eine triste bewegungslose Farbe, aber real und unausweichlich. Ich persönlich schätze das schimmernde sommerlich warme Honiggelb von B-Dur und die schwach rötliche Melancholie von Cis-Moll. Alles ist Klang. Ende und Anfang: Das dunkle Reich des Glaubens und der Eitelkeit, der Mißverständnisse und Lügen, des Betrugs und Selbstbetrugs, das große Mittelalter der Worte kann überwunden werden ... Der Weg zur Wahrheit geht durch das Reich der Mathematik ... durch die Entmachtung Gottes und die Idee der Gleichheit und die Harmonie der Schwingungen ... durch die Musik, das Ewige und das Schweigen ... durch das Gelingen der Endlichkeit ... die Liebe ... bevor alles vergeht ... sich auslöscht im Unendlichen ... im immerwährenden Klingen ... im ewigen reinen Klang ...

Ich habe Lozki reden lassen, wie man verrückte bärtige Propheten in Fußgängerzonen reden läßt, ohne je zuzuhören oder dem pausenlosen Wortfluß ihrer bizarren Mahnungen irgendeine Bedeutung beizumessen.

Ich begriff, daß ich ihn nicht würde retten können, und nahm schließlich den Fahrstuhl. Mir war das Risiko bewußt, das darin lag, aber ich sah nicht, welche Optionen ich noch hatte.

Während der Fahrt dachte ich an Ellen und an ihre Vorwürfe. Vielleicht hatte sie mit allem recht. Vielleicht war ich bis heute nicht darüber hinweggekommen, daß mein Vater mich einst aus jenem Hotelfahrstuhl in Spanien hatte retten und gewissermaßen erlösen müssen. Und der Gedanke, daß mein Leben nicht weiter geführt hatte als bis zu einer bestimmten Form von Erlösungsbedürftigkeit, war in diesem einsamen Augenblick niederschmetternd.

Es war kalt in der Fahrstuhlkabine, und das Licht flackerte. Der feuchte, mineralische Geruch von Materie, von hundertfünfzig Millionen Tonnen Fels.

Sieht man von ein paar Unregelmäßigkeiten im Gravitationsfeld der Erde ab, sinken alle Fahrstühle der Welt ein und demselben mathematischen Punkt entgegen. Der Fahrstuhl auf dem Fernstein ebenso wie jener damals in Spanien und alle anderen Fahrstühle in sämtlichen Hochhäusern und Türmen und Schächten, an welchem Ort der Erde auch immer. Das Gravitationsgesetz verband mich auf eine bestimmte ideale Weise geometrisch mit einer gewissen Menge von Personen in den Wolkenkratzern New Yorks, Kapstadts oder Tokios. Ich glaube, das hat mich beruhigt.

Ich sog die Luft ein und dachte an den Öl- und Hitze- und Schweißgeruch der Hotelgäste in Spanien und meinen Widerwillen dagegen. Aber dann glaubte ich, Spuren von Ellens Anwesenheit zu erahnen, einen weichen verwehten Hauch der Präsenz ihres Körpers, ein stoffliches Souvenir ihres Wesens.

Ich sehnte mich nach ihrer Nähe und gab mich der absurden Hoffnung hin, sie könnte an der Bahnstation auf mich warten. Ich verfluchte mich, weil ich sie hatte gehen lassen. Alles Menschliche erschien mir in diesen Sekunden besser als das Nichts dieser Luft. Und nie wieder wollte ich in einem Fahrstuhl allein sein.

John Cage hat *Four Walls* 1944 in Zusammenarbeit mit dem Tänzer und Choreographen Merce Cunningham geschrieben, wie ich von Lozki weiß. Von der Uraufführung am 22. August 1944 im Perry Mansfield Workshop in Colorado ist keine Dokumentation erhalten geblieben, aber offenbar lag dem Stück ein Familiendrama zugrunde, das von gestörten Geisteszuständen handelte.

Four Walls ist, wie Lozki herausgefunden hat, der sich seit Jahren mit der Aufnahme von John McAlpine und Beth Griffith (der einzigen, die es gibt, soweit ich weiß) beschäftigt, in 55 Einheiten unterteilt, von denen jede eine Minute lang ist, 44 Takte, 2/2, d=88, in Akt 1 und 60 Takte, 2/2, d=120, in Akt 2, wobei jede Szene aus einer bestimmten Anzahl von Einheiten zwischen 1 und 11 besteht, bei denen es sich zum Teil um Pausen von bis zu einer Minute (44 Takte) Länge handelt.

Außerdem wurde Lozki nicht müde, mich auf die einzigartige Genialität Cages hinzuweisen, der in seinem Vortrag >The Future of Music: Credo<, gehalten 1938, als Begründung für die Wahl von Zeitdauer anstelle von Harmonie als Basis der musikalischen Struktur angegeben hat, daß die Zeit der einzige Parameter sei, der die Stille einbezieht.

Am 28. Februar um 6:34 Uhr habe ich von Lozki eine E-Mail bekommen. Zu diesem Zeitpunkt war die Telefonverbindung zum Observatorium längst abgerissen, aber als das System knapp eine Woche später wieder hochgefahren wurde, ist die Mail, emotionslos und treu, wie Computer nun einmal sind, automatisch versendet und mir zugestellt worden.

Lozki schrieb:

Bedeckung gefunden und bestätigt, Zweig.

Cherubimische, seraphimische Gratulation!

Himmel aufgerissen. Unglaubliche Klarheit und Tiefe.

Gefrierender Atem. Silberne, aus der Lunge wirbelnde Kristalle. Ausgeatmetes glitzerndes Universum!

Kälte und Stimmen: SIE. Gewaltiges Wortgewebe.

Schönheit. Schönheit und Glück.

Höre. Zu.

Mußt du auch wandern in unfinstrer Schlucht,

befürchte kein Unheil, WIR sind ja mit undir.

Netz von UNSEREM Vernetz,

Klang von UNSEREM Verklang

Wer in UNS lebt wird ewig leben ewig unhören

Wird heimumkehren

vorgeboren

Die Saiten sie verschwingen

Komm zu UNS Einsamer

Dein Wehleben endet hier und hier beginnt es

Die dreieinigen Wände des Meterraums und

die vierte der Sekundenzeit

durchschreitete

sie allemitsamt

Die Saiten schwungen

der Himmel so schwarzleer

so segensschwarz

so seelenrein

der Jaschnee
abgleißende Grenze der Undimensionen
der Überabgang
Wiederklang von UNSEREM immerwiederklang
der unterfortgang
wehleben fortab
ja jetzt immerjetzt
jetzt unhöre ichlosigkeit EUCH
ja weh

Es ist noch einmal warm geworden, schwül sogar. Auf dem Rasen ragt die kastige Silhouette des Komturs in einen zweigeteilten Himmel: im Nordosten das Ultramarin dieses milden, sich zur Ruhe begebenden Septembertages, im Südwesten eine heranquellende Wolkenfront, deren Formenknäuel dem Haupt des Komturs so etwas wie eine graumelierte Rokokoperücke aufsetzen.

Die Vorhänge sind vollständig zur Ruhe gekommen, und die Luft wird drückender.

Ich habe die erste Minute von *Four Walls* in etwa rekonstruiert und lausche den Akkorden nach, die in der Leere des Zimmers verklingen.

Im Nordosten, an der dunkelsten und einzig noch wolkenfreien Stelle des Nachthimmels, leuchtet Gienah auf, der linke Flügelstern des Schwans. Etwa zehn Grad darunter, nur zu erahnen, μ-cygni, die Spitze des Flügels, und in dessen Nähe – unsichtbar fürs menschliche Auge – HD 206332, in guter Beobachtungsposition also.

Die Gewitterfront wird jetzt von inneren Blitzen erhellt, die aus ihrem flächigen Schwarz für Sekundenbruchteile dreidimensionale aufgeplusterte Wolkenmuskel herausschälen.

Ich stelle mir vor, wie Lozki, der Verrücktgewordene, seinen Verschlag verläßt, um die Kuppel über dem Teleskop zu öffnen. Er glaubt also, der Himmel sei aufgerissen, und offenbar hört er Stimmen. Sie befehlen ihm zu tun, was er tut. Sie erklingen in ihm mit majestätischem Hall.

Im Observatorium drückt er ein paar Knöpfe, und der Kuppelmotor läuft mit dem üblichen mühevoll mechanischem Geräusch an. Das titanoxidbeschichtete Gewölbe öffnet sich, und erste Schneeflocken wirbeln herein, aber für Lozki sind es Sterne: Er ist aufgebrochen, er ist unterwegs. Er durchreist mit Lichtgeschwindigkeit den Kosmos, saust vorüber an Planeten und Galaxien, um die zu treffen, zu denen es ihn hinzieht: SIE.

Der Komtur wackelt. Mehr als eine studentische Stegreifstatik, befürchte ich, dürfte ihn kaum zusammenhalten. Blitze erhellen sein kahles Mahagonihaupt, und eine der Reisetaschen-Epauletten purzelt ihm in den Schoß. Wütend klappert er mit seinen Schreibtischtürenaugen, und die Schöße seines Jacketts aus abgetretenen Orientteppich-Imitaten flattern im Sturm.

Wer sind SIE? Ich weiß es nicht. Meine Normalität verbietet mir zu begreifen, wer SIE sind. Ich kann nur Mutmaßungen anstellen. Sind SIE Hirngespinste? Produkte einer überreizten Wissenschaftlerfantasie? Hypothesen, die sich unterderhand verselbständigt haben? Vermag Lozki seine eigenen Hypothesen als solche nicht mehr zu durchschauen? Ist er ein Opfer seiner Theorien geworden? Vielleicht.

Zwei der Spannseile des Komturs haben sich aus ihren offenbar ziemlich nachlässig eingeschlagenen Verankerungen gelöst, und einer der Teppiche ist davongeflogen. Er hängt jetzt, vermute ich, irgendwo in den Koniferen oder bedeckt den irischen Säulentaxus. Die Vorhangschals hier im Zimmer sind durchnäßt und triefen wie Wasserfälle. Ich verschaffe dem alten Haus einen letzten Trubel.

Ich frage mich: Könnte Lozki nicht doch Erfolg gehabt haben in jener Nacht? *Bedeckung gefunden und bestätigt.* Kurz vor der Morgendämmerung ist HD 206332 an diesem Februarmorgen noch einmal knapp über den Horizont gestiegen und wäre zu beobachten gewesen. Der Strom war noch nicht ausgefallen, und der Himmel könnte entgegen aller meteorologischen Berechnungen aufgerissen sein, kurz nur, es wäre immerhin möglich. Aber es ist müßig, darüber nachzudenken, denn aktenkundig ist nur das: Lozki ist verrückt gewesen.

Es ist soweit: Der Komtur stürzt in sich zusammen und verwandelt unseren Garten in ein Trümmerfeld. Holz bricht und Glas splittert – gewiß erwartet Marthe von mir einen detaillierten Bericht.

Was soll ich sagen? Ein enormes Poltern und Krachen das Ganze. Ich hatte gewisse Bedenken, es könnte die Colorado-Kiefer erwischen. Dazu die Blitze und der Regen. Vermutlich wären Marthes Studenten ganz angetan von dem Schauspiel, Zerstörungen bringen ja eine sonderbare Art von Befriedigung für den Beobachter mit sich.

Und ich?

Ich sitze hier

und betrachte all das:

Das Zimmer.

Den Stutzflügel.

Meine Geschichte.

Und ich denke:

Vielleicht war es an der Zeit.

Ein ordentlicher Schluß mit Gepolter,

meine Damen und Herren

Leser.

Und an dieser Stelle, an der Lozkis Schweigen beginnt, erinnere ich mich an einen seiner Sätze. *Das Gehirn hat die gleiche Größe wie das Universum, sonst könnten wir es nicht erfassen.*

Einen Tag vor seinem Tod habe ich meinen Vater im Krankenhaus besucht. Sein Gesicht war unverkennbar sein Gesicht, oval und verschlossen, aber vom Zerfall gezeichnet, ausgehöhlt und substanzlos. Nur mit letzter Kraft noch schien sich die Haut an die darunterliegenden Knochen zu klammern, und seine Mimik war müde und sparsam. An seinem zerfurchten, papierhaft faltigen Hals sah man den Schlag der Aorta, und von seinen Haaren waren ihm nur wenige geblieben. Versprengt und farblos widerstanden sie den ihm verabreichten und in seinem Körper zirkulierenden Zellgiften. Seine Arme und Handgelenke waren so abgemagert, daß mir seine Hände enorm groß vorkamen. Lediglich seine Zähne waren beinahe unverändert; es waren die Zähne, die ich kannte, gelb geworden im Laufe der Jahrzehnte, die Reihen durchsetzt hier und da mit schimmerndem Gold. Doch öffnete er den Mund nur selten, um etwas zu sagen. Es strengte ihn zu sehr an, aber wahr ist auch, daß er mir gegenüber nie ein großer Redner gewesen ist.

Ich saß auf einem glatten Kunstlederstuhl, an dem meine Hose festklebte, und mein Blick wechselte gelegentlich von seinen wirren, im Halbschlaf sonderbar intensiv arbeitenden Brauen zu den beiden stirnseitigen Fenstern, hinter denen ein einladend heller, zum Sterben denkbar ungeeigneter Augusttag schimmerte. Immer wenn mir die Stille zwischen uns zu schwer wurde, begann ich zu reden, ohne allerdings recht einschätzen zu können, wieviel von dem, was ich sagte, ihn erreichte. Da er aber bis zum Schluß ganz im Besitz seiner geistigen Kräfte gewesen ist, die durch die Schmerzmittel in ihrer Funktion eventuell verlangsamt, nicht aber, wie ich glaube, abgeschwächt wurden, könnte es mehr gewesen sein, als es vielleicht den Anschein hatte.

Und so redete ich über meine Arbeit und über die Enttäuschung, im Laufe der Jahre wohl viele kleine, niemals aber eine große Entdeckung gemacht zu haben. Ich redete darüber, daß es mir zunehmend schwerfiel, mich mit ganzer Energie all dem zu widmen, was Tag für Tag anstand. Möglicherweise, gab ich zu, hatte ich mir einmal mehr von diesen Dingen versprochen, dem Forschen und dem Drang nach Wissen. Wenn ich darüber nachdenke, war es eine Art Beichte, die ich ablegte, und eigenartigerweise fühlte ich mich hinterher tatsächlich etwas leichter.

Um zwölf klopfte es, und eine munter daherplappernde Krankenschwester rauschte mit dem Mittagessen herein, in ihrem Sog die Gerüche der verschiedenen Nahrungsmittel, der Suppe, des erwärmten Fleischs und der Soße, die sich mit der medikamentös gesättigten Luft im Zimmer vermischten.

Die Dünste waren mir unangenehm und beinahe zuwider, doch riefen sie meinen Vater zurück in eine Sphäre gesteigerter Wachheit. Er öffnete die Augen und stemmte sich mühevoll auf. Ich bot ihm an, das Essenstablett vom Tisch zum Bett zu bringen, aber er schüttelte ablehnend den Kopf. Zunächst verstand ich nicht, was er vorhatte:

Vor zwei Monaten hatte ich ihn in seiner Küche noch Kartoffeln schälen und in einem Topf rühren sehen, aber jetzt, so sagte ich mir, konnte er sein Bett nicht mehr verlassen.

In seiner üblichen, etwas ruckartigen und unwirschen Art gab er mir jedoch zu verstehen, daß ich ihm den Rollstuhl in einer bestimmten Position, von der er offenbar annahm, daß ich sie kennen müsse, ans Bett heranzuschieben hätte.

Und nachdem ich dies halbwegs zu seiner Zufriedenheit getan hatte, verfolgte ich mit Sorge, Argwohn und beinahe Mißbilligung seine Bemühungen, das Bett zu verlassen, die mir die Gebrechlichkeit seines Körpers mit quälender Deutlichkeit vor Augen führten: wie er das rechte Bein über die Bettkante schob und den geschwollenen Fuß langsam der am Boden bereitstehenden Lederschlappe entgegensenkte, sodann das Gewicht seines in ein zerknittertes blaßgemustertes Krankenhaushemd gehüllten Oberkörpers verlagerte und dabei das linke Bein dem rechten folgen ließ, bis beide Füße sich mit tastenden Zehen in die Schlappen hineingearbeitet hatten und er bereit war, aufzustehen.

Danach umfaßte er die Schiebegriffe des Rollstuhls, in den er sich nicht etwa zu setzen beabsichtigte, sondern den er als Gehhilfe benutzte, auf die er sich stützte, während er stark vorgebeugt zum Tisch ging. Seine Schritte waren langsam, klein und schlurfend, sie bereiteten ihm unzweifelhaft Schmerzen, aber mit wortloser Entschlossenheit brachte er es hinter sich, was für ihn bedeutete, noch zu leben und nicht nur dahinzusiechen, noch Mensch zu sein, verfügend über einen eigenen Willen und die Fähigkeit zu handeln.

Meine Aufgabe bei alldem war es, den Rollenständer mit

den angehängten Klarsichtbeuteln, die seinen Körper mit Flüssigkeit und Medikamenten versorgten, hinter ihm herzuschieben, damit die Schläuche nicht aus den in seinen Venen steckenden Kanülen rissen.

Wir brauchten ein paar Minuten für die anderthalb oder zwei Meter bis zum Tisch, und sein Atem ging schwer dabei. Da ich hinter ihm herging, sah ich die kraftlose ergraute und von der enormen Anstrengung des Gehens feuchte Haut seines Rückens und Gesäßes. Ich dachte, er müsse frieren, aber es war nicht zu bewerkstelligen, das Hemd hinter ihm zusammenzuraffen und ihm zugleich, Zentimeter für Zentimeter, mit dem Medikamentenständer zu folgen.

All das kümmerte ihn indes nicht: Er hatte ein Ziel, und dieses Ziel verfolgte er, unbeirrt und eigensinnig. Er erreichte den Tisch, schaffte es, sich in den dort bereitstehenden Stuhl sinken zu lassen, und danach ruhte er sich minutenlang aus.

Ich setzte mich zu ihm und hob die Plastikhauben von den Tellern. Es gab hellgrüne Suppe, Gurkencreme vielleicht, und säuerlich riechenden Braten mit Kartoffeln.

Mein Vater stierte das Essen an, das seinem heroischen Ringen um Würde hohnsprach, und ich hatte den Eindruck, daß es ihn ebenso anwiderte wie mich. Er wandte sich der Suppe zu, von der er vier oder fünf Löffel aß, augenscheinlich ohne jeden Appetit. Es hat immer zu seinen Vorstellungen von Leben gehört, daß das, was uns als Menschen ausmacht, nicht in dem liegt, was uns leichtfällt, sondern unabänderlich in dem, was zu tun uns auferlegt ist, was zu tun wir der Welt und uns schuldig sind.

Schließlich schob er die Suppentasse mit einer kleinen, aber entschiedenen Bewegung von sich, und sein Blick wandte sich, das Hauptgericht übergehend, dem Nachtisch zu: einer Handvoll heller Weintrauben in einem Glasschälchen, bei deren Anblick tatsächlich etwas wie ein Lebens- oder Lustfunken in seinem ansonsten ratlos leeren Blick aufleuchtete, ein schwaches Erinnerungsglimmen an all die vielen Mahlzeiten, die er seinem Leib gegönnt hatte, und an so vergessene und überflüssig gewordene Organe wie seinen Gaumen, seine Zunge und seine Nase.

Langsam steckte er sich eine der hellen Trauben in den Mund und kaute auf ihr herum, aber ich wußte von ihm, daß sein Geschmackssinn den Opiaten zum Opfer gefallen war. Ich sah meinen Vater die letzte Traube seines Lebens kauen, das letzte natürliche Nahrungsmittel, das er zu sich genommen hat, und ich wußte, daß all das die Erfüllung eines letzten Imperativs war: Mensch zu bleiben bis zur letzten Sekunde.

Es schien mir unendlich lange zu dauern, bis er die grobe Haut der Traube zermahlen und ihr Fruchtfleisch hinuntergeschluckt hatte. Danach sank er erschöpft in sich zusammen, und wir saßen schweigend beieinander. Die Atmosphäre des Stillstands und des Vergehens ergriff wieder von dem Zimmer Besitz, und vom Gang her waren keine Geräusche mehr zu vernehmen.

Manchmal sah ich ihn an, und vor dem hellen Hintergrund des Fensters wirkte seine Gestalt grau und flach, schon wie ein Schatten. Er spürte meinen Blick, und er spürte wohl auch meine Ratlosigkeit und mein stummes

Entsetzen. Und leise, mit heiserer trübsinniger Stimme sagte er: Tja …

Bildete man die Räume unserer Kindheit im Größenverhältnis unserer einstigen Wahrnehmung ab, kämen rätselhafte surreale Welten dabei heraus: Teppichfransen, die sich uns entgegenschlängeln, riesenhafte Fehlstellen im Tapetenmuster oder das ewig starrende Auge eines bestimmten Schlüssellochs. Vielleicht liegt die Wurzel unserer Ängste und Schuldgefühle tatsächlich in der Kindheit, und Familien sind Brutstätten der Furcht.

Auf einmal ist all das nicht mehr da: die leuchtschwache Eckstehlampe mit dem karamelfarben marmorierten Pergamentschirm oder die schweren Messingroste über dem Konvektorschacht. Die Mahagonischrankwand im nachgebauten englischen Landhausstil mit ihren Strukturglaseinsätzen und pseudoantiken Beschlägen oder das grüne Samtdeckchen mit Goldspitzenbordüre auf der getönten Glasplatte des Couchtischs. All das und überhaupt: die pragmatische Gefügtheit der Dinge in diesem Zimmer, das mein Vater in seinen letzten Lebensjahren mit seiner ruhigen, versiegenden Präsenz erfüllt hat.

Materie wird nicht weniger, man kann Materie nicht vernichten; alles, was ist, war von Anfang an da, als Substanz oder als Energie, und alles wird noch in hundert Jahren dasein und in Milliarden. Das Mysterium von Dingen liegt allein in ihrer Form, in dem, was sich vernichten läßt, in der Banalität von bestimmten Zierleisten oder der gewellten Milchigkeit von Nylonstores.

Meine Abenteuergeschichten, die ich vor langer Zeit geschrieben habe, mit elf oder zwölf vielleicht, habe ich auf dem Dachboden nicht gefunden, aber eine Reihe von Kinderzeichnungen: Menschen mit Besenhänden und Kugelleibern, erstarrt in elementaren Bewegungsformen, kindlich reduzierte Spiegel des Alltags, sonderbar unlebendig in der Lautlosigkeit des Hauses. Habe ich das Bedürfnis, in meine Kindheit zurückzukehren? Ich glaube, es war umgekehrt: Ich hatte als Kind das Bedürfnis, der Kindheit zu entkommen, den Spielplätzen und Prügeleien.

Manchmal befürchte ich, daß selbst der vollständige und unwiderlegbare Beweis, daß alles, was geschieht, mit Notwendigkeit geschieht und mithin alle Versuche, dem Schicksal zu entfliehen, vollkommen nutzlos sind, uns nicht davor bewahren würde, uns schuldig zu fühlen.

Ellen in einer winzigen spanischen Dorfbar, das Gesicht zum Fenster gewandt, weil sie vom Tresen her von ein paar Bauern mit dunklen, gegerbten Landgesichtern ziemlich unverhohlen angestiert und gemustert wurde. Wir hatten ihre Söhne in der Obhut eines Arztehepaares im Hotel lassen können und waren losgefahren. Die andalusischen Berge, die ich kannte, die Anhöhen mit ihrer blassen Gestrüpptönung und den kargen Dörfern.

Nach dem Kaffee in der Bar machten wir uns auf die Suche nach einer Post oder einem Laden, um Briefmarken für ein paar Ansichtskarten zu kaufen. Schließlich entdeckten wir über einer schweren Eichentür mit Kupferklopfer ein blaßgelbes Blechschild, darauf etwas wie ein stilisierter Telefonhörer (oder Sombrero?), was uns immerhin auf eine Art Post- oder Fernmeldeamt hinzuweisen schien.

Wir öffneten und tauchten – noch geblendet von der Gebirgshelligkeit – in schweres bleifarbenes Zwielicht. Es dauerte eine Weile, bis sich bestimmte Konturen aus dem Dämmer schälten: hölzerne Schreibpulte und gedrechselte, mit Büchern vollgestellte Regalreihen. Dann der Geruch nach gewachstem Dielenholz, säuerlichen Ausdünstungen von vergilbtem Papier und längst aus dem Gebrauch gekommenen Mottenmitteln.

Wir sahen uns an, ein wenig ratlos in dem musealen Halbdunkel, als sich aus der Starre der Pultschemen ganz überraschend die Umrisse eines kleinen kugelrunden Männchens lösten, das auf uns zugeeilt kam: Worum es denn gehe, und ob wir Hilfe bräuchten? Ich wußte nicht, was Briefmarke auf spanisch heißt, und nahm daher eine der Postkarten zur Hand, zeigte auf die rechte obere Ecke und fragte, wo man »das da« kaufen könne?

Mit schlechtsitzendem dunkelgrauen Konfektionsanzug und aus der Stirn pomadisierten Haaren, die ihm glatt, glänzend und schwarz am Schädel klebten, begann er (Dorflehrer? Bibliothekar?) sofort zu reden:

– Aaaahh, Señooooor … ja, wissen Sie, das ist kompliziert, sehr kompliziert! Das ist wirklich keine leichte Angelegenheit, die Sie sich da vorgenommen haben, das ist sogar eine höchst anspruchsvolle Aufgabe, an die Sie sich zu machen gedenken, Señoooor, wie heißen Sie denn? … ja, Ihren Namen, Señor, nennen Sie mir Ihren Namen …

Ich habe von dem, was er sagte, wortwörtlich nur wenig mitbekommen, obwohl ich mich bemüht habe, seiner Rede mit meinen Spanischkenntnissen halbwegs zu folgen. Ich bin aber im nachhinein in der Lage, mir den Sinn seiner wortreichen Ausführungen irgendwie zurechtzureimen. Und ich versuche, sie in jener stilistischen Blumigkeit wiederzugeben, die ich glaube, herausgehört zu haben.

Er erkundigte sich noch einmal nach meinem Namen, und obwohl ich nicht wußte, was die Kenntnis meines Namens ihm nützen würde, nannte ich ihn schließlich. Durch die erblindeten Fenster fielen staubige Lichtbahnen in den Raum.

– Aaahhh, deklamierte er, Frrrrrranco Zwayg … sehr gut, Señor, das ist nun so eine Sache, Frrrrrranco Zwayg also, … gewiß, gewiß, sehen Sie hier diese Linie?, diese hübsche gepunktete Linie? … (er wies auf die Namenszeile des Adreßfeldes, deren Funktion mir durchaus bekannt war) … auf diese hübsche Linie schreiben Sie bitte Ihren Namen … und nun kommen wir zu Ihrem Wohnort, Señooor, wo wohnen Sie?, nennen Sie mir Ihren Wohnort …

Ich gehorchte, und nachdem ich ihm auch noch Straße und Hausnummer verraten und er mir die zugehörigen Adreßfelder gezeigt hatte, glitt sein mit einem korallenroten Siegelring geschmückter Finger auf die linke Seite der Karte, und er wandte sich abrupt an Ellen.

– Hier, Señora!, das ist nun freilich eine sehr viel Feingefühl, Erfahrung und schriftliches Geschick erfordernde Aufgabe! *Eine* Möglichkeit aus dem unendlichen Meer der Variationen wäre beispielsweise die folgende: »Das Wetter ist schön!« … (er schlug mit seinem kurzen Arm eine Art großes Himmelsrad durch die uns umgebende Dämmerung) … ja, Señora, das wäre gewiß eine Möglichkeit, doch gibt es deren wahrlich eine Menge. »Es geht uns gut!« – auch das ließe sich hier notieren, wie so vieles andere auch, gerade darin liegt das Problem. Ich möchte Ihnen nichts vormachen, Señora, in dieser Abteilung sind Sie ganz auf sich selbst gestellt, sie ist Ihren persönlichsten Herzensergüssen vorbehalten, dem innersten Schrein Ihres Empfindens ...

Ich habe damals viel länger gebraucht als Ellen, um zu begreifen, daß der kleine pomadisierte Dorfgelehrte uns allen Ernstes und Schritt für Schritt erklärt hat, wie man eine Postkarte schreibt. Während ich mich ganz auf seine Worte konzentrierte, um mit dem viel zu groben Filter meiner Spanischkenntnisse ein paar dürftige Sinnkrümel aus seiner Rede zu extrahieren, las sie in seinen Gesten und seinem Gehabe sehr viel sicherer und schneller, was er uns darzulegen versuchte und wessen er uns für unfähig hielt. Ich bin mir dessen nur zu bewußt: Mein Wissen (oder Halb- beziehungsweise Zehntelwissen in diesem konkreten Fall) hatte mich wieder einmal blind gemacht.

Es dauerte lange, bis sein kurzer, buttrig schimmernder Zeigefinger dorthin wanderte, wo ich ihn von Beginn an hatte hinlotsen wollen, ins rechte obere Eck der Karte. Dort, erklärte er uns, und nirgendwo anders – nicht etwa links unten oder in der Mitte oder gar auf der anderen Seite des Grußdokumentes! – müsse man etwas anbringen, etwas Wichtiges und Entscheidendes und amtlicherseits absolut Vorgeschriebenes, ohne das der Weitertransport des Urlaubsgrußes, und sei er noch so formvollendet und mit zartester Empfindung verfaßt, ganz und gar unmöglich sei, eine – und dann endlich fiel das ersehnte Zauberwort: *sello* – eine Briefmarke!

Wir bedankten uns überschwenglich. Er führte uns nach

draußen und zeigte uns den Laden (sowieso gab es nur diesen einen im Dorf), in dem Briefmarken zu kaufen waren. Und wie er dort stand, klein und diensteifrig und nach Bohnerwachs und irgendeinem kräftigen Eau-de-Cologne riechend, begriff ich schließlich, daß, ebenso wie er uns, wir ihm einen Dienst erwiesen hatten.

Nachdem wir uns von ihm verabschiedet hatten, kehrte er nicht in sein finsteres Büro zurück, sondern eilte geradewegs in jene Dorfbar, in der wir unseren Kaffee getrunken hatten. Dort, so nahm ich an, würde er einem staunenden Bauernpublikum berichten, was ihm soeben widerfahren war: daß die durchreisenden Fremden sich mit der Bitte um Unterweisung im Postkartenschreiben an ihn gewandt hätten, worin sich wieder einmal die eminente Wichtigkeit und Bedeutung seiner Person für die Dorfgemeinschaft zeige, die ohne ihn ja praktisch nicht zivilisationsfähig sei, nicht auszudenken, wenn es ihn nicht gäbe, ihn, den Gebildeten, den Gelehrten …

– Ob er wirklich geglaubt hat, wir wüßten nicht, wie man eine Postkarte schreibt?, fragte ich Ellen, als wir wieder im Wagen saßen.

– Er hat es absolut ernst gemeint, sagte sie.

Ellen. Ich sehe ihr Gesicht in dem von unten heraufscheinenden Abend- und Sonnenuntergangslichtstrom auf dem hohen Plateau des Cabo de Gato. Ich sehe uns dort am Ende dieses helligkeitsgesättigten Tages stehen, gelehnt gegen die Türen des Leihwagens, zweihundert Meter über dem Meer, das endlos ist, meditativ und friedfertig, Projektionsfläche für unsere religiösen Sehnsüchte. Es war, als läge uns der Horizont zu Füßen.

Hinterher saßen wir in einem Strandrestaurant und aßen gegrillten Fisch und tranken Wein. Der Fisch wurde auf einer offenen Glut in einer verrußten Eisenwanne direkt am Strand zubereitet. Der Rauch zischte in den Himmel, und man saß auf Plastikstühlen im Sand. Die kleinen abendlichen Wellen gingen so regelmäßig wie der Atem eines Lebewesens im Schlaf.

Ellen entspannte sich und vergaß den kontinuierlichen Verantwortungsstrom der Tage. Wir waren uns nah damals, aber es waren seltene Augenblicke. Und ich erinnere mich an all das mit einem Gefühl von Unabänderlichkeit, als hätten wir von Anfang an keine Chance gehabt, unserem Schicksal zu entkommen.

Ich habe mich bei Simon entschuldigt, daß er nie einen Bericht – und sei es nur für seine Unterlagen – von mir bekommen hat. Offenbar sei ich der schriftlichen Form nicht hinreichend mächtig, um die komplizierte Abfolge von Ereignissen, welche zu dem Unglück geführt habe, auf vierzig oder fünfzig Seiten verständlich darzustellen. Ich hätte meine Aufzeichnungen wegen offensichtlicher Irrelevanz daher gar nicht erst abgeschickt. Sie seien voller Abschweifungen privater Natur und insgesamt zu undurchschaubar. Jedenfalls sei es den vielbeschäftigten EU-Beamten und Verantwortungsträgern nicht zuzumuten, ihre wertvolle Zeit für die Lektüre zu opfern.

Einerseits würde ich mich als Physiker ja nur der Realität verpflichtet fühlen (fuhr ich fort, weil ich das Bedürfnis hatte, ihm die Sache zu erklären), die von mir im Grunde nicht mehr verlange, als darüber Auskunft zu geben, wie die Dinge sind oder wie sie einmal waren. Doch andererseits hätte ich als Kind eine Reihe von Abenteuergeschichten verfaßt und besäße also möglicherweise einen Hang zu freierer Prosa. Zwar hätte ich die einst so geduldig getippten Abenteuerbändchen bei der Wohnungsauflösung nicht mehr finden können, aber da ja nur unser Haushalt und nicht mein Gehirn aufgelöst worden sei, wäre es doch immerhin möglich, daß noch gewisse Reste meiner einstigen Erzähltechnik meine Gedanken beim Berichteschreiben störten.

Simon ging auf meinen wortreich vorgetragenen Erklärungsversuch nicht weiter ein, und genaugenommen hatte ich den Eindruck, als habe er die ganze Angelegenheit bereits vergessen. Er sagte es nicht so, aber er war unkonzentriert und kurz angebunden. Das europäische Tagesgeschäft, begriff ich, war über all das schon ganz und gar hinweggeschritten.

Und irgendwann, als ich es aufgegeben hatte, mich zu rechtfertigen, und unser Gespräch allgemeiner wurde, sagte er müde, es gehe ja bedauerlicherweise längst darum, den Laden überhaupt noch zusammenzuhalten! Mit Europa sei es nämlich, wie sich zunehmend herausstelle, leider so wie mit jenen kostspieligen Nuklearexperimenten zur Erforschung der Struktur der Materie: Je mehr Energie man hineinstecke, um so mehr Zerfallsprodukte erhalte man.

Seit ein paar Jahren reden wir übrigens schon davon, daß er – wenigstens allein, oder besser noch mit Familie – endlich einmal zu Besuch nach St. Ciolles kommen sollte, aber konkret ist noch nie etwas daraus geworden. Als ich das Thema anschnitt, hatte er beinahe ein schlechtes Gewissen deswegen. In diesem Jahr werde es nichts mehr, aber wie es denn mit meinem Geburtstag im kommenden Jahr aussehe?, erkundigte er sich.

Im nächsten Jahr werde ich vierundvierzig, kein bemerkenswertes Ereignis, aber es ist jedenfalls ein Datum. Und so verabredeten wir, den Tag für einen Besuch ins Auge zu fassen. Ich bin gespannt, ob es diesmal etwas wird.

Ich habe noch einmal von Lozki geträumt. In meinem Traum war er mit jenem spanischen Dorfbibliothekar verschmolzen, der Ellen und mir erklärt hatte, wie man eine Postkarte schreibt. Jetzt zeigte er mir, wie man ein Sonnensystem erschafft. Er fuhr mit seinem Ringfinger dorthin, wo Pluto zu finden ist, und sagte in seiner üblichen schroffen Art: Zweihundertvierzig Jahre braucht Pluto, um die Sonne zu umrunden! Zweihundertvierzig Jahre dauert das plutonische Jahr. Lebte der Mensch auf Pluto, hätte er *niemals* Geburtstag! Sie würden nicht vierundvierzig, Zweig, sondern wären immer noch ein Säugling, ein Embryo! Ungestört könnten Sie forschen, könnten Sie *horchen*. Die Musik der Ewigkeit, so hören Sie doch! Kommen Sie zu UNS. Mehr kann ich nicht für Sie tun. Es liegt an Ihnen. Es liegt alles an Ihnen …

Auf einmal befand ich mich auf Pluto und spürte, wie Lozki das Sonnensystem (er hielt es in der Hand) durch den Schlitz eines Briefkastens ins Universum gleiten ließ. Die Sonne schwebte als ein kleiner eisfarbener Punkt über dem Horizont, und es war bitterkalt. Am Ufer eines gefrorenen Methansees entdeckte ich das Schwarzschild-Observatorium, ging hinein und öffnete die Kuppel. Noch nie hatte ich solche Beobachtungsbedingungen gehabt! Ich konnte das gesamte Sonnensystem überblicken, Mars, Venus – und dann entdeckte ich die Erde, schimmernd hinter abziehenden Methanwolken, blaßblau und wunderschön und unerreichbar für mich, den einsamen Astronomen …

Ich stehe neben Marthe am frisch bepflanzten Grab unseres Vaters. Marthe, der ich die Grabgestaltung schließlich überlassen habe, hat sich für klassisches Efeu als Bodendecker und japanischen Fächerahorn als Grababschluß entschieden. Außerdem hat sie der Gärtnerei, als extravagante Gestaltungskapriole, ein ovales Pflanzherz mit orangebronzenen Pompondahlien zugestanden, deren Blühwilligkeit, wie in der Auftragsbestätigung nachzulesen ist, die Marthe mir irgendwann gezeigt hat, erst spät im Jahr erlischt.

Sie sehen wirklich sehr schön aus, erst recht jetzt im Frühherbst, der ihre raffinierte Tönung, immer wenn die Sonne durchkommt, in besonderer Weise zum Leuchten bringt. Dann wieder verzehrt der Schatten einer Wolke die Farbe, und nicht nur die der Dahlien, sondern auch die der ersten herbeigewehten gelbbraunen Laubblätter, die sich im Immergrün des Efeus verfangen haben.

Die Wolken ziehen jetzt schneller, fast eilig über den Himmel, als hätten sie noch irgend etwas zu erledigen, bevor es mit dem Winter losgeht. Das Herbstlicht über dem Friedhof: nicht so übergenau und akribisch, wie es hierzulande manchmal ist, jene harte Klarheit ohne die Beigabe mediterraner Restwärme, die den Konturen der Dinge eine gewisse Vieldeutigkeit verleiht.

Ich lese die goldene Namensgravur meines Vaters auf dem Grabstein und die meiner Mutter, ich wechsle das Standbein, ich werfe einen kurzen Blick aufs Nachbargrab mit den feurigen Kätzchen, deren Blühwilligkeit bereits erloschen ist, ich reagiere auf einen Juckreiz an der Schläfe und kratze mich: Man weiß nicht, was man tun soll an Gräbern, obwohl man das Gefühl hat, menschlich oder moralisch zu irgend etwas aufgerufen zu sein. Doch wozu?

– Gestern habe ich daran gedacht, sagt Marthe, daß er ein bestimmtes Stück von Bach immer so gerne gemocht hat, weißt du, welches ich meine?

– Das Vorspiel zur Kantate Nummer 147, sage ich. »Jesus bleibet meine Freude«.

– Und weißt du, was das Schreckliche daran war? Daß mir die Melodie nicht mehr eingefallen ist.

Ich schweige. Melodien lassen sich nicht beschreiben, und es erscheint mir unpassend, hier am Grab zu summen, obwohl es das im Fall jener Bach-Kantate vielleicht nicht wäre. Von allem, was Menschen von sich fortzusenden vermögen, ist Schall lange Zeit das einzige gewesen, das ungehindert zum Himmel aufsteigen konnte: Schall und – gegebenenfalls – die Seele.

– Wir müssen uns noch um den Flügel kümmern, sage ich.

– Willst du ihn denn nicht haben?, fragt Marthe.

Sie starrt auf das ewige Licht, das wir vorhin angezündet haben, in einer unserer wenigen gemeinsamen Aktionen: Der böige Herbstwind hat uns zu geschwisterlicher Kooperation gezwungen. Während ich den roten Kerzenbecher gehalten und mit meinem vorgebeugten Oberkörper gegen den Luftzug abgeschirmt habe, versuchte Marthe das flackernde Streichholzflämmchen dazu zu bewegen, auf den Docht überzusiedeln, dessen weißer Wachsmantel aber erst einmal geschmolzen werden wollte.

Jetzt sagt sie: Seitdem das Haus leergeräumt ist, kommt es mir so vor, als sei er noch endgültiger fortgezogen. Ich fühle mich schuldig, weil mir diese Melodie nicht mehr einfällt, und irgendwann wird es mir mit allen Erinnerungen so gehen.

Trauerfalten durchziehen ihr Gesicht wie die Rillen in einem Puzzle. Um ihren Mund hat sich ein bitterer, beinahe verärgerter Zug eingegraben, worüber auch immer. Ihr Blick kriecht ideenlos über den Bodendecker, und gelegentlich zupft eine schwache Windbö an ihren Haaren. Sie hat sie wieder tönen lassen, die Dauerfehde mit der Zeit aufs neue aufnehmend. Wir beide haben die Hände vor dem Bauch ineinander gelegt, als wären unsere herbstmüden Glieder das einzige, woran wir arme Seelen uns angesichts des Todes festhalten könnten.

– Ich glaube nicht, versuche ich sie zu beruhigen, daß uns jemals die Erinnerungen ausgehen werden.

In einer halben Stunde muß ich am Flughafen sein. Sie steckt die Streichholzschachtel in ihre Handtasche und schiebt deren Tragegurt etwas höher auf die Schulter, in der Absicht, sich allmählich zum Gehen zu wenden.

Auf dem Weg zum Wagen sagt sie: Schade, daß du schon fortmußt. Es ist leichter, wenn man zu zweit ist.

– Du hast Winfried, oder?

– Winfried und die Kinder. Ja wirklich, Frank, das stimmt. Du solltest darüber nachdenken.

– Ich weiß, sage ich.

– Gibt es denn nicht hier in der Nähe eine Sternwarte?, erkundigt sie sich, als seien Sternwarten etwas ebenso Häufiges wie Restaurants oder Kunsthochschulen. Ich habe mal, fügt sie hinzu, nachdem wir in den Wagen gestiegen sind, einen Bericht über ein Riesenteleskop hier ganz in der Nähe gelesen, in der Eifel. Ich glaube, es hat mehr als hundert Meter Durchmesser. Sie jonglieren da praktisch ein Fußballfeld durch die Luft.

– Effelsberg, sage ich, ein Radioteleskop. Das nützt mir nichts. Es sei denn, ET sendete uns ein Hörspiel oder einen Strom von Werbejingles.

Seit Marthe in ihrem Ford sitzt, das Fünf-Gang-Getriebe zu ihren Diensten, macht sie einen gefestigten, handlungsbereiten Eindruck. Unser Verhältnis, stelle ich fest, ändert sich immer noch: Vor ihre Schwesterlichkeit schiebt sich mehr und mehr ihre Weiblichkeit oder einfach die Tatsache, daß sie eine Frau ist und damit auf unergründliche Weise anders als ich, ihr Bruder, der Mann. Sie sagt: Bist du nicht einsam dort unten? Ich werde dich vermissen.

– Es dauert anderthalb Stunden bis Nizza und kostet weniger als dreißig Euro, rechne ich ihr vor. So günstig kommst du beim Friseur nicht weg.

Marthe nickt nachdenklich: Du hast recht. Ich will manchmal nicht wahrhaben, daß die Dinge so einfach geworden sind.

– Technisch gesehen ist das Problem der Einsamkeit gelöst, sage ich und stiere auf die Straße. Die gebogene Frontscheibe läßt die Welt stromlinienförmig über unsere Köpfe gleiten.

– Jeden Tag wird irgendein Problem gelöst, erklärt sie unbeeindruckt und läßt den Ford auf die Überholspur schweben.

– Ich kann nicht zurückkommen, nehme ich das Gespräch nach einer Weile wieder auf. Ich bin zu lange fort. Deutschland ist mir zu kompliziert.

– Und wenn du Vater geworden wärst?, sagt sie und beantwortet die Frage kurzerhand selbst: Du *wärst* zurückgekommen, Frank, ich kenne dich.

– Hypotheses non fingo, hat Isaac Newton mal gesagt. Nur keine unüberprüfbaren Spekulationen.

– Habt ihr denn noch Kontakt?

– Ellen und ich? Sie wollte nicht, daß ich mich melde. Wahrscheinlich haßt sie mich. Sie wollte mich auf keinen Fall wiedersehen.

– Das hat sie gesagt? Dann wartet sie erst recht auf ein Zeichen von dir!

Vermutlich wird Marthes Überlegenheit in emotionalen Dingen unser Verhältnis bis ans Ende unserer Tage prägen.

Ich verteidige mich trotzdem: Ich kann ja nicht mal eben bei ihr vorbeifahren.

– Herrgott, Frank, das darf doch nicht wahr sein! Weißt du denn nicht, wie man eine *Postkarte schreibt* oder einen Brief? Schon mal was vom Telefon gehört, von Handys, Fax oder E-Mails? Dir ist wirklich nicht zu helfen. Ich dachte, technisch gesehen wäre das Problem der Einsamkeit gelöst.

– Ich denke über deine Worte nach.

– Besser nicht, sagt sie, ortskundig den Schildern zum

Flughafen folgend, und fügt erfahren, dozentinnenhaft und ganz sie selbst hinzu: Ich kenne dich! Bis du zu einem Ergebnis gekommen bist, ist es zu spät.

Gewiß, ich liebe Marthe, meine Schwester. Wir mögen sehr unterschiedlich sein, gegensätzliche Vorstellungen von Logik haben und uns vermutlich niemals darüber einigen können, was unter Kreativität zu verstehen ist, doch das Verbindende – was auch immer es sein mag – ist stärker.

Bei der Umarmung am Flughafen hielten wir einander so fest, als wäre unser Vater nicht vor einem Jahr, sondern gerade erst gestern von uns gegangen. Zum Abschied küßten wir uns, und als ich ihre Lippen berührte, wurde mir bewußt, daß die letzten Lippen einer Frau, die ich berührt hatte, Ellens Lippen gewesen waren.

Als ich in der Maschine saß, verläßlich in die Luft gehoben von jenem nützlichen physikalischen Prinzip, wonach der Druck in einem bewegten Gas mit der Strömungsgeschwindigkeit abzunehmen pflegt, sah ich hinaus, halb eingeschläfert von der Stetigkeit des Steigflugs.

Die Erde entfernte sich mit einer Geschwindigkeit von ein paar Metern pro Sekunde, was in etwa jenem Wert entspricht, mit dem Sterne – an der Gravitationsleine kalter lebloser Gasriesen hängend – durch den Raum schlingern. Eine zweite Erde hingegen ließe ihre Sonne gerade mal so stark schwanken, daß es dem Auf- und Abschwirren eines Insekts gleichkäme, das Ganze hundert oder zweihundert Lichtjahre entfernt – und doch nachweisbar! Warum bin ich so versessen darauf, einen erdähnlichen Planeten zu finden? Was würde dessen Existenz beweisen?

Zweifellos dürften wir annehmen, daß es nicht nur diesen einzigen dort draußen gäbe, sondern mit ihm und der Erde Millionen oder Milliarden weitere. Die Frage allerdings, ob wir als intelligente Spezies im Universum allein sind oder nicht, bliebe damit weiter unbeantwortet. Immer noch könnten wir das Produkt eines enormen Zufalls sein, eines chemischen Reaktionstreffers, dessen Wahrscheinlichkeit im Vergleich zur Menge an geeigneten Versuchsplaneten gering wäre. Dann hätte dieses riesige expandierende Universum nur uns hervorgebracht – was für eine Verschwendung möglicherweise.

Aber wäre an uns, am Menschen, ein Universum wirklich verschwendet? Rechtfertigen wir nicht die geduldige, über Milliarden Jahre andauernde Arbeit dieser unvorstellbar großen Kosmosmaschine? Diesen beharrlichen Brutprozeß der Naturgesetze?

Wie auch immer: Irgend etwas hält mich davon ab zu glauben, daß wir allein sind. Ich bin nicht vordergründig religiös, doch könnte man es am einfachsten so ausdrücken: Das Risiko Gottes, bei der Schöpfung allein auf den Menschen zu setzen, wäre zu groß gewesen. Es würde eschatologisch einen enormen Druck von uns nehmen, wenn unser Schicksal ein im kosmischen Rahmen ganz und gar gewöhnliches wäre. Je häufiger ein Ereignis ist, um so unbedeutender wird es: Wohl deswegen werde ich – solange mir niemand das Gegenteil beweist – weiterhin an die Existenz anderer Schicksale auf anderen Planeten glauben, auch wenn ich damit vielleicht nur meine Furcht vor dem Tod betäube. Ich möchte so unbedeutend wie möglich sein, weil damit auch meinem Tod an Bedeutung genommen würde.

Vor einem Jahr ist mein Vater beerdigt worden. Ein sonderbares Jahr. Das Trauerjahr, wie Marthe meint. Mein Vater hat nie daran gezweifelt, mit seiner Seele dereinst vor einen barmherzigen himmlischen Richter zu treten. Und alles, was ich vernünftigerweise annehmen kann, ist, daß der ihn freigesprochen hat.

Demnächst verkaufen wir sein Haus und also jenen Boden, in dem ich einst einen Schatz vergraben habe. Er wird sich nicht mehr finden. Das einzige Stück Boden, das uns, Marthe und mir, als Geschwistern bleibt, ist das Grab unserer Eltern. Ein Stück efeuüberwachsener dahliengeschmückter Erde.

Ich sehe aus dem Fenster und betrachte eine kleinparzellierte Welt: eine Welt, die aussieht wie aus lauter Gräbern zusammengesetzt – verständlich, daß mir dieser Gedanke kommt, aber gewiß nicht gerecht. Ebensogut könnten es lauter Gärten sein oder Spielplätze oder fruchtbare Wiesen. Ich sitze auf der linken Seite der Maschine, und irgendwann werden sich am Horizont die Alpen erheben mit ihren verschneiten Gipfeln – auf einem von ihnen das stillgelegte Observatorium. Ich werde mir einen anderen Ort suchen müssen, um meinen Traum zu verwirklichen.

Die Wolken, die es von unten gesehen so eilig hatten, irgendwohin zu kommen, scheinen nun unbewegt auf der

Landschaft zu liegen. Ihre weißen Ballungen sind gebettet in den gelblichblauen Dunstschleier der Biosphäre. Nur dort unten, in diesem etwas schmuddeligen Temperatur- und Staub- und Pollengemisch ist es für uns Menschen gemütlich. Und doch kann ich mich der Faszination des Vakuums, der leuchtenden Reinheit und dem ungetrübten Blau hier oben nicht entziehen. Ab hundert Kilometer Höhe – so die offizielle Definition – beginnt der Weltraum.

Und auf einmal habe ich einen kurzen surrealen Traum: Ich stelle mir vor, das kleine Flugzeugfenster neben mir zu öffnen, den Kopf in die Kälte hinauszustecken, das Gesicht nach oben zu wenden und so laut es mir möglich ist zu rufen: Hallo!